전지적 독자 시점

전지적 독자 시점

Omniscient Reader's Viewpoint

싱숑 장편소설

PART 2

01

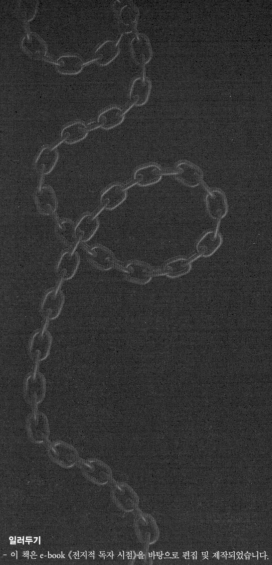

일러두기

- 이 책은 e-book 《전지적 독자 시점》을 바탕으로 편집 및 제작되었습니다.
- 인명 등 고유명사는 국립국어원 외래어 표기법을 따르되, 입말로 굳은 단어 등은
  예외로 하였습니다.

차례

36
Episode

이야기의
지평선

Omniscient Reader's Viewpoint

1

그날, 서울 돔은 눈부신 빛살 속에 잠겼다.

[누군가가 열 번째 메인 시나리오를 클리어했습니다.]
[축하합니다. 당신은 열 번째 시나리오를 통과했습니다.]

운 좋게 마인을 피해 서울 돔 구석에 숨어 있던 사람도, 암흑성 1층과 2층을 쏘다니며 간신히 목숨을 부지하던 사람도. 시나리오의 위협에서 어떻게든 목숨을 연명하던 화신들은 모두 똑같은 메시지를 받았다.

[당신은 '서울 돔의 해방자' 업적을 달성했습니다.]

해방. 사람들은 언뜻 그 말을 이해하지 못했지만, 몸이 머리보다 먼저 그 말을 납득했다. 경련하는 팔다리. 확장된 동공과 떨리는 입술.

[당신은 서울 돔 밖으로 탈출할 수 있습니다.]

오랜 소망이 마침내 현실로 다가왔다.

암흑성 1층과 2층에 있던 사람들은 한날한시에 모두 성 밖으로 소환되었다. 그리고 모두 같은 광경을 보게 되었다.

무너지는 암흑성.

서울시 전체를 장악했던 저 끔찍한 악몽이, 모래성처럼 무너지고 있었다. 부서진 덩어리는 이내 가루가 되어 흩날렸다. 사람들은 그 광경을 보며 알 수 없는 비감에 젖었다.

"끝났구나."

누군가는 그렇게 말했고.

"나갈 수 있어…… 이제 살 수 있다고……."

"지옥이 끝났어!"

어떤 사람은 비극의 끝을 예감했다.

허공에서 쏟아지는 보상. 사람들은 환희에 찬 표정을 지었다. 설령 또 다른 비극이 시작되더라도 지금은 당장의 해방감을 누릴 차례였다. 하지만 모두 그 감정을 공유하는 것은 아니었다.

"……독자 아저씨는 어떻게 된 거야?"

암흑성에서 탈출한 김독자의 일행. 정희원, 이현성, 이지혜, 공필두, 이길영, 신유승, 한수영…… 김독자로 인해 살아났거나 김독자에게 빚이 있는 사람들.

　"누구, 누구 아는 사람 없어? 말 좀 해줘 제발! 사부! 독자 아저씨 어떻게 된 건데!"

　일행들은 제각기 직감에 의존해 이 사태를 설명해줄 사람을 찾았다. 하지만 유일하게 대답할 수 있는 사람은 그저 침묵했다. 유중혁은 무너지는 암흑성을 바라보고 있었다.

　김독자는 저곳에 있었고, 저곳에서 죽었다.

　유중혁은 무기질적인 눈빛으로 그 사실만 반복해서 확인할 뿐이었다.

　김독자가 죽었다.

　"유중혁 씨! 말 좀 해주십시오! 제발!"

　유중혁은 멍한 얼굴로 자신을 흔드는 이현성을 바라보았다.

　1회차에서도, 2회차에서도…… 이현성의 이런 얼굴은 본 적이 없었다. 정말 소중한 누군가를 잃었을 때 일행들이 짓는 표정을, 유중혁은 좀처럼 기억하지 못했다.

　왜냐하면 그런 표정을 짓는 쪽은 언제나 자신이었으니까. 마지막까지 살아남아 비극 앞에 절망하는 사람은 오직 자기 한 사람뿐이었으니까.

　그런데 이번 생은 달랐다. 여전히 사람들이 그의 곁에 있고, 그와 함께 누군가의 죽음을 겪고 있었다.

　"유중혁 씨!"

"사부!"

모두 그를 바라보고 있었다. 아직 늦지 않았다고 말해주기를 바라는 표정들. 그런 얼굴들을 향해 유중혁이 줄 수 있는 대답은 정해져 있었다.

"나도 모른다."

마지막 남은 희망을 꺾는 것.

비참하게도 그것이 유중혁에게 남겨진 역할이었다.

"김독자가 어떻게 된 건지…… 나도 모른다."

사실은 더 말해줄 수도 있었다. '시나리오 추방'이 어떤 것인지 자신이 아는 정보를 공유할 수도 있었다. 혹시 가능할지 모를 미약한 희망에 관해 증언할 수도 있었다. 하지만 유중혁은 그러지 않았다.

그에 관해 말하는 것이, 일행들에게 다음 말을 길게 들려주는 데 불과하다는 사실을 잘 알기 때문이었다.

'김독자는 죽었고, 너희는 김독자를 위해 아무것도 할 수 없다.'

어떤 말은 말하지 않기에 더욱 간절히 닿는다.

누군가는 유중혁의 침묵을 받아들였고, 누군가는 유중혁의 침묵을 거부했다. 그리고 그들은 모두 그 침묵을 이해하고 있었다.

"독자 형이 그랬잖아요! 자기 안 죽는다고! 다시 살아난다고 했잖아요! 그런데 왜……!"

"유중혁 씨! 제발 독자 씨를 구할 방법을 알려주십시오!"

이길영과 이현성의 외침에도 유중혁은 그저 고개를 저었다.

김독자를 구할 방법이 있다면 벌써 실행했을 것이다.

하지만 그는 할 수 없었다.

그뿐만 아니라, 누구라도 마찬가지였다.

[성좌, '긴고아의 죄수'가 큰 공허감에 빠집니다.]

[성좌, '심연의 흑염룡'이 자리에 드러눕습니다.]

[성좌, '서애일필'이 펜을 꺾습니다.]

[성좌, '술과 황홀경의 신'이 황망히 심연을 바라봅니다.]

(…)

[한반도의 성좌들이 한 성좌의 죽음에 안타까워합니다.]

[한반도의 성좌들이 누군가의 이름을 기억합니다.]

이렇게나 많은 성좌가 누군가에 대해 언급하는 것을 유중혁은 이제껏 본 적 없었다. 저 고고하고 오만한 존재들이, '답답함'이나 '쾌감'이 아닌 다른 감정을 표출하는 광경.

마치 그들 또한 그런 감정을 알고 있었다는 것처럼.

그의 어떤 인생 회차보다 형형한 색으로 물든 밤하늘이 빛나고 있었다.

슬픔, 비탄, 절망, 비애…….

무수한 수식언으로 이루어진 밤하늘이 애처롭게 빛나고 있었다. 어쩌면 김독자는 저들에게도 희망이었을지 모른다. 이제까지와는 다른 이야기를 보여줄 희망. 스타 스트림에 새로운 변화를 가져다줄 무엇.

'방법이 아주 없는 것은 아니다.'

눈부신 별들의 진혼제鎭魂祭를 보며, 회귀자 유중혁은 생각했다.

'만약 지금이라도 다시 회귀한다면······.'

언제든 누를 수 있는 핵미사일 버튼처럼, 그의 목숨과 함께 붙어 있는 능력. 유중혁은 언제든 이 능력으로 사망 회귀를 할 수 있고, 미래에서 얻은 새로운 정보로 더 나은 선택을 할 수 있었다.

지금 회귀한다면 김독자는 다시 살아날지도 모른다.

하지만······.

—유중혁, 정신 차려. 몇 번 반복하면 나아질 거라고 착각하지 말라는 얘기야.

만약 다시 회귀했는데 김독자가 없다면?

혹은 다시 만난 김독자가 이번처럼 행동하지 않는다면?

유중혁은 처음으로 무언가가 두려워졌다. 이번 생의 김독자는 이번 생의 김독자일 뿐이었다.

41회차의 신유승조차 김독자에 관한 이야기는 한 적 없었고, 지난 회차에서 그는 김독자를 만난 적이 없었다.

만약 과거로 돌아간다 해도 이번 생의 김독자는 돌아오지 않는다.

　—그러니 제대로 '이 회차'를 살아.

늘 바꿀 수 있었던 선택들은 이제 돌이킬 수 없는 선택이 되었다. 그는 3회차의 인생에서 김독자를 만나고, 동료가 되었다.

그리고 김독자를 잃었다.

　—네가 버리려고 하는 이 회차가 '인간'으로서 세계의 끝을 볼 수 있는 '단 하나의 회차'일지도 모르니까.

유중혁은 까드득 이를 갈며 자리에서 일어났다. 언제나처럼 남는 것은 말들뿐이다. 스타 스트림의 모든 것이 이야기이듯, 유중혁은 이제 김독자의 말들이 확실하게 자신의 일부가 되었음을 인정하지 않을 수 없었다.

[어허, 왜들 안 움직이고 계십니까? 시스템 메시지 받으셨을 텐데요?]

관리국에서 파견된 도깨비 하나가 허공에서 일행을 내려다보고 있었다.

[아하, 그렇군요. 다들 '그'의 죽음을 슬퍼하고 있군요.]

조롱 섞인 말투에 일행들이 분개했다. 하지만 모두 그런 것은 아니었다. 간신히 침착함을 지키던 정희원이 물었다.

"……독자 씨는 어떻게 된 거죠?"

[시나리오 밖으로 추방됐습니다.]

"그러니까 그게 무슨 뜻이냐고요. 살아 있다는 거예요, 죽었다는 거예요?"

[모릅니다. 다만 화신이든 성좌든 '시나리오에서 추방된 존재'는 살아남을 수 없습니다. 그게 제가 아는 전부입니다.]

성좌조차 살아남을 수 없다. 그 말에 일행들의 표정이 이전보다 더욱 차갑게 굳어졌다. 이지혜가 쏘아붙였다.

"그래도 방법이 있을 거 아냐? 구할 수 있는 방법이……!"

[지금 당신들이 할 수 있는 건 아무것도 없습니다. 솔직히 아직도 그런 마음이 있다니 놀랍군요. 조언 하나 하지요. 쓸데없는 생각 말고, 눈앞의 시나리오에나 집중하세요. 아직 여러분은 '서울 돔'에서 완전히 탈출한 게 아니니까요.]

도깨비는 비웃듯이 그 말을 남기고는 가볍게 손가락을 튕겼다.

그러자 허공에서 메시지들이 다시 한번 쏟아졌다.

[탈출 시나리오가 부여됩니다.]

[곧 서울 돔이 폐쇄됩니다! 반나절 안에 서울 돔에서 탈출하세요.]

[자동으로 탈출 경로가 제공됩니다.]

[제한 시간 내에 돔에서 탈출하지 않을 시 당신은 사망합니다.]

"빌어먹을……."

일행들은 서로 마주 보았지만, 딱히 상대의 얼굴에 해결책이 쓰여 있는 것은 아니었다. 어차피 그들이 선택할 수 있는 것은 없었다.

"……일단 움직이죠."

지정된 경로를 따라 이동하기 시작했다.

달리거나 헤엄을 치거나 끊어진 다리를 건너면서 끊임없이 서울 외곽을 향해 달렸다. 마침내 경로 표식이 해제되었을 때, 그들은 한 무리의 인파와 마주했다.

"저 사람들은……."

서울 돔의 화신이 그곳에 모여 있었다.

천여 명쯤 될까 싶은 인원. 아는 얼굴도 보였다. 이쪽을 향해 손을 흔드는 미희왕 민지원과 은둔형 폐인 한동훈. 금호역과 충무로역에서 만난 이들도 있었다. 일행을 알아본 사람들이 가볍게 묵례를 했다.

모두 김독자가 구한 사람들이었다.

"이곳이군요."

멈춰 선 일행은 동시에 돔 내벽을 올려다보았다. 지금껏 그들을 가두고 있던 거대한 새장. 드디어 이 감옥에서 탈출할 기회가 찾아온 것이다. 사람들은 모두 흥분한 기색이었지만 선뜻 바깥으로 걸음을 내딛는 이는 없었다.

마치 활짝 열린 새장 밖으로 쉽사리 날갯짓하지 못하는 카나리아처럼.

사람들은 무언가를 찾는 듯 시선을 돌렸다.

하나둘 모여드는 시선. 얼마 지나지 않아 모든 시선이 한 인물에게 집중되었다. 입을 연 것은 한수영이었다.

"유중혁."

유중혁이 고개 돌려 한수영을 보았다. 한수영은 아무 말도 하지 않았지만 유중혁은 그녀의 눈빛에서 뭔가 읽어냈다.

'김독자가 준 기회를 헛되이 버리지 마.'

유중혁은 천천히 눈을 깜빡인 후 앞으로 나섰다. 군중이 그의 말을 기다리고 있었다. 마침내 해방을 맞은 이 순간을 기념할 어떤 선언을.

자신에게 집중하는 인파를 바라보며 유중혁은 고민했다.

지난 생을 살면서 몇 번인가 이런 자리에 서본 적이 있었다. 그는 때론 달변가였고, 때론 카리스마 있는 리더였다. 사람들에게 해줄 말을 찾기는 어렵지 않았다.

하지만 왜일까. 이번만큼은 그런 말을 하고 싶지 않았다.

그 대신 그는 이렇게 말했다.

"……나는 이 생을 포기하지 않겠다."

아마 이곳에 그 말을 이해할 수 있는 사람은 없을 것이라 생각하면서. 거기서 비롯된 지독한 외로움 속에서, 유중혁은 말을 이었다.

"그러니까 너희도 포기하지 마라."

의지가 전달되었는지는 알지 못한다. 유중혁은 군중에게서 발길을 돌려 천천히 돔 내벽으로 걸어갔다. 그리고

한 번, 두 번. 분노로 내리친 주먹이 벽에 작렬했다. 주먹이 닿은 접촉점을 중심으로 거대한 균열이 번졌다.

시나리오가 시작된 후 한 번도 넘을 수 없던 벽. 그 벽이 조금씩 무너지더니 이윽고 한 사람이 나갈 수 있는 크기의 출구를 만들었다.

언제나 존재했지만 넘을 수 없던 풍경.

그 풍경 속으로 유중혁은 제일 먼저 발을 내디뎠다.

"가자."

김독자가 없는 시나리오를 향해, 그들은 발을 내디뎠다.

¤ ¤ ¤

「그리고 어둠 속에서, 마침내 혼자가 된 김독자가 깨어났다.」

2

"……으."

「전신의 뼈가 으스러진 듯 아려왔고, 살갗은 죽은 동물의 가죽처럼 딱딱하게 굳어 있었다.」

[제4의 벽]의 목소리를 들으며 나는 천천히 눈을 떴다. 지난번에는 그렇게 얄밉던 녀석의 목소리가 이렇게 반가울 수 없었다.

「살아 있구나. 김독자는 그렇게 생각했다.」

아무래도 계획은 성공한 모양이었다. 사실 성공이라고 말할 것도 없었다.

어찌 보면 당연하니까.

녀석들이 내게 부여한 운명은 '화신 김독자'의 죽음. 그러니 '성좌'로서의 김독자인 '구원의 마왕'은 죽지 않는 것이 당연했다. 그토록 쉽게 사라질 거라면 그 고생을 하며 설화를 쌓아 성좌가 되지는 않았으리라.

문제는 화신체를 잃은 채 성좌로서 되살아난 내가 어떤 꼴이 될 것이냐 하는 건데…….

"……여긴 어디지?"

주변에 보이는 것은 폐허가 된 건물들과 반파된 8차선 도로. 어쩐지 익숙한 정경이었다.

"여긴……?"

혼잣말을 내뱉고 얼마 지나지 않아 내 처지가 눈에 들어왔다. 늘 성좌의 빛무리로 가득하던 밤하늘. 하지만 지금 그곳에는 아무것도 없었다.

혼잣말을 했다는 사실만큼이나, 혼잣말 이후 드리워진 깊은 적요에 놀랐다. 밤하늘을 보며 나는 실없이 웃었다.

"하하……."

평소라면 성좌들 간접 메시지가 무수히 떠올랐어야 한다.

내 혼잣말을 좋아하는 '긴고아의 죄수'라든가, 태클 걸기 좋아하는 '심연의 흑염룡'이라든가…… 이유는 잘 모르겠지만 나를 좋아해주는 '악마 같은 불의 심판자'라든가. 하여튼 누군가가 대답해줬어야 정상이다.

하지만 누구도 혼잣말에 대답해주지 않았다.

머리를 닦는 '대머리 의병장'도, 심심하면 안대를 집어 던지는 '외눈 미륵'도, 뻔뻔한 말투가 매력적인 '매금지존'도 없다.

진저리 나던 성좌들의 메시지가 사라지자 내게 남은 것은 우습게도 지독한 외로움이었다.

「김독자는 생각했다. 나는 정말 혼자가 되었구나.」

[현재 당신은 시나리오에서 추방당한 상태입니다.]

나는 천천히 주변 정경을 다시 돌아보았다. 시나리오에서 추방당한 후에도 살아 있는 존재들은, 가장 가까운 '시나리오 권외 지역'으로 가게 된다.

[현재 당신은 시나리오 권외 지역에 있습니다.]

그리고 현재 서 있는 이 권외 지역은 내게 아주 익숙한 곳이었다.

「서울.」

이곳은 서울 광화문 광장이었다. '왕들의 전쟁'이 벌어지고, 내가 '절대왕좌'를 부순 곳. 그런데 그런 서울이, 시나리오 권외 지역이 되었다는 것은…….

일행들이 무사히 탈출했구나.

나는 어쩐지 벅차오르는 기분으로 서울 돔이 있던 자리를 바라보았다. 한때 반투명한 막으로 덮였던 그 자리에는 두꺼운 차단막 같은 것이 씌워져 있었다.

서울의 시나리오는 완전히 끝났다. 그리고 일행들은 내가 없는 시나리오로 나아가 새로운 이야기를 만들고 있다. 그곳에서 계속 살아나가고 있다. 그걸로 된 것이다.

「김독자는 기쁘면서도 어쩐지 쓸쓸한 기분이었다.」

나는 일행들을 잠시 생각하다가 천천히 몸을 돌렸다.

「혼자가 된 김독자는 해야 할 일이 있었다. 그것을 위해, 그는 처참한 죽음을 택한 것이다.」

⌘ ⌘ ⌘

「서울 거리를 걷는 내내 김독자는 아직 낡지 않은 추억에 잠겼다. 어디를 가도 일행들과 시나리오를 수행했던 지역뿐. 김독자는 자신이 '멸살법'의 일부가 되었다는 사실을 다시 한번 깨닫고 있었다. 그는 명백히 이 이야기를 살았다.」

"……거참 감동적이긴 한데, 이제 그만하면 안 되냐? 대체 언제까지 중얼거릴 거야?"

「김독자는 가엾은 '제4의 벽'에게 짜증을 냈다.」

처음에는 그래도 누군가가 곁에서 떠드는 느낌이 들어서 좋았는데, 뭘 할 때마다 사사건건 설명을 해대니 영 기분이 좋지 않았다.

「시간이 얼마나 지난 거지? 김독자는 그렇게 묻고 싶었지만 대답해줄 사람은 없었다.」

"빌어먹을. 네가 대답해주면 되잖아."
나는 녀석에게 대거리를 하다가, 일단 내 상태부터 살피기로 했다.

[현재 당신의 설화 다수가 손상을 입었습니다.]
[현재 당신의 화신체가 완전히 붕괴한 상태입니다.]

성좌의 격으로 살아남기는 했지만, 화신체를 완전히 잃어버렸다. 즉 지금 내 존재는 '육체'가 아니라 굉장히 불완전한 설화 덩어리에 불과했다.

[현재 당신의 본체가 매우 위태로운 상태입니다.]

[본체를 보전할 방법을 찾을 수 없습니다.]

누가 툭 건드리기라도 하면 완전히 붕괴해버릴 것 같은 불안한 상태. 이대로는 살아도 산 게 아니었다. 나는 일단 시도해볼 수 있는 것을 모두 해보기로 했다.

['전지적 독자 시점'을 사용할 수 없는 지역입니다.]

……역시 안 되나.

[현재 당신의 화신과 통신이 불가능합니다.]

이것도 안 되고. 예상은 했지만 막상 정말로 안 되니 기분이 갑갑했다. 홀로 통신 불가 지역에 와버린 듯한 느낌이었다.

[당신은 채널 시스템을 사용할 수 없습니다.]

시나리오에서 추방되니 채널에서도 자연히 추방되었고, 비형과의 계약도 자연히 해지되었다. 별 한 점 없는 하늘을 보고 있자니 공허한 자유가 찾아왔다.

……이제 정말 혼자가 된 거구나.

그 사실을 깨닫자 서서히 한기 같은 것이 스며들었다.

「누구도 나를 바라보지 않고, 나 역시 누구도 볼 수 없다.」

아니, 완전히 혼자는 아닌가.

「그 적요 속에서 김독자는 불현듯 깨닫는다. 그렇구나. 존재란 누군가의 시선을 통해 비로소 감각되는 것이구나.」

"난 그런 철학적인 생각은 안 해, 멍청아. 그보다 언제까지 계속할 건데?"

「멍청한 김독자는 알지 못했다. 위대한 '제4의 벽'께서 왜 이런 수고로움을 행하는지.」

……어쭈.
"단순히 설명만 할 수 있는 게 아니네? 너 대체 뭐야? 스킬 맞아?"

「멍청한 김독자는 허공을 향해 혼잣말을 했다.」

이 자식이 진짜.

「멍청한 김독자는…….」

"그만 안 해? 스킬 꺼버린다?"

그 순간 허공에서 츠츠츳, 하는 소리가 들렸다.

「'제4의 벽'이 말합니다. '그 럼 그 만둘 까?'」

나는 조금 놀랐다. 이 자식, 자기 의사를 생각보다 명료하게 표현할 수 있잖아? 그러고 보니 지난번에도…….

"그래, 그만해. 지금은 방해받고 싶지 않으니까."

[전용 스킬, '제4의 벽'이 침묵합니다.]

그러나 다음 순간, 나는 그 선택을 곧바로 후회했다.

쩌저저저적.

뭐야, 라고 말할 틈도 없이 주변 공기가 얼어붙는 느낌이 들었다. 한기는 곧장 살갗으로 스미더니 뼛속 깊이 침투했다. 파스슷, 하는 소리와 함께 숨이 턱 막히는 느낌이 들었다.

"컥……?"

뒤늦게 떠오르는 것들이 있었다. 〈베다〉와 〈올림포스〉 녀석들이 굳이 나를 시나리오 권외 지역으로 보낸 이유.

바로 이런 상황을 노렸기 때문이다. '화신 김독자'를 죽이며 '성좌 김독자'도 처리하기 위한, 녀석들의 계략.

"끅, 끄ㅇㅇㅇ윽……."

비명을 질렀지만 비명이 나오지 않았다. 숨을 쉬고 싶은데

숨을 쉴 수 없었다. 누군가가 폐를 압착해버린 것처럼 숨통이 턱 막혀왔다. 머릿속이 새하얗게 변하며 생각들이 하나둘씩 지워져간다.

스타 스트림은 '이야기'의 세계.

화신이든 성좌든 예외는 없다.

모든 존재는 이야기를 통해 숨을 쉬고 이야기를 통해 존재한다.

[설화의 손상 속도가 빨라집니다!]

[당신의 존재가 소멸하기 시작합니다.]

그러니 이야기가 존재하지 않는 곳에서는 그 무엇도 존재할 수 없다.

심지어 나조차.

'제기랄, 살려줘!'

나는 나 자신이 사라지는 까마득한 공포 속에서 외쳤다. 그제야 [제4의 벽]이 왜 그렇게 떠들어댔는지 알 수 있었다. 녀석은 나를 살리기 위해 계속해서 뭔가 떠든 것이다.

어떤 이야기도 존재하지 않는 곳에서, 나를 살려두기 위해 내게 줄곧 '이야기'를 한 것이다.

[전용 스킬, '제4의 벽'이 발동합니다!]

「'제4의 벽'이 말합니다. '*멍 청 이.*'」

가까스로 숨통이 트이고 호흡이 돌아왔다.

"허억, 허억……."

시나리오 추방자가 끔찍한 꼴을 당한다는 것은 알고 있었지만, 이 정도일 줄은 몰랐다.

하긴 그 '척준경'도 성운의 도움 없이는 시나리오에서 배제된 후 살아남지 못했으니…… 젠장, 내가 너무 상황을 얕본 모양이다. 설화 몇 개 내주는 정도면 어떻게든 첫 번째 목표 지점까지는 움직일 수 있을 줄 알았는데. [제4의 벽]이 없었다면 살아 있기조차 힘들었을지 모르겠다.

「김독자는 생각했다. 다시는 '제4의 벽' 님에게 까불지 말아야겠다.」

비참한 기분 속에서도 차마 그 말에 반박할 수 없었다.

"……근데 언제까지 지켜줄 수 있냐?"

「'제4의 벽'이 말합니다. '*오 래는 무 리.*'」

[제4의 벽]이 말하기 무섭게 주변에 강렬한 스파크가 튀어올랐다. 하긴 무려 성운급이 나서야 무마할 수 있는 개연성을 [제4의 벽] 혼자 감당하는 것 자체가 이상한 일이었다.

주어진 시간이 별로 없다. 제때 일을 마무리하지 못하면 나는 이곳에서 말라 죽고 말 것이다.

어디선가 소음이 들려온 것은 그때였다. 진공청소기를 연상시키는 흡입음…….

「김독자는 그 녀석들이 뭔지 알고 있었다.」

"그래, 알아. 시나리오 청소부."

청소부가 나타났다는 것은, 이 시나리오 지역에 대한 대대적인 '청소'가 시작됐다는 뜻이었다.

「김독자는 생각했다. 청소가 시작되었으니 머지않아 '지평선의 악마'도 모습을 드러낼 것이다. 시나리오의 폐허에서 돌아다니는 하이에나 같은 녀석들이 이처럼 먹음직스러운 폐허에 방문하지 않을 리 없으니까.」

정말 생각 하나는 기가 막히게 읽는군. 하지만 녀석들을 만나기 전에 먼저 찾아야 할 것이 있었다.

「김독자는 걸음을 재촉했다.」

비틀거리면서도 조금씩 달리는 속도를 올렸다. 거리 곳곳에 조그마한 먹구름을 연상시키는 것들이 돌아다니고 있었다.

바로 시나리오 청소부였다.

주의해야 할 녀석들이지만 신경 쓰지 않고 달렸다. 어차피 청소부는 속도가 느리고 인식 범위도 좁다. 조심히 피해서 가면 들키지 않은 채 어렵지 않게 목표 지점에 도달할 수 있을 것이다.

나는 곧장 광화문에서 벗어나 남하하기 시작했다.

을지로3가를, 충무로를, 동대입구를, 약수를, 금호역을…….

연어처럼 지금껏 내가 지나온 장소들을 거슬러 갔다. 그리고 마침내 도착한 옥수역. 그곳에서 나는 끊어진 동호대교와 마주했다.

끊어진 다리를 보고 있자니 아직도 생생한 기억이 머릿속에 떠올랐다.

여기서 유중혁 그 자식이 날 어룡 입속으로 내던졌지.

……지금쯤 잘하고 있을까 모르겠네. 한수영도 있으니 서로 도우며 잘하고 있겠지. 그러길 비는 수밖에.

스팟!

나는 도움닫기도 없이 가볍게 도약해 끊어진 다리를 건넜다. 그때는 '데우스 엑스 마키나'의 도움을 받아 간신히 건넜는데 지금은 단 한 번의 도약만으로 충분했다. 괄목할 성장이지만 만족하기에는 아직 일렀다.

내가 넘어야 할 녀석들은 저 끊어진 다리의 간극보다 더 아득한 거리에서 나를 기다리고 있으니까.

발을 디딘 장소에 반파된 지하철이 있었다.

이 모든 시나리오가 시작된 곳.

나는 잠시 지하철의 외양을 바라보다가 내부로 들어가 폐허를 뒤지기 시작했다. 얼마나 그러고 있었을까. 마침내 찾던 물건이 나타났다. 하얗게 빛나는 아이템 박스. 박스 위에 남겨진 짧은 시나리오 메시지가 눈에 띄었다.

—김독자, 믿어도 되는 거겠지? 일단 의뢰한 대로 남기고 간다. 그간 내 채널의 화신이 되어줘서 고맙다.

누가 썼는지 아주 잘 알 수 있는 메시지였다.

—제발 살아 있어라.

당연하지. 난 안 죽어.

나는 아이템 박스를 열었다. 안에는 무려 30만 코인을 지불해 구입한 특성과, 부탁해둔 아이템이 들어 있었다.

[새로운 특성을 획득했습니다.]
[아이템 '도깨비의 알'을 획득했습니다.]
[아이템 '부러지지 않는 신념'을 획득했습니다.]
(…)

나는 아이템을 모두 수거한 뒤 지하철 밖으로 나왔다.

때마침 동이 터오고 있었다. 다리에 걸터앉은 채 기다렸다.

이제 곧 놈이 올 것이다.

생각하기 무섭게 이야기가 끝난 지평선에서 작은 호롱불이 나타났다. 불빛 너머로 등이 굽은 그림자가 길게 드리워져 있었다. 한쪽 뺨에 거대한 혹을 붙인 노인이 묘한 표정으로 이쪽을 향해 걸어왔다.

마치 내가 이곳에 있음을 알고 있었다는 듯이.

"그대가 구원의 마왕인가?"

나는 노인을 잠시 바라보다가 돔 밖의 새벽빛을 향해 시선을 돌렸다. 그리고 그 빛 너머에서 나를 기다리고 있을 성운들을 생각했다. 아마 녀석들은 지금쯤 내가 죽은 줄 알겠지.

〈올림포스〉 〈베다〉 〈파피루스〉…….

나는 놈들의 이름과 수식언을 하나하나 떠올렸다. 화신의 이야기를 비웃고 능멸하고 끝내 자신의 유희거리로 만들어버린 모든 성좌들.

조금만 기다려라.

「내가 그 빌어먹을 하늘에서 너희를 모두 떨어뜨려줄 테니까.」

3

멸살법에는 그런 문장이 나온다.

「'이야기의 지평선'에는 악마들이 살아간다. 마왕도 악마종도 아니지만 '악마'라 불리는 존재들. 도깨비만큼이나 이야기를 갈구하고, 이야기를 갈구하는 만큼이나 도깨비를 증오하는 존재들.」

……그래, 그 문장.

「만약 당신이 시나리오에서 추방당했다면, 기대할 것은 하나뿐이다. 바로 '지평선의 악마'들의 자비를 바라는 것이다.」

[제4의 벽]이 알아서 떠들어주니 내가 나서서 할 말이 없다.

나는 지평선의 악마를 바라보았다. 늙수그레한 인상. 얼핏 보면 부랑자를 닮은 행색이지만 알아보기는 어렵지 않았다. 지평선의 악마는 모두 볼에 커다란 혹을 붙이고 있기 때문이다. 이 때문에 일각에서는 이들을 '혹부리'라는 약칭으로 부르기도 한다.

허공에서 옅은 스파크가 튀더니 혹부리가 한 발 물러났다.

"……특이하군. '대악마의 눈동자'로도 정보를 확인할 수 없다?"

그새 내 정보를 캐내려고 용을 쓴 모양인지 혹부리의 한쪽 눈에서 노란 빛살이 소용돌이치고 있었다.

'대악마의 눈동자'.

안나 크로프트가 가진 그 눈이 혹부리에게도 있었다.

당연한 일이다. 안나에게 대악마의 눈동자 정보를 알려준 것도 저 녀석들일 테니까. 지평선의 악마는 비형 같은 머저리와 비교할 수조차 없이 위험하다. 조금이라도 얕보이면 잡아먹히는 것은 이쪽이겠지.

나는 여유를 연기하며 서두를 열었다.

"내 정보는 예언자도 못 읽어. 혹부리답지 않게 정보가 느리네?"

자존심이 상했는지 혹부리가 인상을 찌푸렸다.

"내가 올 줄 알고 있었나?"

"그래."

"어떻게?"

"아마 이걸 가지러 왔겠지."

나는 품속에 넣어둔 도깨비의 알을 꺼내 보였다. 혹부리의 눈동자가 흔들렸다. 이 알에 들어 있는 존재가 무엇인지 알아본 것이다.

"그 영혼은 내 것이다."

악마의 혹이 불길하게 부풀어 오르기 시작했다.

"그 영혼은 다른 평행 차원의 내가 이쪽으로 보냈다. 소유권은 나에게 있어."

녀석이 한 걸음 다가오기에 한 걸음 물러나며 발뺌했다.

"무슨 소린지 모르겠는데?"

"……명계에서 돌아왔어야 할 영혼이 어디 갔나 했더니 그대가 가로챘군. 아직 늦지 않았으니 반납하기 바란다."

"반납? 무슨 헛소리야? 스타 스트림에도 분실물 취급법이 있던가?"

여전히 같은 거리에서, 혹부리는 깊은 탐욕이 밴 눈동자로 알을 노려보았다. 나도 알을 함께 내려다보았다.

이 알에는 유중혁의 '41회차'에서 온 신유승이 들어 있다.

그러니 어떤 의미에서 지평선의 악마 말은 맞았다. 신유승을 '재앙'으로 둔갑시켜 이 차원으로 전송한 녀석이 바로 눈앞의 혹부리니까.

혹부리의 미간 주름이 한층 짙어졌다.

"말장난을 하고 싶은 거라면……."

"본인한테 직접 물어보자고. 얘도 자유의지가 있잖아."

나는 지체하지 않고 알 표면을 톡톡 두드리며 물었다.

"유승아, 쟤가 네 주인이라는데. 어떻게 생각하니?"

파르르, 하고 격하게 떨리는 알.

"으음, 그렇구나. 쟨 아니라고?"

"……이봐."

나는 혹부리를 무시하고 다시 알에게 말을 걸었다.

"그럼 넌 누구 거야?"

알은 이번에는 부르르, 하고 떨렸다. 나는 알아듣기라도 한 것처럼 고개를 끄덕였다.

"그래 맞아. '영혼'은 누구의 것도 될 수 없지. 누구도 '이야기'의 주인이 될 수 없는 것처럼 말이야."

누구도 이야기의 주인은 될 수 없다. 그 말에 혹부리의 표정에 날카로운 기색이 스쳤다. 대악마의 눈동자가 팽그르르 회전했다. 흥미롭다는 듯 녀석의 입가에 미소가 깃들었다.

"재미있군, 구원의 마왕. 지금 나와 협상해보자는 것인가?"

걸리셨구만. 나는 씩 웃으며 답했다.

"맞아."

"이쪽에서도 네 행적은 꽤나 관심 있게 보던 차였다. 하지만 협상을 하고 싶다면 먼저 그 알을 내놔라."

"혹시 협상이 뭔지 모르나? 그건 곤란해. 나는 얘가 필요하거든."

"너는 그 알의 가치를 모른다."

"아니, 알아."

알은 내게서 떠나기 싫다는 듯이 내 손에 찰싹 붙어 있었다. 나는 알을 가볍게 쓰다듬으며 말을 이었다.

"이 알에서 태어날 존재는 '채널'을 만들 수 있으니까."

"……그게 어떤 의미인지 아나?"

"관리국 권한을 벗어난 성류 방송을 송출할 수 있단 뜻이지."

내 말에 혹부리의 혹이 희미하게 떨렸다. 당황한 녀석의 손끝에서 호롱불이 흔들렸다. 나는 말을 덧붙였다.

"즉 이 알은 무수한 이야기를 생산할 가능성을 품고 있어. 너희도 그래서 이 알을 원하는 거잖아?"

상당히 놀랐는지 혹부리는 잠시 말이 없었다. 내 의중을 떠보려는 기색이었다. 하지만 대악마의 눈동자로도 읽을 수 없는 내면을 그저 들여다본다고 알아낼 수 있을 리 없었다.

"너는 스타 스트림에 반역할 셈인가?"

"반역? 글쎄. 관리국이 스타 스트림의 전부라고 말할 수 있을까?"

"어떤 일부는 때로 전체나 다름없지."

"혹부리답지 않은 말이지만…… 뭐, 좋아. 네가 원하는 게 그런 대답이라면……."

혹부리의 눈이 카메라 렌즈처럼 돌아갔다. 녀석이 무엇을 원하는지 알기에 나는 일부러 밤하늘을 가리키며 혁명가처럼 말해주었다.

"나는 빌어먹을 도깨비의 세계를 부술 것이다."

혹부리의 표정이 악마처럼 일그러졌다. 나는 그 소름 끼치는 표정이 무엇을 뜻하는지 알고 있었다. 그것은 혹부리들의 '미소'였다.

"마음에 드는군."

혹부리의 환심을 사는 법은 간단하다. 바로 도깨비를 욕하면 된다.

❁ ❁ ❁

지평선의 악마, 즉 혹부리에 관해 가장 널리 알려진 민담은 '혹부리 영감'에 관한 이야기이리라.

누구나 어릴 적 한 번쯤 들어보았을 설화.

마음씨 착한 혹부리 영감은 도깨비 덕택에 혹을 떼고, 마음씨 나쁜 혹부리 영감은 도깨비 때문에 혹이 하나 더 붙었다는 이야기…….

나는 혹부리의 혹을 들여다보며 물었다.

"그래서 넌 착한 쪽이야 나쁜 쪽이야?"

"인간은 늘 그런 걸 궁금해하더군. 내가 선한 쪽이라고 해서 딱히 너희 편을 든다는 보장도 없는데."

"뭐, 혹이 있는 걸 보면 당연히 나쁜 쪽이겠지만."

"그 민담은 세계광포설화다. 늘 정확한 이야기가 계승되진 않지."

"네가 나쁜 쪽이라는 게 점점 더 확실해지네."

흑부리의 혹이 희미하게 떨렸다.

멸살법에 따르면 흑부리들의 혹은 이야기를 저장하는 창고 역할을 한다. 무수한 설화가 저 혹 안에서 새로운 주인이 찾아오길 기다리는 것이다. 시계추처럼 혹을 흔들며 시스템 창을 들여다보던 흑부리가 잠시 후 내게 말을 걸었다.

"네가 부탁한 것은 총 두 가지다."

나는 고개를 끄덕였다.

"하나는 '시나리오'로 돌아가는 것. 그리고 다른 하나는 새로운 '화신체'를 획득하는 것."

"맞아."

도깨비의 채널이 닿지 않는 곳에서 활동하는 흑부리는 스타 스트림에서 암상인과 비슷한 역할을 한다.

추방자를 시나리오 속으로 돌려보내는가 하면, 채널에서 구할 수 없는 독특한 물건을 구해주기도 한다. 물론 그 대가는 아주 비싸다.

"둘 다 도와줄 수 있다."

"좋아, 그럼 도와줘."

"대가로 알을 내놔라."

"안 된다니까."

"그러면 도와줄 수 없다."

젠장. 다시 제자리다. 아무래도 도깨비 알에 단단히 꽂힌 모양인데. 나는 말이 나온 김에 확실히 못을 박기로 했다.

"말했지만, 알은 줄 수 없어. 어차피 너희는 이거 다시 가져가도 못 써먹어. 앤 내 말만 듣거든."

"설마…… 네 설화를 먹고 자란 녀석인가?"

"맞아."

"도깨비와 설화를 섞다니 불결한 놈이군."

"시끄러워. 알 말고 다른 걸 줄게."

"무얼 줄 수 있지?"

"설화. 애초에 너희가 받는 것도 그것뿐이잖아?"

스타 스트림에서 가치 있는 것은 이야기뿐. 그러니 혹부리들이 받는 것도 이야기밖에 없다.

"……아주 자신만만하군. 어떤 설화를 줄 수 있지?"

"보여줄게."

나는 내 설화 목록을 펼쳐 보았다.

〈설화 목록〉

왕이 없는 세계의 왕

이적에 맞서는 자

이야기꾼을 능멸한 자

재앙의 왕을 사냥한 자

이계의 신격을 살해한 자

구원의 마왕

(…)

나당 연합군

벌레 학살

언제 이렇게 많은 설화를 모았나 싶었다.

물론 전설급 이상 설화는 여섯 개뿐이지만, 그래도 그게 어딘가.

겨우 열 번째 시나리오를 돌파하고 이 정도 수의 설화를 모은 존재는 아마 세상에 나뿐이리라.

혹부리도 감탄한 기색이었다.

"대단한 줄 알고는 있었지만…… 정말 대단하군."

혹부리는 명품관에 온 손님처럼 설화 하나하나를 들여다보며 감탄을 아끼지 않았다. 특히 전설급 설화를 볼 때는 눈이 탐심으로 번들거렸다. 혹이 붉어진 것을 보니 확실히 흥분한 모양이다.

"알을 대체하기엔 무리가 없어 보이는군."

"당연하지."

"하나만 골라야 하나?"

"일단은."

물론 설화의 가치에 따라 다르겠지만 당연히 이걸 다 주면서 거래할 생각은 없었다. 그건 성좌위를 통째로 빼앗기는 것과 다름없으니까.

혹부리는 망설이지 않고 설화 하나를 택했다.

"이걸 가지겠다. '이계의 신격을 살해한 자'."

"너무 양심 없는 거 아냐? 내가 가진 유일한 준신화급 설화라고."

준신화급 설화의 가치는 감히 코인으로 환산할 수도 없을 정도다. 지평선의 악마와 거래가 아무리 중요하다 해도, 힘들게 얻은 준신화급 설화를 내줄 수는 없었다. 더군다나 「이계의 신격을 살해한 자」는, 훗날 다른 이계의 신격을 만났을 때도 사용가치가 있을 테니까.

자기도 과한 요구를 했다는 걸 아는지 혹부리가 입맛을 다셨다.

"그렇다면 이것도 나쁘지 않지. '왕이 없는 세계의 왕'."

나는 고개를 내저었다.

"내 탄생 설화야. 줄 수 있을 리가 없잖아?"

"그렇군. 그럼 '구원의 마왕'은……."

"그걸로 내가 정식 성좌위에 올랐는데, 너 같으면 주겠어? 자칫하면 격이 강등된다고."

"……아쉬운 대로 이걸로 하지. '이적에 맞서는 자'를 다오."

"나중에 쓸 곳이 있어서. 미안."

어이없다는 듯이 나를 바라보던 혹부리가 짜증을 냈다.

"대체 무슨 설화를 주겠다는 거냐?"

"이거 줄게. '나당 연합군'."

언젠가 '매금지존'을 비롯한 신라의 성좌를 도와주고 받은 역사급 설화였다. 혹부리의 안색이 무참히 구겨졌다.

"그런 건 줘도 안 한다."

……그런 거라니, 너무하네.

'매금지존'이 들었다면 눈물을 줄줄 흘릴 일이다. 신라가 당나라와 손잡고 백제의 뒤통수를 친 위대한 설화인데.

"그럼 이건 어때? '벌레 학살'."

"아까보단 낫지만 흔한 설화다."

"둘 다 줄게. 그리고 필요하면 다른 역사급 설화도……."

"거래할 생각이 없다고 받아들여도 되겠나?"

젠장, 역시 세상에는 비형처럼 호구만 있는 게 아니다. 그 자식은 정산 비율 십 대 영도 해줬는데.

내가 계속 망설이자 혹부리가 흐릿하게 미소를 지었다.

"어떻게 아직도 존재를 지탱하고 있는지 모르겠지만, 그대는 시간이 충분치 않을 텐데?"

아까보다 체온이 떨어진 느낌이 들었다. [제4의 벽]이 이야기를 떠드는 간격이 조금씩 멀어지고 있었다.

[당신의 본체가 붕괴하고 있습니다.]

혹부리에게 최대한 감췄지만 내 존재는 상당히 위태로운

상태였다. 당장 시나리오로 복귀하거나, 최소한 새로운 화신체를 손에 넣지 않는 한 붕괴는 더욱 가속할 것이다.

「멍청한 김독자는 생각했다. 젠장, 무슨 설화를 줘야 하지?」

……나도 답답하니까 이럴 때는 괴롭히지 마라.

「그때 김독자의 눈에 들어온 설화가 있었다.」

눈에 들어오긴 대체 뭐가…… 어?

나는 순간적으로 멈칫했다. 그러고 보니 이 설화가 있었지.

"그럼 이건 어때?"

전설급 설화인데 특별한 기능은 없는 설화. 하지만 존재 자체로 흑부리의 관심을 끌기에는 적합한 설화.

"이 설화는……?"

"어때, 마음에 들지?"

흑부리는 불신 가득한 눈으로 설화의 면면을 살폈다. 이런 설화가 가능할 리 없다는 듯 떨리는 눈동자. 흑부리의 긴 손가락이 창에 닿자 설화 내용이 재생되기 시작했다.

퍼억! 퍼억! 퍼어억!

내 주먹에 호되게 두들겨 맞는 중급 도깨비 바울. 터져나가는 도깨비의 얼굴이 죽상이 될 때마다 흑부리의 표정에도 경악이 스쳐 갔다.

설화, '이야기꾼을 능멸한 자'.

이 설화를 내주더라도 전설급 이상 설화가 다섯 개나 남기 때문에 내 격이 위태로워질 일은 없다. 그리고 당연하게도, 혹 부리가 좋아할 수밖에 없는 내용이다. 도깨비 욕만 해도 좋아 하는데, 녀석들을 두들겨 팬 설화를 좋아하지 않을 리 없었다.

"큭, 큭큭…… 크하하하하핫!"

가볍게 시작된 웃음은 이내 폭소로 이어졌다. 나는 녀석이 충분히 즐길 수 있을 때까지 기다려주었다.

"좋다, 이걸 받지. 아주 유쾌한 설화로군."

"그럼 거래 성사인가?"

"하지만 대가로는 조금 부족해. 네가 준 설화는 희소가치는 있지만, 기능가치는 거의 전무하다."

……그렇게 나올 줄 알았지. 나는 재빨리 덧붙였다.

"그럼 '나당 연합군'도 같이 줄게."

"여전히 부족하다. 이대로 거래를 계속하고 싶다면 거래 내 용을 바꿔야 한다."

"바꿔? 어떻게?"

"앞서 말했듯이 그대의 부탁은 두 가지다. '시나리오'로 복 귀하는 것. 그리고 새로운 '화신체'를 얻는 것."

나는 잠시 생각하다가 물었다.

"이 설화로는 둘 중 하나만 들어줄 수 있다는 얘기인가?"

"그렇다. 정확히는 두 번째, 화신체를 얻는 일만 도와줄 수 있다."

화신체를 얻는 일. 물론 그것도 중요하다. 하지만…….

"시나리오 복귀는 왜 안 되는데? 원래 이 정도 받으면 해줄 수 있잖아?"

"뭔가 아는 것처럼 말하는군."

"좀 들은 게 있어서."

정확히는 들은 게 아니라 읽었다고 말해야겠지만. 내 눈을 지그시 바라보던 혹부리가 말했다.

"흠…… 평소라면 이 정도 대가로 넘어갔을지 모르지만, 지금은 상황이 좀 특별하다."

"특별해?"

"그대가 저지른 짓 때문에 한반도 지역의 관리국과 성운들 전부 신경이 곤두서 있다."

대충 무슨 말인지 알 것 같았다. 혹부리가 말을 이었다.

"추방자를 시나리오로 돌려보내는 건 생각보다 품이 많이 드는 일이야. 스타 스트림 전체에서 개연성이 가장 많이 소모되는 일 중 하나니까. 그런데 너도 알다시피 개연성은 '이목'과 밀접한 관계를 맺고 있다."

"지금처럼 보는 눈이 많은 상황에서는 많은 개연성을 지불해야 한다 이건가."

"그래. 게다가 영문을 모르겠지만, 관리국의 지부장 녀석이 나서는 바람에 기존 거래 창구가 죄다 틀어막힌 상태다. 현재로서 지구 시나리오로 곧장 복귀할 수 있는 루트는 거의 막혔다고 보면 된다. 이보다 더 큰 대가를 받더라도 무리야."

지구로 곧장 복귀할 수 없다니…… 생각보다 상황이 순탄치 않았다. 흑부리가 나를 보며 물었다.

"아쉬운 대로 화신체라도 받겠나? 전설급 설화라면 썩 괜찮은 화신체를 내어줄 수도 있는데. 마침 무림 쪽 차원에서 회수한 화신체가 몇 개 있어서 말이야."

무림 쪽 화신체라니 구미가 당기는 제안이다. 하지만 나는 고개를 내저었다. 아무리 좋은 화신체를 받아도, 시나리오로 돌아갈 수 없다면 말짱 헛것이다. 새 화신체의 내구력이 지속되는 동안 시간을 벌 수는 있겠지만, 시나리오로 돌아가지 못하면 존재 붕괴는 계속된다.

흑부리 자식도 그걸 아니까 이런 제안을 했을 터. 새로 받은 화신체가 추방자 페널티로 분해되고 나면, 새로운 거래로 내 다른 설화까지 빼앗아가려 하겠지.

나는 더 강경하게 밀어붙이기로 했다.

"난 시나리오로 돌아가야 해, 반드시. 화신체를 얻는 것보다 그쪽이 먼저야."

"흠…… 곤란한데."

"지구가 아니라도 괜찮으니까 다른 시나리오에 참가할 수는 없을까?"

척준경도 그런 식으로 한반도 시나리오에서 벗어났다. 나라고 못 하라는 법은 없지. 그러나 흑부리가 고개를 저었다.

"물색한 곳이 몇 군데 있기는 한데, 그쪽은 품이 더 든다. 도피성 시나리오 이동은 큰 개연성을 요구하니까."

"······진짜 어떻게 안 되겠어?"

나는 일부러 설화 창을 하늘하늘 흔들며 말했다. 내 주먹에 피떡이 되어 터져나가는 중급 도깨비 바울도 하늘하늘 흔들렸다.

"네 생각보다 훨씬 희소한 설화야. 세상천지에 어떤 화신이 도깨비를 두드려 패는 설화를 얻겠어?"

"크흠······."

"이걸 네 혹에 담아가서 친구들한테 자랑하는 모습을 상상해보라고."

혹부리는 한참이나 고뇌했다. 고뇌하고, 또 고뇌했다.

[당신의 존재가 위태롭습니다.]

[새로운 화신체를 획득하거나 시나리오로 복귀하세요.]

[곧 당신의 존재가 붕괴합니다.]

그리고 마침내 혹부리가 입을 열었다.

"딱 한 군데, 그대가 갈 만한 곳이 있다."

"어딘데?"

순간 혹부리의 입가에 섬뜩한 빛이 스쳐 갔다.

"마계魔界다."

마치 무시무시한 것을 말하는 듯한 어조였다. 내 표정을 보고 무슨 생각을 했는지 혹부리가 씩 웃었다.

"그렇게 겁먹을 필요는 없다. 마계도 사람 사는 동네니까.

게다가 마침 그대의 몸에는 충분한 마기가 남아 있으니, 지금 그곳으로 간다고 해도 그리 눈에 띄지는 않을 거다."

"마계도 종류가 있잖아. 어디로 보내줄 건데?"

"73번 마계. 통치하는 마왕도 없는 곳이지. 오래전부터 시나리오 낙오자가 모여드는 곳이기도 하고."

73번 마계라. 내 기억이 맞는다면 그쪽 마계는 마침 '지구 시나리오'와 동선이 겹치는 시나리오 지역 중 하나다. 나는 고개를 끄덕였다.

"뭐…… 나쁘지 않군."

"단, 이곳으로 보내주는 경우 우리는 그대에게 화신체를 공급해줄 수 없다."

"하지만 시나리오로 복귀는 시켜주는 거지?"

시나리오 지역으로 들어간다고 해서 곧장 '시나리오'로 복귀할 수 있는 것은 아니다. 나는 이미 시나리오 클리어에 실패한 존재니까. 즉, 시나리오에 진입하기 위해서는 결국 놈들 도움을 받아야만 한다는 것.

그런데 혹부리가 고개를 저었다.

"그것도 무리다. 73번 마계로 이동시켜줄 뿐이다."

"뭔 개소리야?"

"그 대신 약간의 정보를 주지. 상당한 운과 노력이 필요하겠지만, 그 정보를 이용하기에 따라서 화신체도 얻고 시나리오로 복귀할 수도 있을 것이다."

"왠지 손해 보는 거래 같은데."

"하지만 이게 우리가 제안할 수 있는 전부다."

나는 잠시 고민하는 척하다가 천천히 고개를 끄덕였다. 지금으로서는 별다른 선택권이 없었다.

"좋아, 그 거래 받아들일게."

어차피 정했다면, 더 시간을 지체할 필요는 없다. 나는 곧장 심장에서 설화를 꺼내 녀석에게 내밀었다.

[설화, '이야기꾼을 능멸한 자'를 지불했습니다.]

혹부리가 고개를 끄덕였다.

"대가는 받았다."

혹부리가 내게서 받은 설화를 자신의 혀 위에 놓고 꿀꺽 삼켰다. 녀석의 혹이 파랗게 빛나며 부르르 떨렸다. 만족한 듯 웃음을 지은 혹부리가 천천히 들숨을 삼켰다.

슈우우우우우!

주변의 모든 것을 빨아들일 기세로 공기를 들이마시는 혹부리. 자세히 보니 공기만 삼키는 것이 아니었다. 주변 일대의 시공간 자체가 혹부리의 들숨에 빨려들고 있었다. 잠시 후 수십 배로 부풀어 오른 혹부리의 배가 일시에 쪼그라들며 엄청난 굉음을 토해냈다.

혹부리 입에서 공간이 쏟아져나왔다. 모자이크처럼 쏟아진 공간은 길쭉한 타원형 통로를 만들었다. 통로 너머에는, 이곳과는 다른 세계의 정경이 내비치고 있었다.

"빨리 들어가라. 포털이랑은 다르게 유지 시간이 무척 짧으니까."

나는 망설이지 않고 통로 안으로 뛰어들었다.

[본체가 새로운 시공간으로 전송됩니다.]

뛰어든 순간 주변의 우주가 움지럭거리는 듯했다. 나는 유성우 곁을 스치며 스타 스트림의 밤하늘을 비행하고 있었다. 다양한 시나리오 지역이 이야기의 파편이 되어 내 주변을 쏜살같이 스쳐 갔다.

[<스타 스트림>이 당신의 존재를 일별합니다.]

한순간, 어떤 시선이 나를 바라보았다.

[<스타 스트림>이 당신의 존재를 묵인합니다.]

이윽고 그 시선은 사라졌다. 약간의 전류가 내 몸을 사로잡았지만 그게 전부였다. 아마 필요한 개연성은 흑부리가 지불했겠지.

짧은 우주여행이 끝나자 이내 강력한 이야기의 중력이 나를 잡아당기는 것이 느껴졌다.

[시나리오 인접 지역에 도달했습니다!]

나는 신음과 함께 흙먼지 가득한 바닥을 나뒹굴었다. 충격이 몸에 영향을 미쳤을까. 바닥과 닿은 육체의 표면이 조금씩 갈라지기 시작했다.

[당신의 존재가 붕괴하고 있습니다.]
[설화가 손상되고 있습니다.]
[새로운 화신체가 필요합니다!]

젠장. 허겁지겁 바닥을 짚고 일어났으나 이미 지옥은 시작되었다.

"커흐흑……."

전신의 균열에서 활자가 흘러나오기 시작했다. 제일 위험한 것은 심장 쪽이었다.

[당신의 탄생 설화가 새어 나오고 있습니다.]

빨리 화신체를 구해 상처를 봉하지 않으면 이대로 설화 전체가 무너져 죽게 될 것이다.

황급히 사위를 둘러보았다. 혹부리 녀석이 화신체를 구할 수 있는 곳으로 보내준다고 했으니, 분명 근처에 화신체를 구성할 만한 게 있을 터였다.

그러나 주변을 살핀 순간, 내 표정은 딱딱하게 굳었다.

"여긴……?"

거대한 쓰레기 산이 쌓여 있었다. 기다렸다는 듯 흑부리의 목소리가 들려왔다.

―지금쯤 그대는 73번째 마계에 면한 '시나리오의 지평선'에 도착했겠지.

시나리오의 지평선. 나도 그 지명을 알고 있었다. 나처럼 시나리오에서 배제된, 그리하여 청소부에 의해 강제로 배출된 시나리오의 폐기물이 모이는 장소. 삐걱거리며 굴러다니는 설화 파편을 보며 나는 외쳤다.

"잠깐만. 여긴 쓰레기장이잖아!"

―그곳에서 그럭저럭 쓸 화신체를 얻을 수 있을 것이다. 물론 그대가 쓸 만한 구성품을 구했을 때 얘기지만. 뭐, 그걸 어떻게 구할지는 우리가 알 바 아니고.

"이런 젠장……."

흑부리는 처음부터 공정한 거래를 할 생각이 없었다. 내가 죽어도 설화를 회수하러 다시 이곳에 오면 그만이니까.

―그대에게 지평선의 가호가 있기를 바라지.

나는 망연해져 그 자리에 주저앉았다. 심장 부근에서 후두둑 떨어지는 활자들. 이대로 있으면 오 분도 채 지나지 않아 소멸하고 말 것이다.

「그리고 잠시 후 김독자의 표정이 변하기 시작했다.」

　나는 천천히 주변을 둘러보았다. 확실하다. 어디에서도 혹부리의 시선은 느껴지지 않는다.

「당황으로 젖은 눈동자는 침착하게 가다듬어졌고, 바보처럼 벌리고 있던 입은 고요히 닫혔다. 이윽고 옷매무새를 가다듬은 김독자는 중얼거렸다.」

　"힘들구만."

「*김독자 연기 잘못한다.*」

　"……눈치챘냐?"

　나는 천천히 고개를 꺾으며 엉거주춤 자리에 섰다. 꽤 귀찮은 연극이지만 혹부리의 의심을 피하려면 어쩔 수 없었다.

「처음부터 여기로 오는 게 목적이었다는 사실을 결코 들켜서는 안 되었다. 이쪽이 가진 정보를 최대한 숨기면서 원하는 것을 얻어내려면, 이 정도 연기는 해줘야 했다.」

[제4의 벽]의 수다를 들으며 주변 폐허를 차분히 살폈다.

"……제대로 오긴 한 것 같네."

[제4의 벽]의 말대로, 나는 처음부터 이곳에 올 생각이었다. 이것을 위해 성좌들 앞에서 죽음을 연기하기도 했고. 나는 쓰레기 산을 짚으며, 천천히 주변을 탐색했다.

"큭, 아파……."

하지만 송곳으로 쑤시는 듯한 심장 통증 때문에 제정신을 유지하기가 쉽지 않았다.

[당신의 탄생 설화가 붕괴하고 있습니다.]

표정은 연기였다 해도 통증마저 거짓은 아니었다. 나는 흐릿해지는 의식을 필사적으로 붙든 채 멸살법을 떠올렸다.

「유중혁의 111회차. 시나리오에서 추방된 유중혁이, 자신의 세력을 꾸리기 위해 도달했던 곳.」

「73번째 마계, '시나리오의 지평선'.」

「그 쓰레기장에서 유중혁은 자신의 새로운 '몸'을 얻었다.」

하지만 아무리 훑어보아도 새로운 화신체의 재료가 될 만한 설화가 보이지 않았다. 애초에 시나리오의 지평선은 망가진 이야기가 모이는 곳. 이런 곳에서 쓸 만한 화신체를 구할 수 있을 리 만무했다.

어디까지나 보통이라면 그랬을 거라는 얘기다.

"특성 효과를 발동한다."

[특성 '라마르크의 기린'의 효과가 발휘됩니다!]

30만 코인을 주고 구입한 진화계 특성, '라마르크의 기린'. 비형이 남긴 아이템 박스 속 특성이 바로 이것이다.

[특전 '진화인자進化因子 탐색'이 시작됩니다!]
[당신이 흡수할 수 있는 설화 파편을 탐색합니다!]

천천히 눈을 감았다 뜨자 쓰레기상 곳곳에서 색다른 것들이 눈에 띄기 시작했다.

[설화 파편이 탐지됐습니다!]

하얀빛으로 반짝이는 설화 파편. 적어도 내게 이곳은 더 이상 '쓰레기장'이 아니었다.

「동료에게 뒤통수를 맞은 소드 마스터의 오른팔」

「끔찍하게 뜯어 먹힌 그랜드 위저드의 전두엽」

「이계의 신격에게 찢겨 죽은 어린 골드 드래곤의 심장」

　멸살법 설정에 따르면 '라마르크의 기린'의 특전은 '부서진 설화'를 흡수하여 육체를 재구성하는 것.

　"……우선은 이걸로 시작할까."

　나는 먹음직스러운 붉은빛을 띤 심장 조각을 향해 천천히 손을 뻗었다.

4

살갗에 와 닿는 보드라운 이불의 감촉.

얼마 만에 누려보는 사치인지 정희원은 좀처럼 실감이 나지 않았다. 모든 것이 평화로웠다. 괴수에게 습격당할까 뜬눈으로 밤을 지새우지도 않았고, 아이템을 빼앗길까 같은 인간을 경계할 필요도 없었다.

하지만 그 평화가 오래가지 않을 것임을 정희원은 잘 알고 있었다.

"정희원 씨! 문 좀 열어주십시오!"

"인터뷰 좀 부탁드립니다!"

벌써 일주일째, 집으로 몰려든 기자들이 1층 현관 앞에 진을 치고 있었다. 커튼을 살짝 여는 순간 쏟아지는 플래시. 무자비한 카메라의 시선 앞에, 정희원은 쓴웃음을 지었다.

"……하긴, 성좌만 관음종자는 아니었지."

[성좌, '심연의 흑염룡'이 킬킬 웃습니다.]
[성좌, '은밀한 모략가'가 당신의 감상에 동의합니다.]

정희원은 자신을 보는 사람들의 시선을 느끼며 새삼스러운 감상에 잠겼다. 사실 '시나리오'가 시작되기 전에도, 형태는 다르지만 비슷한 일은 줄곧 있었다.

누군가의 관음도 생존을 위한 투쟁도 마찬가지다. 그러니 시나리오라는 건, 시나리오가 시작되기 전부터 줄곧 있어왔는지도 모른다. 누구도 그게 시나리오라는 것을 알지 못했을 뿐이다.

창문 너머로, 부서진 시가지와 차단된 서울 돔의 모습이 보였다. 서울 돔을 벗어난 지 일주일이 지났지만 정희원은 아직도 그 사실이 믿기지 않았다.

"희원 언니! 일어났어요?"

"아, 응."

벌컥 문을 열고 들어온 이지혜를 향해 정희원이 힘없이 웃어 보였다.

서울 돔 탈출 후 일주일. 그동안 여러 일이 있었다. 정희원을 비롯한 일행은 임시 정부의 도움으로 경기 지역에 거처를 지원받았고, 기관에 불려가 몇 가지 설문에 답했다. 대부분 뻔한 질문이었다.

서울 돔 안에서 무슨 일이 있었는가.

인터넷에 돌아다니는 소문이 사실인가.

당신 같은 사람은 몇 명이나 있으며, 어떤 사상을 가지고 있는가.

성좌와 시나리오라는 것은 대체 무엇인가…….

정희원은 처음에는 성실히 질문에 답했다. 하지만 시간이 지나면서 모든 것이 귀찮아졌다.

이런 게 무슨 의미가 있나 싶었다.

이미 대한민국 정부는 궤멸 상태였다. 운 좋게 살아남은 몇 몇 국회의원과 시의원으로 이루어진 임시 정부는 이 사태를 전혀 이해하지 못하고 있었다. 그들은 앞으로의 시나리오에서도 '국가'라는 체제가 유의미할 것이라 굳게 믿었다. 새로운 시대에 낡은 신념을 고수하는 이들에게 정희원이 해줄 말은 정해져 있었다.

—다들 신발 갈아 신고, 넥타이부터 풀어요. 도망치기 좋은 복장이 아니니까.

정희원은 이지혜를 보았다. 어차피 믿을 건 일행뿐이다.

"유상아 씨는?"

"애들이랑 같이 방에 틀어박혀 있어요."

문제는 그 일행들마저 정신을 못 차리고 있다는 점이지만.

이지혜가 어두운 목소리로 말을 이었다.

"……아무래도 독자 아저씨가 없어진 타격이 크네요."

있을 때는 긴가민가하다가 없어지고 나면 티가 확 나는 사람이 있다. 일행들에게는 그게 바로 김독자였다. 생존 목적은 각자에게 있었지만, 생존 방식을 정해온 이는 지금껏 김독자였다.

"군인 아저씨 말마따나 매뉴얼이라도 있으면 좋겠네요, 진짜."

"현성 씨는 아직이야?"

"첫날 군대에 불려가서 아직도 소식이 없어요."

본래 군인이었으니 군부대에 제일 먼저 호출되는 것은 당연한 일이었다. 이지혜가 투덜거렸다.

"진짜 미련하게…… 나 같으면 안 갈 텐데. 이런 세상에 군대가 다 뭐라고."

정희원도 이지혜의 말에 적극 동감했지만, 그렇다고 이현성을 나무라고 싶은 마음은 없었다. 상실 앞에 대처하는 방법은 저마다 다르다. 아이들이 방 안에 틀어박혔듯 이현성은 군대로 돌아갔다. 그저 그뿐이다.

[다음 시나리오는 사흘 뒤에 시작됩니다.]

허공에 뜬 메시지를 보며 정희원은 불안감을 삼켰다.

사흘 뒤 지옥은 다시금 시작될 것이다. 더 복잡한 문제는 앞으로 있을 시나리오가 지금껏 겪어온 것과는 완전히 다를 가능성이 크다는 점이었다.

[당신은 이제 배후성의 부름에 응할 수 있으며, 그들이 내리는 개인 시련을 받을 수 있습니다.]
[개인 시련은 히든 시나리오로 취급되며, 특정 메인 시나리오 수행과 중첩될 시 메인 시나리오를 대체할 수 있습니다.]
[시나리오 대체는 25번째 메인 시나리오가 시작되기 전까지만 가능합니다.]

열 번째 시나리오를 통과하며 열린 '개인 시련'. 그게 뭔지 아직 좀처럼 감이 오지 않았다. 이지혜가 위로하듯 말했다.

"사부가 당분간 큰일은 없을 거라고 했으니 너무 신경 쓰지 마요, 언니."

"유중혁 씨는 어떻게 됐어?"

"김독자, 김독자 중얼거리더니 어딜 가버렸는지 모르겠어요. 진짜 사부답지 않게…… 맨날 자기가 죽이겠다며 벼르고 있었으니 당연한 건가."

김독자의 죽음 이후 냉정한 유중혁에게도 변화가 있었다. 한동안 폐인처럼 방 안에 처박혀 연공煉功만 반복하다가 사흘 전에 금방 돌아오겠다는 말을 남기고 홀연히 사라졌다.

"한수영 씨는?"

"오늘 아침 정부 요원들이랑 이야기해보겠다고 나갔어요.

뿌린 씨앗을 거둘 때가 됐다는 말도 했고……."

"정부? 그치들에겐 딱히 기대할 게……."

말하는 순간 떠오르는 것이 있었다.

—만약 나한테 무슨 일이 생기면, 무조건 한수영이랑 같이
움직이세요.

왜 김독자가 한수영과 함께 움직이라고 했는지는 모른다.
김독자가 그렇게 말했으니 분명 타당한 이유가 있으리라. 정
희원이 몸을 일으키자 놀란 이지혜가 물었다.

"나가게요?"

"계속 여기 죽치고 있을 수는 없으니까. 우리도 뭔가 준비하
긴 해야지."

"그럼 저도 같이 가요."

뭔가 결심한 이상 둘 다 망설이는 성격은 아니었다. 이지혜
와 정희원은 간단히 장구류를 챙긴 후 곧장 밖으로 나왔다. 현
관문을 열자 쏟아지는 셔터 소리가 사위를 뜨겁게 달구었다.

"정희원 씨! 고려일보 기자입니다! 한마디만 해주세요!"

생존자는 그들 외에도 있다. 천 명에 달하는 생존자들이 서
울 돔에서 살아 돌아왔고, 그중 일부는 언론사와 접촉해 몇 달
에 걸친 끔찍한 생존 기록을 남겼다.

이미 충분한 증언이 쌓였을 텐데도 기자들은 계속해서 찾
아왔다. 이유는 알 만했다. 생존자 천여 명 가운데 정희원을

비롯한 일행은 시나리오의 중추에 있던 유명 인사니까.

"정희원 씨! 그곳에서 대체 무슨 일이 있었던 겁니까?"

"평소에 검도를 배우신 게 도움이 됐다고 들었는데, 사실입니까?"

"국가대표 후보였다는 이야기가 있는데……."

정희원은 마이크를 들입다 밀어붙이는 기자들을 가만히 바라보았다. 정부는 무슨 일이 있었는지 언론에 말하지 말라고 경고했다. 그녀 또한 쉽게 입을 여는 성격이 아니기 때문에 지금껏 말을 아껴왔다.

그런데…… 왜일까.

오늘은 뭔가 말하고 싶은 기분이었다.

"거기서 무슨 일이 있었는지 그렇게 궁금해요?"

그냥 가자며 옷깃을 잡아끄는 이지혜의 손길을 만류한 채 정희원은 흔들리는 현수막을 바라보았다.

[양천구의 영웅! 멸악의 심판자 정희원의 무사 귀환을 축하합니다!]

……영웅이라고? 내가?

양천구 따위는 이미 사라진 지 오래다. 그런데도 저런 현수막이나 걸어놓고 있는 이 작태가, 정희원은 한심해서 견딜 수 없었다.

"난 당신들이 생각하는 그런 영웅이 아니에요. 국가대표 후보도 아니었고, 검도도 그렇게 잘하지 못했어요."

세계 전체를 노려보듯 정희원이 마이크에 대고 말했다.

"멸망이 오기 전, 난 그냥 싸구려 술집에서 일하던 바텐더였어요."

기자들이 크게 술렁였다. 믿을 수 없다는 눈치였다. 누군가는 경멸조로, 누군가는 질투심 어린 눈길로 그녀를 훑었다.

그 시선들 앞에서 정희원은 기이하게도 자유로워지는 기분이었다.

그녀는 이제 예전의 '정희원'이 아니다.

알량한 시선의 파도 속에서 정희원은 그 사실을 비로소 실감했다.

기자들이 물었다.

어떻게 고작 술집 바텐더가 최후의 생존자가 될 수 있었는지.

평범한 그녀가 어떻게 살아남았고, 무려 '멸악의 심판자'가 될 수 있었는지.

[성좌, '대머리 의병장'이 슬픈 눈으로 당신을 바라봅니다.]

[성좌, '외눈 미륵'이 당신의 발언에 누군가를 떠올립니다.]

성좌들의 간접 메시지가 곳곳에서 들려왔다. 정희원은 자신의 기분을 잘 이해하지 못한 채 입을 열었다.

"'김독자'라고 아세요?"

[성좌, '해상전신'이 고개를 끄덕입니다.]

[성좌, '서애일필'이 그 이름을 기억합니다.]

[성좌, '황산벌의 마지막 영웅'이 그를 기억하고 있습니다.]

성좌들의 목소리와 함께, 기자들의 목소리가 이어졌다.

"김독자?"

"그게 누굽니까?"

"전에 증언록에서 들어본 것 같기도 한데."

우스웠다. 모르겠지. 당연히 당신들은 모를 것이다.

정희원은 가볍게 숨을 들이켜며 말을 이었다.

"생존자들은 자기 힘만으로 살아남은 게 아니에요."

거기까지만 말했는데도 갑자기 울음이 나올 것 같았다.

아무것도 모르는 기자들의 질문은 계속 이어졌다.

"그게 무슨 말입니까?"

"생존자 명단에 '김독자'라는 이름은 없는데요?"

"김독자 씨는 왜 함께 생환하지 않았습니까?"

"그 사람은 지금 어디 있습니까?"

어디에 있는가. 정희원도 모른다.

다만 바라는 것이 있다면…….

"그 사람은…….."

정희원은 서울 돔을 바라보며 말했다.

"돌아올 거예요. 반드시."

　　　　✠ ✠ ✠

「그 시각, 마계에서 김독자가 눈을 떴다.」

"허어어어어어억!"

나는 거의 용트림 같은 비명을 토해내며 눈을 떴다.

쿠웅ㅡ 쿵ㅡ.

반복해서 뛰는 심장 소리가 낯설었다. 심장 부근에서 금빛 아우라가 일렁이며 거친 마력을 토해냈다. 비록 망가진 것이라 해도 해츨링의 드래곤 하트다. 이식한 것만으로 기절할 만큼 강대한 마력을 품은 소재.

제대로 활용할 수만 있다면 당분간 전투에서 마력이 부족할 일은 없을 것이다.

[특성 '라마르크의 기린'의 효과로 부서진 설화의 힘을 흡수합니다.]

사실 부서진 설화를 흡수한다는 발상 자체가 위험했다. '라마르크의 기린'을 얻지 못했다면 시도조차 해볼 수 없는 일이었으니까.

「라마르크의 용불용설用不用說이 진화론의 주류로 인정받지 못했기 때문에, '라마르크의 기린'은 다른 진화계 특성에 비해 흡수 효과가 떨어지는 편이었다. 하지만 부작용이 제일 적고, 설화의 약점을 흡수하지 않는다는 장점도 있었다.」

　[제4의 벽]의 말마따나, 다른 진화계 특성인 '다윈의 악마'
를 얻었다면 골드 드래곤의 설화 조각을 먹은 순간 심장이 터
져서 죽어버렸을 것이다.
　흡수 효과는 낮아도 안전성이 보장되는 쪽이 좋다.
　이제는 목숨도 여러 개가 아니니까.

　[설화 파편, '어린 골드 드래곤의 망가진 심장'을 획득했습니다.]

　이 설화 파편의 원래 이름은 「이계의 신격에게 찢겨 죽은
어린 골드 드래곤의 심장」이었다. 하지만 '이계의 신격에게
찢겨 죽은'이라는 부분은 흡수되지 않았다.
　이것이 '라마르크의 기린'의 장점이다.
　설화 흡수율이 낮은 대신 약점도 흡수하지 않는 것.

　[당신의 새로운 화신체가 구성되고 있습니다.]
　[새로운 화신체의 생성으로 존재 붕괴가 지연됩니다.]
　[이 효과는 일시적이므로, 빠른 시나리오 복귀를 추천합니다.]

　새롭게 뛰는 심장이 도도한 마력을 전신으로 흘려보내자
숨통이 조금 트였다. 적어도 아까처럼 탄생 설화가 흘러내리
는 일은 없어졌다.

하지만 육체 재구성은 이제 시작이었다.

나는 이어서 「동료에게 뒤통수를 맞은 소드 마스터의 오른팔」을 먹기 시작했다.

고기를 뜯듯 설화를 씹는다기보다는, 설화를 씹는 순간 부서지는 이야기를 엿보는 것에 가까웠다.

[설화 파편, '불쌍한 소드 마스터의 오른팔'을 흡수합니다.]

기분 탓인지 모르겠지만 어쩐지 검을 좀 더 잘 쓸 수 있을 것 같은 느낌이 들기 시작했다.

[특성 '라마르크의 기린'의 포만도가 한계치에 도달했습니다.]
[새로운 설화 파편을 흡수하려면 포만도를 떨어뜨리십시오.]

그렇게 설화 파편 두 개를 모두 먹어치운 후에야 한결 나아진 기분으로 쓰레기 더미 위에 주저앉았다.

"……조금 춥네."

아까보다는 덜 고통스럽지만 한기는 계속 살갗을 찔러왔다.

화신체의 내구도가 올랐다 해도 여전히 추방자 페널티는 사라지지 않았다. 이야기의 상실로 인한 공허감과 외로움. 사람들이 계속해서 뭔가 보고 듣고 읽기를 원하는, 근원적인 이유를 알 것도 같았다.

그때 전신에 미미한 온기가 돌기 시작했다.

[누군가가 당신에 대해 이야기하고 있습니다.]

……나에 대한 이야기?

[행성 '지구'에서 당신의 설화가 만들어지고 있습니다.]

그제야 어떻게 된 일인지 알 수 있었다.

누가 지구에서 내 이야기를 하고 있었다. 누구일까. 일단 유중혁은 아닐 테고. 이현성? 정희원? 아니면 신유승?

……모르겠다.

기분이 묘했다.

누군가가 내가 모르는 곳에서 내 이야기를 한다는 것.

누군가에게 여전히 기억되고 있다는 것…….

[행성 '피스 랜드'에서 새로운 '김 도게자 전설'을 만들었습니다.]

……저쪽은 이름을 좀 똑바로 불러줬으면 좋겠는데 말이지.

나는 별이 보이지 않는 밤하늘을 올려다보았다.

이곳은 이야기의 지평선.

내가 별을 볼 수 없듯 별들도 나를 볼 수 없는 곳.

그러니 오만한 별들은 모를 것이다.

그들이 볼 수 없는 곳에서, 그들을 파멸시킬 이야기가 이제 막 시작되었다는 사실을.

마계의 풍경

1

"제4의 벽은 말했다. 여 기가 어 디지."

「*따* 라하 지 마.」

나는 이야기의 지평선을 걷고 있었다. 정확히는, 벌써 나흘째 걷기만 하고 있었다. 끝없이 펼쳐진 쓰레기의 산만 거닐다 보면 누구라도 벽이랑 대화하고 싶은 기분이 들 것이다.

나는 길에 떨어져 있는 설화 파편을 향해 중얼거렸다.

"김독자는 생각했다. 저걸 주워야겠어."

아공간 코트의 공간 여백이 꽤 남았기 때문에, 일단 주운 설화 파편을 되는 대로 저장해두었다.

「**멍청이**.」

그나마 혼잣말이 아니라는 것이 위안이라면 위안이었다.

[제4의 벽]이 대체 뭘 하는 녀석인지는 모르겠지만 최소한 내게 적의가 없는 건 분명했다. 오히려 나를 추방자 페널티에서 지켜주기까지 하고 있으니…….

「죽, 리, 다.」

"조금만 참아. 네가 뭐라도 말해야 움직이기 편하다고."

추방자 페널티는 화신체를 얻은 지금도 버티기 힘들었고, 여전히 쓰레기의 산은 끝이 보이지 않았다. 이 고통은 시나리오에 복귀하기 전까지 계속되겠지.

[흡수한 일부 설화가 구성 충돌을 일으키고 있습니다.]

비교적 부작용이 적은 진화계 특성인 '라마르크의 기린'을 사용하는데도 화신체의 설화 구성이 삐걱거렸다. 아직 심각한 수준은 아니지만 전투 등 무리한 행동을 감행한다면 또다시 화신체가 붕괴할 수도 있었다.

……거참, 쉽게 풀리는 게 없구만.

이래서야 언제 성운들에 복수할까 싶지만, 뭐든 마음을 급하게 먹으면 될 일도 안 된다.

[시나리오 지역이 가까워지고 있습니다.]

일단 처음으로 해야 할 일은 마계의 시나리오를 손에 넣는 것이었다.

흑부리 자식들은 나를 대충 내던졌지만, 나는 여기서 어떻게 해야 시나리오를 얻는지 알고 있었다.

대강의 계획도 이미 세워놨다.

지금 내가 움직이는 루트는 유중혁의 111회차와 동일하다. 도중에 특이한 변수만 없다면 계획이 틀어질 일은 없다.

……그러고 보면 유중혁의 111회차 때 많은 일이 있었지.

멸살법 작가가 잠깐 슬럼프에 빠졌을 때가 그즈음이었던 것 같은데.

대략 1,000화를 좀 넘기던 시점인데, 내가 댓글로 조언이랍시고 여러 가지를 올린 기억이 난다. 댓글 때문인지는 잘 모르겠지만 그때 갑자기 새로운 인물이 나오고 이야기 시점이 바뀌었지…….

부르르르.

품속에 넣어둔 도깨비의 알이 꿈틀거렸다. 나는 설화 파편 몇 개를 알에 흡수시킨 후 알을 쓰다듬었다.

"그래그래, 귀여운 것."

내가 구한 영혼이 새로운 생명체로 깨어난다고 생각하니 기분이 묘했다.

아마 늦어도 한 달 안에 알은 부화할 것이다. 내 계획도 그 때쯤 본격적인 궤도에 오르겠지. 그러고 보니 이 녀석이 부화하고 나서도 계속 '신유승'이라고 부를 수는 없을 텐데…… 이름을 뭐라고 짓지?

「그때 김독자의 귓가에 어떤 소리가 들려왔다.」

나는 쓰레기 산 뒤쪽으로 몸을 웅크린 채 숨을 죽였다. 느껴지는 기척이 한둘이 아니었다. 적어도 수십, 많게는 백여 마리에 이르는 개체들. 나는 분위기를 살피다 살짝 머리를 내밀어 상황을 확인했다. 생기라고는 전혀 느껴지지 않는 움직임. 인간과 비슷한 외형을 가진 생물들이 설화 더미를 뒤지고 있었다. 정체는 명확했다.

'수거 노예'였다.

마계를 다스리는 지배자의 명을 받아, 지평선 인근에서 연료로 쓰일 설화 파편을 수거하는 녀석들. 이지理智가 거의 없기에 먼저 위협을 가하지 않는 한 공격당할 일은 없었다.

「김독자는 생각했다. 수거 노예가 돌아다닌다는 것은 근처에 '공단'이 있다는 뜻이다.」

공단은 이곳 마계의 도시 같은 곳이었다.

부서진 설화 파편을 갈아 넣어 에너지를 만드는 '공장'과,

그 공장을 둘러싼 주거 지역이 있는 곳. 내 기억이 맞는다면 아마 여기서 가장 가까운 공단은 '세이스비츠 공단'일 것이다.

"빨리빨리 움직여! 오늘치 연료가 밀렸단 말이다!"

작은 날개와 외뿔을 가진 악마가 날개를 퍼덕이며 주변을 돌아다녔다.

공단 감독관이었다.

녀석이 같이 왔다는 건 이번 '수거'의 규모가 꽤 크다는 뜻. 그때 수거 노예 하나가 길을 잃었는지 내가 숨어 있는 쓰레기 산 뒤쪽으로 다가왔다. 나는 피할 틈도 없이 녀석과 눈이 마주쳤다.

"그르르……?"

멍청한 눈으로 나를 보는 수거 노예는, 인간이 아니라 침팬지의 외양을 가진 녀석이었다. 아마 자신의 행성이 멸망하고 이곳 마계로 납치당한 종족 중 하나일 가능성이 컸다.

자신의 시나리오를 잃고, 다른 존재에게 의지해서 살아가게 된 존재들.

녀석의 팔에 찍힌 '6424'라는 낙인이 보였다.

[특성 '마왕 후보자'의 효과가 발동합니다.]

마왕 후보자.

그것은 내가 '73번째 마왕' 시나리오를 진행하며 얻게 된 특성이었다.

그러자 알아들을 수 없던 녀석의 말이 들리기 시작했다.

「그, 만, 하, 고, 싶, 어.」

뭐?

「죽, 여, 줘.」

얼마나 오랜 세월을 고통 속에서 지새웠을까. 넝마가 된 노예의 육체는 뼈대만 간신히 남아 움직이는 고철 더미 같았다. 진물 대신 흘러내리는 설화들. 그가 살았던 역사는 이제 모두 사라진 듯했다.

「죽, 여, 줘.」

다시 한번 움직이는 입술이 고통스럽게 소리를 토했다. 자신의 설화를 모두 잃어버린 존재는 이렇게 된다. 누구도 그를 기억하지 않고, 그 역시 누구도 기억하지 못한다. 할 수 있는 일은 이 끔찍한 고통이 끝나기를 기다리는 것뿐.

나는 그 애처로운 눈빛을 잠시 바라보다가 깊이 한숨을 내쉬었다.

「그리고 김독자는 결정을 내렸다.」

잠시 후 나는 공단으로 들어가는 출입구에 수거 노예들과 함께 서 있었다. 아공간 코트를 비롯한 아이템은 들고 온 설화 더미 깊숙한 곳에 숨겨두었다.

즉 나는 지금 넝마만 간신히 걸친 상태였다.

최대한 수거 노예와 비슷한 행색을 만들기 위해서는 어쩔 수 없었다. 만약을 대비해 왼쪽 팔에도 죽은 '6424'의 낙인을 설화로 엮어놓은 상태였다.

"다음!"

계획은 단순했다. 많은 수거 노예 사이에 끼어들어 공단 안 쪽으로 진입하는 것. 노예 검열은 다른 여행객보다 까다롭지 않다는 점을 이용한 작전이었다.

"뭐야, 오늘 수확량이 영 변변찮은데?"

하지만 빌어먹게도, 감독관 녀석이 생각보다 까탈스러웠다.

퍼어억! 내 바로 앞에 있던 수거 노예의 머리가 터졌다.

"어이, 거기. 이 자식도 같이 담아가. 연료통에 처넣으라고."

기계 부품을 대하듯 수거 노예를 들통 쪽으로 던진 감독관 이 킬킬 웃었다.

악마 남작 체체펜.

고작해야 암흑성에서 만났던 하급 귀족 수준의 악마였다. 암흑성의 놈들보다는 가진 설화가 많을 수 있지만, 그래봤자 남작은 남작. 마음먹고 달려든다면 죽이지 못할 녀석도 아니었다.

"다음!"

문제는 놈을 죽인 다음에 벌어질 일이었다.

공단 주인은 마계의 최고위 '공작'이고, 공단 감독관을 직접 해치우면 공작이 알아챌 가능성이 높아진다.

그리고 말할 필요도 없이, 화신체가 온전하지 않은 지금 마계의 최고위 귀족을 상대하는 것은 위험했다. 뭣하면 '마왕 후보자' 특성을 이용하는 방법도 있겠지만 괜스레 시작부터 주목받고 싶지는 않았다.

여하간 그런 몇 가지 이유로, 나는 수거품 바구니를 내밀며 침을 삼켰다. 여기서 일이 꼬이면 앞으로의 계획은 상당히 힘들어질 것이다.

"오, 뭐야! 제법 많이 가져왔잖아?"

설화 파편을 수북이 담아온 까닭일까. 다행히 감독관 얼굴에 화색이 번졌다. 파편 더미를 뒤져 숨겨둔 아이템을 발견하면 어쩌나 싶었는데, 그만큼 꼼꼼한 녀석은 아닌 듯했다. 체체파리처럼 힘껏 날갯짓하던 감독관이 내 등짝을 팡팡 두드리며 외쳤다.

"다들 이 녀석을 본받으라고! 응? 최근 수확량이 영 변변찮다는 거 알지? 이대로면 다음 연료는 네놈들이야!"

감독관의 엄포에 수거 노예들 눈에 흐릿한 공포가 비쳤다. 아무리 이지를 상실했다 해도 생명의 위협에 대한 두려움은 남아 있었다. 모두 '6424'와 같지는 않은 것이다.

"잘했어, 6424! 들어가봐!"

[시나리오 지역에 입장했습니다.]

¤ ¤ ¤

나는 감독관 눈을 피해 적당한 길목에서 노예 무리를 이탈했다.

수거품을 뒤져 아이템을 하나씩 착용한 뒤, 필요한 것은 지니고 버릴 것은 버렸다.

적당한 대로변으로 나서자 얼마 안 가 탁 트인 광장이 나타났다. 주변을 서성이는 인간들. 엘프나 아인종, 간혹 악마종으로 보이는 녀석도 있었다.

마계도 사람 사는 곳이라는 혹부리 말은 맞았다.

각 차원에서 넘어온 인간은 물론, 다종다양한 종족이 함께 무리를 이뤄 살아가는 마을. 물건을 파는 행상인도 있고, 값을 흥정하는 이도 보였다.

'낙원' 이후 오랜만에 만난 마을이었다. 사람이 살고, 이야기가 모이는 곳.

나는 문득 멸살법의 묘사를 떠올렸다.

「거대한 흉벽으로 둘러친 시가지. 불균형한 스카이라인을 만드는 낮은 슬레이트 지붕들. 간혹 증기기관을 갖춘 운송기가 대로를 지나가는 모습도 보였다.

다양한 층위의 문명이 뒤섞인 듯한 도시의 정경. 성좌들이 눈여겨 보지 않는 무대라고는 해도, 이곳 또한 삶의 터전이었다.

시나리오 바깥에서, 시나리오를 살아가는 이들이 모인 장소.

'공단'이었다.」

확실히 묘사 그대로의 정경이었다.

마계의 공단을 처음 목격한 이라면 이렇게 말할지도 모른다. 그래도 이름이 '마계'인데 이토록 평화로운 정경이 말이 되느냐고. 여기는 인간이 모여 살아가던 지구와 너무 흡사하지 않으냐고.

그런 사람들에게 나는 멸살법에 나오는 문장을 꼭 들려주고 싶다.

「**반대로 생각하면 그건, 인간들의 세계가 그만큼 끔찍했다는 뜻일지도 모른다.**」

그래, 그 문장.

나는 모처럼 멸살법 내용을 떠올리며 깊은 감회에 젖었다.

73번째 마계의 세이스비츠 공단.

여기서 나는 함께 성운들에 대항하기 위한 인물들을 만나야 했다. 물론 본인은 자기가 그런 일을 할 거라고는 생각조차 못 하고 있겠지만…….

[흡수한 일부 설화가 구성 충돌을 일으키고 있습니다.]

이거 생각보다 빨리 이동해야 할지도 모르겠는데. 설상가상으로 꾸역꾸역 버티고 있던 [제4의 벽]까지 맥 빠지는 소리를 냈다.

「졸, 려.」

어? 야, 잠깐만?

[전용 스킬, '제4의 벽'이 일시적으로 침묵 상태에 돌입합니다.]

이런 빌어먹을. 하필 여기서?

한기가 급격하게 전신으로 스며들더니 화신체 곳곳에서 스파크가 튀기 시작했다. 츠츠츠츳. 추방자 페널티 탓에 화신체의 위상이 불안해지자, 주변에 있던 몇몇이 내 존재를 눈치챘다.

"추, 추방자다!"

감염원이라도 목격한 것처럼 황급히 곁에서 물러서는 사람들. 나는 재빠르게 걸음을 옮겨 대로변을 벗어났다. 이제 시간이 얼마 남지 않았다.

《멸망한 세계에서 살아남는 세 가지 방법》.

이곳에서 나는 이야기의 '두 번째 주인공'을 찾아야 한다.

2

"우와앗! 추방자다!"

"뭐야, 어떻게 들어왔지?"

나는 소리치는 인파를 헤치고 도시의 그림자로 숨어들었다.

츠츠츠…… 추방자 페널티로 인해 몸 곳곳에서 설화 조각이 피처럼 떨어지고 있었다. 오른팔과 심장 부근은 새로운 설화 파편을 흡수하여 그나마 안정된 상태지만 다른 부분은 그렇지 않았다.

아마 화신들은 이 모습을 보고 내가 추방자라는 사실을 알아챘으리라.

"어디 간 거야? 신고 안 해도 돼?"

"뭐…… 저러다 금방 죽겠지. 그만 가자."

이상한 일은 아니었다. 추방자를 처음 보는 것은 아닐 테니까. 그들이 추방자를 두려워하는 이유는 그저 추방자가 무슨 짓을 할지 모르기 때문이다. 얼마간 골목길에 기대어 숨을 죽이고 있자, 나를 찾아 두리번거리던 이들은 금방 흩어졌다.

때마침 나타난 마도기관차 행렬도 상황을 무마하는 데 한 몫을 했다. 검정 도료로 덮인 마도기관차를 확인한 화신들이 질겁하며 물러났다.

"물러서! 귀족의 행차다!"

공단 중심가로 달려가는 기관차. 확실히는 모르겠지만, 다른 공단에서 찾아온 손님인 듯했다. 마계의 고위 귀족이겠지. '낙원'에서 만난 라인하이트 못지않은 강자들이 저 기관차에 타고 있는 것이다.

과아아앙―!

무슨 일인지 몰라도 서둘러 공장으로 가는 것을 보니, 급보인 모양이었다. 길을 지나던 화신 따위는 아랑곳하지 않고 속도를 내는 기관차. 기겁하며 물러선 화신들이 투덜거렸다.

"저거 '길로바트'의 기관차 같은데. 요즘 자주 보이지 않아?"

"알 게 뭐야. 귀족 놈들 일 따위."

"이번엔 알아야 하네. 73번째 마계가 통합된다는 이야기가 있단 말일세."

꽤 흥미로운 이야기여서, 나는 청력을 높인 채 떠도는 말에 집중했다.

"마계가 통합된다고? 그 엉덩이 무거운 공작들이 움직였단 말인가?"

"그래, '멜레돈'과 '베르칸'이 손을 잡았다지. 그러니 '세이스비츠'도 어지간히 똥줄이 타지 않겠나?"

73번째 마계를 다스리는 공작들 이름이 나오자 다른 화신도 하나둘 대화에 끼어들었다.

"허, 그 소문이 진짜였어? 하지만 우리 마계는 벌써 수천 년째 마왕이 없었잖은가?"

"그러니 이번에 그 '마왕'이 우리 마계에서 나온단 말인가?"

질문이 쏟아지자 제일 먼저 화제를 꺼낸 화신이 쩔쩔매며 답했다.

"나도 확실히는 모르겠네. 풍문을 듣기로는 마왕들 사이에서 신탁이 돈다는데. 새로운 마왕의 출현에 대한……."

"공작 놈들은 그게 자기일 거라 생각하는 모양이군."

멸살법 원작에서도 비슷한 대화를 본 적이 있다. 딱 지금이 그런 종류의 소문이 돌 만한 시기지. 때를 잘 맞춰 찾아온 셈이다.

그나저나 마왕이라…….

나는 멀어지는 마도기관차 행렬을 보며 생각했다.

이 공단에도 계급은 있다.

공단을 지배하는 마계의 무리들이 속한 '귀족'.

각지의 차원에서 투입된 화신들의 계급인 '공민工民'.

그리고 공민들이 설화를 잃고 타락한 존재인 '수거 노예'.

지금은 세 가지 계급뿐이지만 마왕이 도래하면 이야기는 완전히 달라진다.

마왕.

마계의 어떤 종족도 마왕에게 거역할 방법은 없다. 마계에서 마왕의 위상은 설화급 성좌를 넘어설 정도니까.

아마 73번 마계의 공작들도 마왕의 출현을 몹시 견제하고 있을 것이다. 일단 마왕이 출현하면, 자신들의 권력 체제가 무너지는 것은 순식간이기 때문이다.

하지만 마왕은 반드시 만들어져야 한다.

그게 내가 마계로 온 이유니까.

―용케도 살아남은 모양이군. 두 번째 정보다.

때마침 날아온 메시지에 나는 고개를 들어 하늘을 보았다. 어둠 속에서 흑부리들의 기척이 희미하게 느껴졌다. 다행히 아주 몰상식한 놈들은 아닌 모양이다.

도깨비 사이에서야 '상도덕을 흑부리한테 배운 새끼'라는 말이 관용구로 있을 정도지만, 그거야 도깨비가 흑부리를 싫어하기 때문이고…….

―'시계점 에티카'를 찾아라. 그곳에서 그대는 원하는 걸 얻을 수 있을 것이다.

가볍게 고개를 끄덕이자 흑부리의 기척은 또다시 사라졌다.

시계점 에티카. 그곳에 마계의 시나리오를 입수할 방법이 있다는 것을 혹부리들도 알고 있었던 모양이다. 사실 멸살법에도 그 시계점의 정보는 있었다.

그럼에도 혹부리들에게 정보를 요청한 것은 불필요한 주목을 끌지 않기 위해서였다. 마땅히 개연성에 맞게 움직이는 모습을 보여줄 필요가 있었다고나 할까.

나는 부서지려 하는 왼팔을 내려다보았다. 당장 시계점으로 간다고 해서 곧장 시나리오를 얻을 수는 없을 것이다. 대신 추방자 페널티를 경감시킬 방법은 찾을 수 있겠지. 시계점 에티카는 애초에 그런 목적으로 존재하는 곳이니까.

나는 지체하지 않고 발걸음을 옮겼다.

여기도 아니고. 저 골목도 아니고.

설화가 부서지는 지점이 보이지 않게끔 옷깃을 단단히 여민 채 계속해서 공단의 골목을 내달렸다.

하지만 시계점 같은 곳은 좀처럼 보이지 않았다.

어쩌면 당연한 일이었다. 마계에서 시계 같은 건 큰 의미가 없다. 그런 물건은 인간처럼 짧은 생을 살아가는 존재에게나 의미가 있을 뿐이다.

멸살법을 읽을 수 있다면 찾기 쉬울 텐데.

스마트폰이 없어진 상황이라 소설을 읽을 방도가 없었다. 이럴 줄 알았으면 비형한테 미리 스마트폰을 하나 챙겨달라고 할걸…….

결국 위험을 감수하고서라도 누굴 붙잡고 '시계점 에티카가 어딥니까'라고 물어봐야 하나 고민하는데, 누군가 내 어깨를 치고 지나갔다.

"뭐야, 눈깔 제대로 안 달고 다녀?"

"아, 죄송……."

"죄송하면 다야? 젠장, 너 때문에 부품 다 쏟았잖아! 이런 씨바!"

대충 열다섯 살 정도 되었을까. 기계 부품처럼 보이는 것을 한 아름 안은 미소년이 묘하게 새침한 눈길로 나를 노려보고 있었다.

"어…… 그게, 미안하긴 한데."

그런 쌍욕까지 할 필요가 있느냐고 한마디 하려는데, 소년의 말이 나보다 빨랐다.

"미안하면 빨리 주워, 새끼야!"

그 잘생긴 입술에서 쏟아지는 기묘한 폭력성에 압도되어 나는 떨어진 부품을 허겁지겁 주워 들었다. 순간적으로 예전의 '김독자'가 불쑥 튀어나와버린 기분이었다.

너무 열심히 주웠을까. 소년이 피식 웃었다.

"씨바, 한 번만 봐준다. 다음부턴 조심하라고."

그렇게 부품을 챙긴 소년은 특유의 눈길로 나를 노려보고는 다시 앞쪽으로 달려갔다. 그런데 왜일까. 녀석의 얼굴을 본 나는 망치로 뒤통수를 얻어맞은 느낌이었다. 나보다 어린 녀석에게 욕을 얻어먹었다는 한발 늦은 원통함 때문만은 아니었다. 저 녀석은…….

여느 판타지 소설이 그러하듯, 멸살법에는 예쁘고 잘생긴 등장인물이 많이 나온다.

그런 인물 중에서도 더 특출 난 인물인 경우, 멸살법에서는 '유중혁 뺨치게'라는 관용어를 쓴다.

예전에 피스 랜드에서 만난 키리오스 로드그라임이 그랬다.

그런데 이 세계에는 키리오스보다도 대단한 존재가 있다.

그런 경우에는 어떤 표현을 쓰냐고?

「그 녀석은, 유중혁 뺨을 두 번 갈길 정도로 아름다운 얼굴이었다.」

그 정도 설명이 덧붙는 존재는 멸살법 안에서도 세 손가락에 꼽는다.

"찾았다."

�֎ �֎ ✖

콰앙, 하는 굉음과 함께 가게 선반이 통째로 부서졌다.

……젠장, 이걸로 벌써 세 번째군. 선반 사는 것도 일인데.

시계점 에티카의 점주 아일렌은 속으로 욕설을 내뱉으며 특유의 침착한 미소로 사태를 대했다.

"이게 무슨 짓이야?"

"무슨 짓이긴. 세 번이나 같은 일을 겪었으면 이제 알아들을 때도 됐잖아?"

"아니, 그건 내가 하고 싶은 말이니까 그렇지. 한낱 시계점 주인에게 대체 뭘 바라는 거야?"

아일렌은 긴장하며, 앞에 선 두 악마를 마주 보았다.

악마 남작 멜렌.
악마 백작 시로크.

제각기 그런 이름을 지닌 두 악마는 세이스비츠 공단에서 유명한 귀족이었다. 서로 보며 히죽 웃던 악마 중 하나가 길쭉한 팔을 내뻗었다.

"큭!"

피할 틈도 없이 턱을 붙잡힌 아일렌이 신음을 흘렸다. 아일렌의 하얀 피부 곳곳에 남은 흉터를 유심히 보던 악마 백작 시로크가 킬킬 웃었다.

"네가 평범한 시계점주는 아니지. 하지만 우리 공작님께서 세 번이나 청하실 만큼 대단한 존재도 아니야. 무려 삼고초려三顧草廬라니. 네가 무슨 '드러누운 드래곤'이라도 되는 줄 아는 거냐?"

"……그게 누구 수식언인진 모르겠는데, 부탁한 건 지난번에 만들어줬잖아? 이번에는 도와줄 수 없어."

시계점 안의 공기가 얼어붙기 시작했다. 악마 귀족들이 힘을 끌어올린 것이다. 몸을 파르르 떨던 그녀의 안색이 새파랗게 질린 순간.

"뭐 해, 아일렌? 사채라도 썼어?"

누군가가 시계점 문 앞에 서 있었다. 문 앞의 미소년을 확인한 악마 백작 시로크가 눈살을 찌푸렸다.

"시계점의 욕쟁이로군. 처형당하고 싶으냐?"

"저놈은 제가 맡지요."

악마 남작 멜렌이 미소년의 목을 잡아 가뿐히 들어 올렸다. 미소년은 목을 잡힌 채 멜렌을 내려다보았다.

"올 때마다 느끼는 거지만, 이 녀석 제법 예쁘군요."

"볼 때마다 느끼는 거지만, 넌 정말 역겹게 생겼어."

멜렌의 왼손이 소년의 배를 갈겼다. 북이 터지는 듯한 소리에도 소년의 눈은 전혀 굴하지 않았다. 그 눈빛이 마음에 든다는 듯 멜렌이 웃었다.

"이 정도 미색이면 공작님 첩실로 들기엔 충분한데 말이죠."

"거기는 시급 얼마나 주는데? 여기보다 더 준다면 못 갈 것도……"

다시 한번 퍼어억, 하는 소리가 울렸다. 피가 흐르는 소년의 입술을 보며 아일렌의 표정이 점점 굳어갔다.

"그 애를 인질로 잡아봤자야."

마치 장난이라도 쳤다는 것처럼 악마가 손을 놓았다.

"누가 그런 짓까지 한댔나? 우린 신사라고."

그러자 추락한 미소년이 엉덩방아를 찧고는 신음했다.

"그래서 제안은 거절하겠다 이거지? 공작님께 그렇게 전하면 되겠나?"

"미안하지만……."

의외로 순순히 물러갈 분위기여서 아일렌은 속으로 안도의
한숨을 내쉬었다. 그도 그럴 것이 이번 일만큼은 결코 맡고 싶
지 않았다. 이 일을 맡으면 또 공민이 몇 명이나 희생될지 알
수 없으니까. 그러자 시로크가 알았다는 듯 고개를 끄덕였다.

"그러면 지금까지 밀린 세금을 받겠다. 공작님께서 받아오
라 하셨거든."

"세금? 지금까지 면세 혜택이……."

"지금까지는 그랬지. 하지만 더 이상은 아니야."

역시 순순히 물러갈 리가 없다. 아일렌이 입술을 깨물며 물
었다.

"얼만데?"

"5만 코인."

5만 코인이라니. 막대한 금액에 아일렌은 기가 질렸다. 다
른 시나리오 지역이라면 모를까, 세이스비츠 공단에서 코인은
값이 귀한 화폐였다.

"여긴 성좌도 거의 없는 곳이야! 그런 거금이 있을 리가……."

"내놓지 않으면 이 꼬맹이를 데리고 가겠다. 첩실에 처넣으
면 5만 코인 정도는 나올 테니까."

그 태연한 협박에 미소년이 휘파람을 불었다.

"와우! 5만 코인! 아일렌, 받으면 세금 내지 말고 튀자."

"……건방진 주둥이에서 곧 비명이 나오게 해주마."

"그래? 씨바, 아주 기대되네."

미소년의 호언에도 불구하고, 아일렌의 표정은 눈에 띄게 어두워졌다. 오래도록 미소년과 사제 관계를 유지해왔기에, 저 아이가 겉으로는 껄렁하게 말해도 속으로는 그렇지 않음을 잘 알았다.

악마 백작의 입에서 최후통첩이 이어졌다.

"아일렌 메이크필드. 공작님의 제안을 받아들여라. 이번이 마지막이다."

아일렌은 공민회 의장議長이다. 그런 그녀에게 이렇게 강경하게 나올 정도면 저쪽에서도 단단히 마음을 먹고 왔다는 뜻이었다.

망설이던 아일렌이 입을 열었다.

"나는……."

간신히 말문이 떨어지던 그 순간, 누군가가 시계점에 들어왔다.

⌘ ⌘ ⌘

"뭐냐?"

시계점 문을 열자마자 나를 반겨준 이는 점주가 아니었다. 불편한 기색을 드러내는 악마 귀족들이 위협적인 아우라를 줄줄 뿌려대며 나를 노려보았다. 바깥에서 대화의 추이는 대충 들었으므로 무슨 상황인지는 알 수 있었다.

악마를 향해 증오의 눈길을 불태우는 미소년이 바닥에 너부러져 있었다. 나는 미소년 쪽을 유심히 바라보며 말했다.

"손님인데요."

내 공손한 대답에도 불구하고 악마 귀족들의 표정이 험악하게 변했다.

"공민인가? 어디서 굴러먹다 온 놈인지는 모르겠지만, 좋게 말할 때 꺼져라. 세금 징수 중이니까."

"세금이라…… 많이 벌면 많이 내고, 적게 벌어도 많이 내는 그거 말이지?"

"뭐?"

나는 악마 귀족을 지나쳐 점주에게 다가갔다.

"어이! 잠깐!"

당황한 악마 귀족이 나를 붙잡으려 팔을 뻗었지만 닿지는 않았다. 가벼운 동작으로 움직임을 뿌리치는 나를 보며 귀족의 얼굴에 경악이 어렸다.

부서진 선반에 있던 시계들이 발밑에서 나뒹굴었다. 나는 그중 하나를 가만히 주워 들었다.

"좋은 물건이 많네."

순간, 뭔가 직감했는지 점주 아일렌이 내 쪽으로 다가왔다.

"……좋은 물건은 늘 있지. 좋은 주인이 좀처럼 나타나지 않을 뿐."

어쩐지 웃음이 났다. 역시 말투도 멸살법 그대로다.

행성 '린드버그'의 마도공학자, 아일렌 메이크필드.

나를 보는 아일렌의 눈동자에 긴장감이 흘렀다. 그녀 안에서도 지금쯤 시곗바늘이 돌아가고 있을 것이다. 갑자기 나타난 의문의 손님이 이 상황을 뒤집을 역전의 한 수가 될지, 아니면 상황을 나락으로 떨어뜨릴 자충수가 될지 가늠하면서.
나는 고민을 좀 덜어주기로 했다.

"좀 특별한 물건을 주문하고 싶은데. 만들어줄 수 있어?"

아일렌의 눈이 동그랗게 변했다. 이곳에 '특별한 물건'을 의뢰하러 오는 손님은 오직 한 종류뿐이니까. 악마 귀족들 눈치를 살피던 아일렌이 조심스레 물었다.

"……의뢰 대금은?"

나는 씩 웃으며 그녀를 한 번 바라보고, 나를 노려보는 귀족들을 한 번 바라본 후 입을 열었다.

"5만 코인."

3

"잠깐만, 넌 아까⋯⋯!"

뒤늦게 나를 알아본 미소년의 눈이 커졌다. 그러나 미소년이 뭐라 더 말하기 전에 눈치 빠른 아일렌이 재빨리 코인을 받았다.

"5만 코인. 좋아."

"진짜 5만 코인이잖아⋯⋯?"

경악한 미소년이 입을 딱 벌린 채로 나와 코인을 번갈아 보았다.

5만 코인은 시나리오 전역으로 보면 그렇게 많은 액수는 아니지만, 73번째 마계 기준으로는 상당한 액수였다. 이곳은 마왕들 영향 때문에 성좌가 좀처럼 방문하지 않는 지역이니까.

물론 내 기준에서야 5만 코인은 푼돈이었다.

[행성 '피스 랜드'에서 '김 도게자 전설 1부작'이 완성됐습니다.]

[지역의 선구자들이 당신에 대한 신앙을 설파합니다.]

[15,000코인을 획득했습니다.]

심지어 나는 실시간으로 코인이 들어오는 곳도 있다 이 말씀. 이게 바로 성좌의 좋은 점이다. 후원을 받지 않아도, 그저 유명해지기만 하면 돈이 되니까. 황망히 굳어 있던 악마 귀족들이 뒤늦게 반응했다.

"넌 누구지?"

나는 두 녀석의 정보를 살폈다.

하나는 악마 백작 시로크. 다른 하나는 악마 남작 멜렌.

세이스비츠 공단에서는 제법 유명한 징수원들이었다.

"말했잖아, 손님이라고."

평소라면 예의 바르게 굽신굽신해줬겠지만, 이런 녀석들에게 예의범절은 역효과만 부른다. 가진 게 없어도 많이 가진 듯 굴어야 겁을 먹는 하이에나 같은 놈들이니까. 악마 남작 멜렌이 으르렁거리며 앞으로 나왔다.

"네놈, 지금……!"

"그만둬라, 멜렌."

역시 백작쯤 되면 눈치가 좀 빨라지는 모양이지.

[등장인물 '악마 백작 시로크'가 당신에게 호기심을 보입니다.]

[등장인물 '악마 백작 시로크'에 대한 이해도가 상승합니다.]

나는 기회를 놓치지 않고 스킬을 발동했다.

[전용 스킬, '전지적 독자 시점'을 발동합니다!]

그러자 시로크의 생각이 들려오기 시작했다.

「5만 코인을 쉽게 지불하는 녀석이다.」
「일개 공민은 절대로 낼 수 없는 금액이야. 게다가 저 여유. 분명 5만 코인 정도는 푼돈으로 여긴다는 거겠지.」
「누구지? 이 구역에서 처음 보는 녀석인데. 잠깐, 저 마기는…….」
「설마……?」

역시 그런 생각을 하고 있을 줄 알았다.
차라리 잘됐다 싶었다.
어차피 세이스비츠 공단은 새로운 마왕에 대한 소문으로 들끓고 있다. 그렇다면 이쪽 녀석들이 적당히 오해할 만한 정보를 흘려도 나쁘지 않을 것이다. 나는 최대한 허세 가득한 목소리로 입을 열었다.
"내가 누군지 이미 짐작하고 있을 텐데."
내 유중혁 같은 말투에 시로크의 안색이 급변했다. 자기 생각이 맞았다는 듯 녀석은 뒤늦게 고개를 끄덕이고는 예의를 갖췄다.

"귀마貴魔께 뒤늦게 인사드립니다. 혹시 '길로바트 공단' 쪽에서 방문하셨습니까?"

"느리지만 머리가 굴러가긴 하는 모양이군."

"하지만 이쪽 구역에 방문하신다고 따로 통보를 주신 적이……."

"너희 같은 말단한테까지 내 방문 경로를 알려야 하나?"

"그건…… 죄송합니다."

내 짧은 대답으로 녀석은 모든 것을 납득한 모양이었다.

「통보 없이도 이동할 수 있는 권한. 최소한 후작 이상이라는 뜻이겠지.」

「길로바트 공단 측과 얽혀서 좋을 건 없다.」

멋지게 오해를 마친 시로크가 내게 꾸벅 고개를 숙인 후 멜렌에게 턱짓했다.

"그만 가자."

"예? 하지만……."

"우린 받을 것만 받으면 돼."

상관의 냉정한 판단에, 뒤늦게 정신을 차린 멜렌도 고개를 끄덕였다. 멜렌은 아일렌에게서 5만 코인을 챙긴 후 사나운 목소리로 지껄였다.

"이번엔 운이 좋았군. 하지만 다음에도 그러리라 생각지는 마라, 아일렌."

두 악마 귀족은 그 말을 남기고 시계점에서 사라졌다. 아마 시로크라는 녀석은 즉각 이 일을 상관에게 보고하겠지. 상관없다. 거기까지 생각하지 않은 건 아니니까.

한차례 풍파가 지나간 시계점에 휑한 기운이 들어찼다. 분위기를 깬 것은 미소년이었다.

"……꽤 하네? 너 누구야?"

반짝이는 눈으로 나를 올려다보는 녀석을 향해 가만히 웃어주었다.

"의뢰는 맡아주는 거지?"

뒤늦게 정신을 차린 아일렌이 나를 보았다.

"저, 그런데…… 귀족이십니까?"

하긴 악마들도 오해해버렸는데 아일렌이라고 그러지 말란 법은 없겠지. 나는 고개를 저으며 말했다.

"난 악마종이 아냐."

"그럼……?"

나는 대답 대신 조용히 외투를 벗었다. 그러자 스파크와 함께 부서진 설화 조각들이 흘러내렸다. 내 몸을 확인한 아일렌이 대경했다.

"추방자? 설마 의뢰라는 게……!"

"맞아."

얼핏 살핀 것만으로 내 설화의 규모를 짐작한 아일렌의 얼굴이 하얗게 질렸다.

"하, 하지만 난 이 정도 규모의 설화는 이은 적 없어요."

"당신만이 할 수 있어. 세이스비츠 공단에 제대로 된 '설화 전문가'는 당신뿐이잖아."

설화 전문가라는 말에 급격하게 흔들리는 눈빛을 나는 놓치지 않았다. 슬슬 의식이 무너지기 시작한 나는 그녀의 어깨를 붙잡고 말을 덧붙였다.

"날 고쳐줘. 아일렌 메이크필드."

✵ ✵ ✵

깜빡이는 의식 속에서 아일렌과 몇몇 사람의 기척이 느껴졌다. 드문드문 이어지는 목소리도 들렸다.

"어떻게 화신이 이만한 규모의 설화를……."

"대체 누굴까요?"

"규격에 맞지 않는 설화가 뒤섞였어. 맙소사. 이 설화는 전설급 같은데?"

"진짜 화신 맞습니까? 화신의 격이 아닌 것 같습니다만."

"이런 위험한 파편을 먹고도 아직 살아 있다니……."

'라마르크의 기린'의 특성 숙련도가 더 높았다면 이런 고생은 하지 않았을 것이다. 설화 흡수율이 높으면 다른 설화 파편이 섞이더라도 특성 효과로 중화가 가능하니까. 하지만 지금 같은 경우는 아니었다.

인체의 면역 반응처럼, 서로 다른 설화가 자신의 이야기를 지키기 위해 서로 공격하고 있었다.

"일단 급한 대로 이것부터 안정화해보죠."

긴장한 아일렌의 목소리가 들려왔다.

아일렌 메이크필드. 멸살법 원작에 따르면, 그녀는 행성 '린드버그'의 마도공학자 출신이었다. 오래도록 마도학을 공부하고 또 공부한 끝에 이 세계의 본질이 '이야기'라는 것을 알게 된 화신.

비록 '초월좌'의 업은 달성하지 못했지만, 이 마계에서 '설화 전문가' 특성을 가진 극소수의 화신이었다.

그렇게 몇 번인가 더 의식이 깜빡였다. 주변이 잠잠해지자 서서히 몸에 힘이 돌아오기 시작했다. 추방자 페널티로 인한 한기가 한결 줄어들고, 화신체의 고통도 차츰 경감되었다.

「불쌍한 소드 마스터의 오른팔」과 「어린 골드 드래곤의 망가진 심장」도 다른 설화와 충돌하지 않고 무사히 내 화신체에 스며들었다.

역시 아일렌을 찾아온 것은 제대로 된 선택이었다.

그렇게 전신의 점검을 마치고 천천히 눈을 떴을 때, 물끄러미 나를 내려다보는 미소년과 눈이 마주쳤다. 새삼 느끼지만 정말 예쁜 얼굴이다. 미소년이라기보다 미소녀라고 표현하는 쪽이 나을 정도로.

"우왓!"

깜짝 놀란 미소년이 순간 소리를 질렀다. 천천히 몸을 일으키려 힘을 주는데 웬걸, 몸이 움직이지 않았다. 자세히 보니 팔다리가 수술대에 꽁꽁 묶여 있었다. 설화의 힘을 억제하는 술식을 몇 가지 걸어놓은 듯한데…….

주변을 둘러보니 함께 있는 이는 미소년 하나뿐이었다. 내가 묶여 있다는 걸 알고 조금 안심한 모양인지 미소년이 다시 말을 걸었다.

"어이, 정체가 뭐야?"

차라리 잘됐다 싶었다. 어차피 이 녀석과 둘만 있을 시간이 필요했다.

"뭘 것 같아? 너 퀴즈 좋아하잖아."

"……누가 그래?"

"아무튼, 맞춰봐."

미소년의 눈빛에 흥미가 스쳤다. 역시 잘 걸려드는구만.

잠시 뭔가 생각하던 미소년이 대뜸 이렇게 물어왔다.

"혹시 귀환자야?"

"귀환자? 왜 그렇게 생각했지?"

"마계 일반 공민이 그런 거금을 갖고 있다는 게 말이 안 되니까."

"괜찮네. 계속해봐."

"일단 본인 입으로 악마가 아니라고 했고, 평범한 화신도 아닌 것 같고. 그런데 희귀한 설화를 잔뜩 가지고 있잖아. 꽤 강한 것 같기도 하고. 그럼 답은 하나뿐이지."

"흐음……."

"어때? 내 추리가?"

환하게 눈을 빛내는 녀석을 보니 어쩐지 놀려주고 싶은 기분이 들었다.

"일단 그 추리가 맞으려면, 한 가지 전제가 필요해."

"무슨 전제?"

"'세상 모든 귀환자는 강하다'라는 전제."

"뭔 소리야? 귀환자가 뭔지 몰라? 다른 차원이나 행성에서 강력한 힘을 얻어 자기 행성으로 돌아온 존재라고. 약할 리가 없잖아?"

"모르지. 너도 세상의 귀환자를 전부 만나본 건 아니잖아?"

"그건……."

"가령 어떤 귀환자는 자기 고향을 싫어해서 '귀환'하지 않으려 할지도 몰라."

미소년의 안색이 일순 굳어졌다.

"몇 번이나 다른 차원으로 이동했는데 별다른 능력을 얻지 못해 좌절하고 있을 수도 있고."

"……."

"새로운 육체를 얻었는데 그 육체에 아무런 재능이 없을 수도 있고."

"잠깐만."

"그 재능에 좌절해서, 그냥 적당한 장소에 눌러앉아 평범한 삶을 살아가기로 결심했을 수도 있지."

"……너 누구야? 진짜로."

나는 싱긋 웃으며 입을 열었다.

"하영아. 마계 생활은 즐거워?"

"뭣?"

[전용 스킬, '등장인물 일람'을 발동합니다!]

〈인물 정보〉

이름: 장하영(아슬란 메이크필드)

나이: 23세(15세)

배후성: 없음

전용 특성: 차원 이동자(영웅), 고향을 등진 자(희귀), 벽의 주인

(신화)

전용 스킬: [정체불명의 벽 Lv.1] [독설 Lv.3] [투덜거리기 Lv.5]

[게으름 Lv.3] [나태 Lv.3] [무기력 Lv.4]…….

투덜거리기, 게으름, 나태, 무기력…….

누가 이 녀석의 인물 정보를 보고 멸살법의 두 번째 주인공이라고 생각할까. 유중혁이 봤다면 이런 녀석이 주인공 명단에 같이 이름을 올리고 있다는 사실에 자존심이 상했을지도 모른다.

"너, 너 어떻게……!"

하지만 장하영도 처음부터 이렇지는 않았다. 노력하고 또 노력했지만 잘 안 됐기 때문에. 늘 거대한 '벽'에 가로막혔기 때문에. 결과가 과정을 따라오지 못했기 때문에 그렇게 되었을 뿐이다.

"아, 여기선 본명을 안 쓰지 참. 그럼 '아슬란'이라 불러줘야 하나?"

"내 본명을 어떻게 아는 거야!"

깜짝 놀란 장하영이 어느새 벽까지 물러나 찰싹 붙었다. 그 모습을 보며 나는 오래된 기억을 떠올렸다.

—작가님. 제 생각인데, 이참에 새로운 인물을 만드시는 편이…….

만약 그때 내가 그 댓글을 남기지 않았더라면.
그랬더라면 '장하영'은 세상에 존재하지 않았을까?

—그리고, 기왕이면 예쁜 여자 캐릭터로…….

어쩌면 내가 이 녀석에게 책임감을 느끼는 이유는 그것이리라.

작가가 나 때문에 이 인물을 만들었는지 어땠는지는 모른다. 하지만…….

─설정은, 흠. 중혁이가 회귀자니까, 얘는 차원 이동자 정도 면…….

적어도 내가 그때 댓글을 달지 않았다면, '두 번째 주인공'이 최소한 차원 이동은 당하지 않아도 되었을 것이다.

"넌 재능이 없는 게 아냐. 재능을 모르는 것뿐이지."

"뭐? 무, 무슨 소리를……!"

내가 다시 입을 열려는 순간 벌컥 문이 열렸다.

"뭐야 아슬란? 무슨 소란이야?"

"아일렌!"

장하영의 얼굴을 확인한 아일렌이 나를 바라보았다.

"당신 뭐야? 얘한테 무슨 짓 했어?"

나는 말없이 어깨를 으쓱해 보였다. 아일렌 뒤쪽으로 몇몇 사람이 보였다. 아마 '세이스비츠 공민회'일 것이다. 공작의 야욕에 맞서는, 세이스비츠의 마지막 양심들.

나는 그런 사람들을 좋아한다. 장하영 일이야 나중에 해결해도 되니까 일단 이쪽부터 처리해볼까.

"세이스비츠 공작."

"뭐?"

"놈은 야망이 크지. 다른 대마계 고위직을 마다하고 굳이 이런 변방까지 나온 녀석이니까."

내 말에 공민회 회원들이 서로 마주 보았다. 나는 아일렌을 똑바로 바라보며 말을 이었다.

"세이스비츠 공작이 당신한테 거신병ㅌ身兵을 만들어달라고 했을 거야. 그렇지?"

"어?"

"그 녀석, 얼마 전 명계 견학을 다녀와서 맛이 좀 가버렸거 든. 그래서 당신한테 무리한 부탁을 하는 거야. 자기 주제도 모르고 말이지."

"당신 대체 어떻게……."

말하지 않은 정보를 내가 줄줄이 읊자, 공민회 회원들도 크 게 당황했다. 놀란 아일렌의 몸이 뻣뻣이 굳는 모습이 보였다. 나는 기회를 놓치지 않고 말을 이었다.

"근데 그쪽이 이걸로 세 번째 거절을 했으니, 다음번엔 강제 로 당신을 데려가겠지. 대비는 됐어?"

내 말에 아일렌을 비롯한 공민들의 안색이 급격하게 어두 워졌다.

나름대로 자기 행성에서는 한가락 하는 이들이지만, 마계의 공작에 비견할 만한 힘은 가지고 있지 않으니까. 나는 그 적막 을 적당히 즐기다가 웃으며 말을 이었다.

"내 조건을 들어주면, '공작'을 막아주겠어."

당황스러울 것이다. 갑자기 나타난 추방자가 자신들의 정보 를 죄다 꿰고 있을뿐더러 말도 안 되는 제안까지 하고 있으니.

아일렌이 힘겹게 입을 열었다.

"당신…… 대체 누구야?"

뭐든 간에 여기부터 시작이겠지. 이참에 '나는 김독자다' 말하면 좋겠지만 아직 그럴 수 없었다. 이름을 밝혀버리면 내가 여전히 살아 있다는 소식을 지구의 성좌들이 알게 될 테니까.

그렇다면…… 이번에는 원작대로 가볼까.

나는 원작의 111회차를 떠올리며 최대한 사악한 목소리로 말을 이었다.

"내 이름은 유중혁. 이곳, 73번째 마계의 '마왕'이 될 존재다."

☠ ☠ ☠

[73번째 마계에서 당신의 악명이 퍼집니다.]

순간 들려온 메시지에 유중혁은 하늘을 올려다보았다.

"……뭐?"

물론 하늘은 아무런 대답도 없었다. 유중혁의 표정이 기묘하게 바뀌었다. 잠시 뭔가 생각하던 유중혁은 불신 가득한 눈빛으로 하늘을 노려보며 중얼거렸다.

"김독자?"

4

유중혁의 '73번째 마왕' 발언은 멸살법에도 나오는 대사였다. 나는 조금 설레어하며 공민회 의원들 반응을 살폈다.

"저기, 그러니까……."

이상한 일이었다. 멸살법이었으면 분명 "오오!" 하고 다들 넘어갔어야 하는데…… 내 생각만큼 드라마틱한 반응은 보이지 않았다.

목소리가 들려온 것은 그때였다.

「73번째 마계의 마왕! 그런 말을 잘도 입으로 내뱉는 존재가 있다니. 아일렌을 비롯한 공민회 의원들은 큰 충격에 빠졌다.」

이 자식, 언제 깨어난 거야? 막상 필요할 때는 졸리다면서 가버리더니……

「반면 김독자는 왠지 강해진 듯한 느낌이 들었다.」

……어?

「그것은 학창 시절부터 있는 버릇이었다. 종종 자존감이 떨어지거나 인생의 중요한 순간이 올 때면, 김독자는 그렇게 말하곤 했다. "나는 유중혁이다."」

남의 흑역사를 마구 들쑤시는 [제4의 벽]의 괴롭힘을 견디며, 나는 씁쓸한 입맛을 다셨다. 제기랄, 이 자식 진짜 어떻게 할 수도 없고.

"의원들은 잠깐 자리를 비워주세요. 잠시 저분과 둘이 이야기해야겠어요."

뭔가 생각하던 아일렌이 용단을 내렸다. 장하영과 공민회 의원들이 문밖으로 사라지자, 의자를 끌어온 아일렌이 내 수술대 곁에 바짝 붙어 앉았다.

"이것부터 좀 풀어주고 말하지? 난 대화할 수 있는 상태가 아니잖아."

아일렌은 결박을 풀어주지 않았다. 아직 나를 신뢰하지 않는다는 뜻이었다.

"마왕이 될 거라고 하셨죠."

"그래."

나는 일단 고개를 끄덕여주었다.

"그게 무슨 뜻인지는 알고 계신가요?"

"말 그대로 73번째 마계의 왕이 된다는 뜻이지."

"그리고요?"

"다른 72마왕들의 주목을 받게 된다는 뜻이기도 하고."

사실 그쪽은 좀 신경이 쓰인다. 나는 마왕들과 그다지 호의적인 관계를 쌓지는 못했으니까.

내 표정을 보던 아일렌이 한숨을 내쉬었다.

"당신을 치료하면서 설화 구성을 조금 엿보기는 했지만……대체 무슨 생각을 하는 작자인지 감도 오질 않네요."

"뭐가 문제지?"

"세이스비츠 공작은 강해요. 아마 당신 생각보다도 더."

아일렌의 말투는 침착했다. 과연 마계에서 오랫동안 살아남은 이는 다 그만한 이유가 있는 법이다.

"강하겠지. 공작이니까."

공작. 마계 오등작의 정점에 위치한 자들. 작위에서도 알 수 있듯 그들은 마계에서 마왕 다음으로 강한 존재다. 거의 위인급 성좌에 육박하는 힘을 가진 녀석도 있을 정도니 얕볼 상대는 아니었다. 하지만 아일렌의 평가는 제법 공정했다.

"그쪽 자신감도 이해는 해요. 당신이 놀라운 설화를 가지고 있다는 건 이미 확인했으니까요."

설화를 수선하며 내 힘을 어느 정도 어림한 듯했다. 시간이

짧아서, 내가 숨겨둔 설화까지 확인하지는 못했겠지만, 전설급 설화 두어 개쯤은 살폈겠지. 이 자리가 마련된 것도 그녀가 내 설화에서 어떤 가능성을 엿보았기 때문일 것이다.

아일렌은 차분하게 말을 이어갔다.

"당신이 믿을 수 있는 사람이라는 걸 증명해봐요."

"존재 맹세를 하지."

"이곳에서 나온 어떤 대화도 바깥으로 유출해선 안 돼요."

우리는 손을 마주 댄 채 [존재 맹세]를 했다. 영혼을 걸고 하는 맹세.

이 맹세를 어긴다면, 그 존재는 스스로 영혼을 불태우며 자멸하게 된다. 언젠가 유중혁과도 이 맹세를 했다.

"내 정체에 대해서도 발설하지 않으면 좋겠는데."

"알고 있어요. 설화 수선에 참가한 의원끼리는 모두 맹세를 공유하는 사이니까 걱정하지 말아요."

작게 한숨을 내쉰 아일렌은 혹시 누군가 들을까 속삭이듯 입을 열었다.

"우리 공민회는, 오래전부터 '공장'을 무너뜨릴 기회를 엿보고 있어요."

공장은 공단의 핵심이자 권력의 중추가 되는 건물. 그곳을 무너뜨리려 한다는 건 애초부터 목적이 명백한 일이었다. 대강의 일은 멸살법을 통해 알고 있지만, 그래도 물어보기로 했다. 당장 멸살법을 다시 읽을 방법이 없는 만큼, 직접 정보를 얻는 것도 중요하기 때문이다.

"귀족들을 몰아낼 셈인가?"

"그래요."

"어차피 너희는 귀환자일 텐데. 왜 마계의 생태에 간섭하려는 거지?"

"우린 아직 귀환자가 아니니까요."

어떤 의미에서 그보다 정확한 말은 없었다.

"그렇군."

모든 귀환자가 '차원 이동 시나리오'를 완수하고 고향으로 돌아가는 것은 아니다. 어떤 귀환자는 시나리오에 실패하고, 또 어떤 귀환자는 고향이 싫어 타향에 남는다. 그리고 어떤 이유로든 귀환을 포기한 자는 타향을 새로운 고향으로 삼아야 한다. 그곳이 얼마나 끔찍한 곳이든 그 땅에 발을 딛고 살아가야만 하는 것이다.

"공작을 죽이려는 시도는 이미 몇 번이나 해봤어요."

"아직 녀석이 살아 있는 걸 보면 모조리 실패한 모양이네."

"……나쁜 계획은 아니었어요. 모두 실패하기 전까지는 말이죠. '제1 무림'의 고수도 있었고, 고향 행성에서 최강의 경지에 오른 이도 있었으니까."

"그런 자들은 어떻게 구했지?"

"당신과 비슷한 경우죠. 모두 고향의 시나리오에서 실패하거나 추방된 자들이었어요."

아일렌이 '추방자'를 치료해주는 연유는 바로 이것이었다.

강한 공민을 한 사람이라도 더 모아 세이스비츠 공단의 지배자에게 대항하기 위해. 그녀는 자신의 재능을 혁명을 위해 쓰기로 한 것이다.

"대부분은 공작에게 도달은커녕 그 호위도 뚫지 못했어요."

"호위가 많은 편인가?"

"공장에는 남작이나 자작급 하위 귀족만 해도 물경 백에 달해요. 백작급도 열이나 되고, 후작급도 둘이나 있죠."

호위가 많다는 것은 문제였다. 하위 귀족이어도 악마종이면 어지간한 화신보다 강력하니까.

게다가 백작급 이상은 전부 설화의 힘을 운용할 수 있다. 물론 가장 큰 문제는, 그런 수하를 모조리 합친 것보다 공작의 힘이 더 강력할 거라는 점이지만. 나는 대수롭지 않다는 듯 대답했다.

"그 정도면 해볼 만해."

"다른 추방자들도 그렇게 말했어요."

"그놈들보다 내가 더 강해."

아마 유중혁도 이렇게 말했으리라. 그리고 나는 지금 유중혁이다.

하지만 아일렌은 유중혁이 누구인지 알지 못했다.

"정말로 강하면 고향의 시나리오에서 실패하지 않았겠죠."

맞는 말이라 반박할 길이 없었다. 이제 와서 복잡한 사정이 있었다고 설명하기도 뭣했다. 다행히 아일렌은 아직 내게 기대를 걸고 있는 듯했다.

"그러니 먼저 실력을 증명해줬으면 좋겠군요."

"이런 것 말인가?"

나는 기다렸다는 듯 몸을 묶은 속박을 풀어냈다. 파지직, 하는 소리와 함께 끊어지는 속박구들. 아일렌은 살짝 놀란 듯했지만 당황하지는 않았다.

"그 정도는 다른 추방자도 해냈어요. 나는 당신이 귀족을 상대할 수 있는 존재인지 확인해야 해요."

"뭘 원하지?"

"마침 세이스비츠에 적당한 상대가 방문한 상태죠."

"길로바트 공단의 사절을 말하는 거로군."

"그래요."

나는 피식 웃었다.

"무슨 생각을 하는지 알 만하네."

"당신에겐 미안한 일이지만요."

현재 73번째 마계는 마왕에 대한 소문으로 혼란한 상태. 세이스비츠 공단과 길로바트 공단의 만남은 그 전운을 달래기 위해 기획된 것이었다.

"가장 위험한 적은 늘 가장 가까운 동맹인 법이죠."

만약 이 기회를 잘 이용해 귀족 간 상잔相殘을 유도할 수 있다면, 공단의 귀족층을 분열시킬 수도 있을 것이다. 마침 새로운 장기말도 생겼으니 아일렌은 이 기회를 놓치고 싶지 않겠지. 실패하더라도 크게 손해 볼 구석은 없는 장사니까.

하지만 이쪽도 순순히 이용만 당해줄 생각은 없었다.

"이걸 '첫 번째 거래'로 하지."

“좋아요. 그쪽 조건은 뭐죠?”

“앞으로 요청할 때마다 화신체 수선해줘. 물론 무료로.”

화신체가 좀 더 견고해질 때까지 지속적으로 설화 파편을 섭취해야 했다. 언제 또 설화 간 충돌이 발생할지 알 수 없었다. 당분간은 아일렌의 도움이 필요했다.

“성공만 한다면 못 해줄 것도 없죠. 그게 전부인가요?”

“하나 더.”

사실 본론은 이쪽이었다.

“내게 시나리오를 양도해줘.”

“……시나리오?”

애초에 세이스비츠 공단을 방문한 이유도 바로 이것이었다.

“너희가 가진 ‘혁명가 시나리오’가 필요해.”

¤ ¤ ¤

마계는 예부터 성좌에게는 인기가 없는 지역이었다. 성좌와 마왕의 관계가 좋지 않기 때문이기도 하고, 애초에 마계에 진입하는 화신이 대부분 ‘실패자’이기 때문이기도 했다.

수술실을 빠져나오자 곧장 선술집의 정경이 눈에 들어왔다.

“시이벌, 술맛 조오타.”

곳곳에서 들려오는 공민들의 탄식. 때마침 늦은 저녁시간이었다.

공장에서 종일 일하고 돌아온 노동자와 화신이 두런두런

모여 술을 넘기고 있었다. 뒷맛이 쓴 듯 잔뜩 일그러진 얼굴들. 마계의 술은 지상의 것보다 더 쓰다고, 언젠가 멸살법에서 읽은 기억이 났다.

「김독자는 생각했다. 이들 중 '혁명가'가 누구일까.」

마계에서도 시나리오는 진행된다. 스타 스트림은 어느 한 지역의 이야기도 소홀히 하지 않으니까. 특히 이곳의 메인 시나리오 중 하나인 '혁명가 시나리오'는 마계 공작들도 눈여겨보고 있었다.

─시나리오에 대해 어떻게 알았는지는 모르겠지만, 그건 당장 도와주기 어려워요. '혁명가'가 누구인지는 우리도 모르거든요. 혁명가의 정체도 모르는데 시나리오 양도부터 권할 수는 없잖아요?

─정보가 전혀 없는 건가?

─정보를 얻어도 한 달 단위로 혁명가가 바뀌어버리니 알 방도가 없죠. 솔직히 자기가 혁명가에 걸렸다고 자백할 화신이 있겠어요? 어디에 '스파이'가 있을지 모르는데…….

아일렌은 그렇게 말했다. 하지만 내 예상이 맞는다면 혁명가는 분명 이들 중에 있었다.

「'혁명가 시나리오'는 마계의 고유 메인 시나리오였다. 시나리오 번호는 매번 다르지만, 해당 시나리오 이벤트를 맞이하는 존재는 정해져 있다. 바로 마계의 피지배계층이다.」

이럴 때는 [제4의 벽]이 있어서 다행이라는 생각이 든다. 멸살법이 없어도 재깍 기억을 상기시켜주니까.

—마지막으로 자기가 '혁명가'라고 선언한 자가 어떻게 되었는지, 이곳 공민들은 똑똑히 기억하고 있어요. 그러니 괜히 사람들 들쑤시진 말아줘요. 다들 불안해할 테니까.

아일렌의 심경은 이해해도 정말로 마냥 기다리기만 할 수는 없었다. 화신체를 수선했으니 추방자 페널티도 당분간 버틸 만하겠지만, 그래봤자 며칠뿐일 것이다.

「김독자는 생각했다. 이곳에서 '혁명가 시나리오'를 손에 넣어야 본래의 시나리오로 돌아갈 수 있다.」

그때 낯선 목소리가 들려왔다.
"거기, 처음 보는 얼굴이군."
돌아보자 선술집 주인장이 호기심 어린 눈길을 보내고 있었다. 나는 최대한 자연스럽게 대답했다.
"어제 막 들어왔거든."

"잘 왔네. 우리 공단이 살기는 팍팍해도 인심은 좋은 편이지. 정착해도 나쁘지 않은 곳이야. 어디 출신인지는 모르겠지만 한잔하겠나?"

"아니, 술을 별로 안 좋아해서."

"흐흐, 마계가 술맛을 모르고서 버틸 만한 곳은 아닌데. 안 됐구만."

그 소리를 들으니 문득 미노 소프트 입사 시절이 떠올랐다. 처음 나간 회식 자리에서 술을 못 마신다고 이야기하자 한명오 부장이 비슷한 말을 했지.

그러고 보니 지금쯤 한명오는 어떻게 됐으려나. 마왕 아스모데우스의 저주를 받은 뒤에는 생사를 확인할 길이 없게 되었으니……

피곤한 시절을 떠올렸기 때문인지 어쩐지 출출해진 느낌이 들었다.

"술은 안 마셔도 안주는 좋아해. 안주만 시켜도 되겠나?"

"물론이지. 죽음의 악마 발톱 튀김, 파멸 산장의 악마 곱창 볶음, 그리고……"

나는 쓰게 웃었다.

"초행길이라고 놀리는 건 그만두는 게 좋아."

"하하, 들켰군."

"제일 잘하는 걸로 줘. 얼마지?"

"5코인만 내게."

굉장히 저렴했다. 피스 랜드의 작은 성좌도 먹을 수 있는 가

격이로군. 나는 조금 생각하다가 물었다.

"두 배를 내면 두 배로 맛있게 해줄 수 있나?"

"하하, 세 배도 가능하지."

내가 말없이 50코인을 내자 주인이 눈을 휘둥그렇게 떴다.

"……열 배는 조금 힘들 것 같긴 한데, 노력해보겠네."

말과는 달리 제법 그럴듯한 냄새가 풍기는 것으로 보아 주인장은 꽤 솜씨 있는 요리사인 듯했다. 오랜만에 허기를 달랠 수 있겠다는 생각에 살짝 기대에 부풀었다. 제대로 된 음식을 먹은 것이 언제가 마지막인지 기억도 나지 않았다.

나는 꺼진 배를 달래며 가볍게 한숨을 내쉬었다. 그동안 열심히 달려왔으니 잠깐 휴식하는 것도 나쁘지는 않겠지.

"대단하군. 저기가 '지구'라는 곳인가?"

사이좋게 모인 화신들이 선술집 상단에 달린 패널을 바라보고 있었다.

도깨비들의 채널을 녹화한 영상이었다. 어쩐지 낯익은 광경이다 싶더니 잠시 후 익숙한 목소리가 흘러나오기 시작했다.

―아저씨!

'서울 돔 시나리오'의 한 장면이 상영중이었다. 그것도 하필이면 열 번째 시나리오인 '73번째 마왕'을 담은 기록. 화면 속에서 흘러나오는 신유승의 목소리를 듣고 있으니 마음 한구석이 쓰려왔다. 나는 코트 깃을 세워 반쯤 얼굴을 가린 채 영상을 보았다.

"시나리오 임팩트 한번 굉장하구만. 소문대론데?"

"저기가 요즘 제일 인기 있는 시나리오 지역이라며?"

"저 동네 화신 녀석들, 아주 살판났겠구만!"

마계의 모든 매스미디어는 혹부리들의 통제하에 있다. 혹부리는 도깨비처럼 직접 채널을 열 수 없기에 후원금도 받을 수 없다. 그 대신 녀석들은 녹화 자료를 훔쳐 마계 곳곳에 뿌리는 일 등으로 수입을 챙긴다.

"난이도 보아하니 쥐뿔도 없는 거 같은데. 나도 저 정도는 하겠네."

"헛소리 말게. 자네는 저기 갔으면 다섯 번째 시나리오도 못 깨고 뒈졌어."

"어허, 아니라니까?"

툴툴대며 화면을 보던 이들은 '73번째 마왕' 시나리오가 후반부로 치달을수록 표정이 변해가기 시작했다.

—우리엘, 아시잖아요. 이건 그런 '이야기'일 뿐입니다.

내 대사가 화면을 통해 흘러나오는 것을 보고 있자니 기분이 정말로 이상했다.

—누군가가 죽는 건 그동안 많이 봐오지 않았습니까.

저 때 우리엘이 많이 슬퍼했지.

고개를 돌려 보니 몇몇 화신이 눈물을 글썽이고 있었다. 분노하거나 절망하거나 탄식하는 목소리.

"시이바, 너무 슬프잖아……."

……낯선 기분이었다. 자신의 시나리오가 아닌데도 내가 겪은 이야기에 동조해주는 화신들의 모습. 혹은 위로라도 받은 듯한 얼굴들. 이야기가 필요한 것은 성좌만이 아닐지 모른다.

이야기는 누구에게나 필요한 것이다.

"우리도 고향 시나리오로 돌아가면 저만큼 할 수 있으려나?"

"램퍼트, 돌아가고 싶은가?"

"갈 수만 있다면 못 갈 것도 없지."

"클클, 그럼 혹부리한테 부탁해보게. 언제든 보내줄 테니."

"……그걸 농담이라고 하나? 난 고향의 '재앙'이 되고 싶지는 않아."

재앙. 그 말에 일순 선술집 안 공기가 경직되었다. 하지만 정말 잠깐이었다. 모두 꺼리는 화제는 금방 전환되기 마련이니까.

"여기 있네. 열 배 맛있는 안주."

나는 옅게 미소 지으며 안주를 받아 들었다. 새하얀 튀김옷을 입힌 튀김들과 간단한 면 요리였다. 고소한 냄새가 물씬 풍기는 것이, 맛보지 않아도 훌륭한 요리임을 알 수 있었다.

접시를 든 채 주변을 둘러보는데 다른 사람들처럼 패널 화면에 집중하고 있는 작은 머리통 하나가 보였다.

내가 가까이 다가간 줄도 모르고 눈물까지 글썽이는 얼굴. 나는 작게 혀를 차며 옆에 털썩 주저앉았다.

"왜, 보고 있으니 그립냐?"

"히익!"

놀라는 모습이 아주 귀엽다. 정말 내가 상상한 그대로다. 슬그머니 자리를 벗어나려는 장하영의 어깨를 지그시 눌렀다.

"너무 경계하지 마. 그냥 밥이나 같이 먹자는 것뿐이니까."

장하영은 의심의 눈초리로 나를 보더니 순순히 자리에 도로 앉았다. 주변에는 다른 화신도 많고 하니 자기를 해칠 일은 없다고 판단한 듯했다. 우물쭈물하던 장하영이 먼저 입을 열었다.

"아일렌이랑 얘기는 끝났어?"

"그래."

"뭔 얘기 했는데?"

"넌 알 거 없어."

"……근데 그거 스페셜 요린데."

"먹고 싶으면 먹어."

장하영이 기다렸다는 듯 포크를 휘둘렀다. 한가득 쌓였던 면발이 어디로 사라지는지도 모를 만큼 빠르게 녀석의 입속으로 빨려 들어갔다. 생각해보니 이 녀석의 스킬 중에는 [뻔뻔함]도 있다.

"뭐, 먹어줄 만하네."

순식간에 내 음식을 절반 이상 먹어치운 장하영이 물었다.

"⋯⋯근데 너도 지구 출신이지?"

"그래."

영상에는 내 얼굴이 제대로 나온 적이 없었다. 누가 고의로 만졌는지 얼굴이 한 대 맞은 것처럼 찌그러져 있었다.

비형 자식, 내 얼굴만 왜 저따위로 편집해놓은 거야? 어쨌든 그 덕에 장하영이 내 본모습을 알아볼 일은 없을 듯했다.

"⋯⋯어땠어?"

"끔찍했지."

그 말만으로도, 장하영은 모든 것을 알겠다는 듯 고개를 끄덕였다. 시나리오를 겪은 이들에게 비극에 관해 거창한 수사는 그다지 필요하지 않다.

"혹시 너도 지금 화면에 나와?"

"나와."

"어디?"

"지금 나오네."

마침 잘생긴 유중혁의 얼굴이 화면에 클로즈업되고 있었다. 운 좋게 내가 입고 있던 코트도 적당히 더러워져서 녀석의 검은색 코트와 흡사해 보였다. 적당히 우기면 정말 믿을 수도 있겠는데⋯⋯ 하지만 장하영의 표정은 영 신통치 않았다.

"전혀 안 닮았는데⋯⋯."

"나 맞아."

"아냐. 네가 아무나 빚다가 뭉갠 도자기 반죽 같다면, 저쪽은 신의 손길로 천 일 동안⋯⋯."

"나 추방자잖아. 얼굴 쪽 설화가 무너져서 그래."

"아무리 설화가 무너져도 그건 좀…… 거짓말도 말이 되는 거짓말을 해야지."

……젠장. 내 기분은 그렇다 쳐도 목적은 달성해야 하니까.

"그래, 나 아냐. 그래도 쟤 멋있지?"

"제법."

"싸움도 엄청 잘해."

"그래?"

"지구에 가면 만나게 해줄게. 나 쟤랑 꽤 친하거든."

그 말에 장하영의 눈빛이 흔들렸다. 아마 장하영은 넘어올 수밖에 없을 것이다. 멸살법에서 장하영은 유중혁을 동경하는 인물로 설정되어 있으니까. 이참에 이 녀석을 설득해서 귀환에 대한 의지를 북돋아두면…….

"내가 왜 쟤를 만나야 하는데?"

"어? 아니 그냥……."

"난 오히려 저쪽이 더 흥미로운데."

"누구?"

"저기 저쪽."

화면 속, 새카만 마기에 둘러싸인 인형이 보였다. 슬픈 눈으로 자신의 일행을 바라보는 한 남자. 얼굴은 정확히 보이지 않지만 누구인지는 잘 알 수 있었다.

그건 나였다.

초롱초롱한 눈을 반짝이는 장하영을 보며, 나는 이게 대체 어떻게 된 일인가 싶었다.

"쟤 얼굴도 잘 안 보이잖아?"

"그게 뭐가 중요해."

당황한 내가 말을 주워섬기는데, 선술집 곳곳에서 갑자기 함성이 터져나왔다.

"으와아아아!"

"안 돼! 눈을 떠, 구원의 마왕!"

"젠장! 눈물이 멈추질 않아!"

[73번째 마계에서 당신의 유명세가 강화됩니다.]

[1,500코인을 획득했습니다.]

아니, 내가 이렇게까지 인기가 많았나? 갑자기 유중혁 코스프레를 한 게 후회되기 시작했다. 하지만 이제 와서 사실 저게 나라고 말할 수도 없었다.

—살아남아라, 유중혁.

마침내 시나리오가 종막에 다다르면서 사람들이 울부짖기 시작했다. 몇몇은 아예 감동의 도가니에 빠져서 헤어나지 못했다. 장하영이 황홀한 표정으로 중얼거렸다.

"아, 이미 여자친구 있으려나."

순간 가슴이 철렁했다.

"뭐? 누구?"

"구원의 마왕. 혹시 저 사람이랑도 아는 사이야?"

"아는 사이긴 한데……."

나는 장하영의 아름다운 눈망울을 마주 보며 인상을 찌푸렸다. 도톰하게 부풀어 오른 새하얀 뺨에 투명한 눈망울. 미색하나는 정말 끝내주는 얼굴이다. 하지만…….

"너 남자 아냐?"

기억이 맞는다면 장하영은 남자다. 빌어먹을 멸살법 작가놈이 내 댓글 내용을 모두 수용해놓고, 딱 한 가지만 자기 맘대로 바꿔놓았기 때문이다. 바로 이 녀석의 성별이다.

장하영이 눈썹을 찌푸리며 말했다.

"뭐든 겉만 보고 판단하려는 게 지구인답네."

뭔 소리냐고 대꾸하려는 순간, 선술집 주인장이 갑자기 불을 껐다. 그러더니 아주 나지막한 목소리로 선술집 전체를 향해 말했다.

"밤이 온다."

그 짧은 한마디에, 선술집 내부에 깊은 적막이 번져갔다. '재앙'이라는 말이 나왔을 때보다 훨씬 민감하고 예리한 적막.

눈이 마주친 장하영이 검지를 입술에 가져다댔다.

"쉿."

자세히 보니 이 선술집만이 아니었다. 거리의 다른 술집과 가게도 문을 닫고 불을 끄는 모습이 보였다. 삽시간에 소리들이 사라지고 있었다.

마치 공단 전체가 심해에 잠기는 듯한 광경.

사람이 사라진 거리에서 음산한 피리 소리 같은 것이 들려오기 시작했다. 그 소리를 듣지 않기 위해 몇몇 공민이 귀를 막았다. 그제야 나도 생각나는 것이 있었다.

「마계에는 특수한 '밤'이 찾아온다.」

[제4의 벽]의 목소리를 들으며, 멸살법의 설정을 떠올렸다.

「공단의 모든 공민은 귀족을 두려워한다. 단순히 귀족이 강하기 때문만은 아니었다. 사흘에 한 번씩 찾아오는 이 '밤' 때문이었다.」

"제발 그냥 지나가라. 제발……."

누군가가 그렇게 중얼거렸다. 얼마나 지났을까. 창문이 쩌저저적, 얼어붙는 소리와 함께 거리로 뭔가 지나가는 기척이 느껴졌다.

스으으으으.

숨죽인 공민들은 그것이 보이지 않는 양 시선을 피했다. 아예 테이블에 머리를 박고 고개를 숙인 이도 있었다. 얼어붙은 창문 너머로 언뜻언뜻 보이는 거대한 낫의 그림자.

「밤이 되면, 공단에는 '처형관'이 나타난다.」
「공민들에게 '혁명가'가 있다면, 귀족들에게는 '처형관'이 있다.」

공민들이 두려움에 떨면서도 귀족들에게 저항할 수 없는 근원이자, 공작이 공단에서 무소불위의 지위를 지킬 수 있는 이유.

바로 저 처형관의 존재였다.

선술집 문이 열리는 순간, 사람들이 눈을 질끈 감았다. 깊은 어둠 속에서 유리를 긁는 듯한 목소리가 흘러나왔다.

[혁 명 가 가 누 구 냐.]

성인 남성 두 배 정도 되어 보이는 몸집에 사신을 연상시키는 외양. 검은 케이프를 뒤집어써서 얼굴은 보이지 않지만, 겉으로 풍기는 섬뜩한 기운만으로도 놈의 힘을 느낄 수 있었다.

[대상은 현재 시나리오의 보호를 받고 있습니다.]
[대상은 현재 무적 상태입니다.]

어떤 존재도, 밤의 공단에서는 처형관과 대적할 수 없다.

내게 음식을 내준 주인장도, 시나리오를 보며 시끌벅적하게 떠들던 사람들도 모두 새파랗게 질린 얼굴로 바닥을 내려다보고 있었다.

오늘 처형관은 이 선술집을 자신의 처형장으로 택했다. 이곳의 누군가는 오늘 이 자리에서 반드시 죽는다.

[혁 명 가 가 누 구 냐.]

처형관의 낫이 곁을 스칠 때마다 사람들이 몸을 웅크렸다.

마치 놀이라도 하는 듯한 광경. 내가 놈을 유심히 들여다보자 장하영이 깜짝 놀라 옷깃을 잡아당겼다.

"눈 마주치지 마."

그 작은 소리에 처형관이 이쪽을 돌아보았다.

"이런 시……."

정확히는 욕설을 뱉는 장하영 쪽을.

서서히 다가오는 처형관을 보며 장하영이 몸을 떨기 시작했다. 자신의 죽음을 직감한 얼굴.

나는 완전히 겁에 질린 장하영의 머리를 턱 짚고, 천천히 자리에서 일어났다. 장하영이 깜짝 놀라 입을 뻐끔거리며 나를 올려다보았다. 처형관이 불길한 눈으로 나를 보고 있었다.

「김독자는 생각했다. 유중혁이라면 어떻게 했을까?」

녀석이라면 절대 여기서 자신을 드러내지 않았겠지.

유중혁은 끝까지 자신을 숨겨서 최대한 이득을 볼 상황을 찾았을 것이다.

공단의 시나리오에 참가하기 위해 모든 종류의 조사를 끝냈을 테고, 혁명가가 누구인지 알아내려 홀로 고심했겠지.

「김독자는 생각했다. 그래서 그 녀석이 회귀를 수백 번이나 한 것이다.」

스르르 낫을 움켜쥔 처형관이 나를 향해 소름 끼치는 목소리를 냈다.

[너 는 누 구 냐.]

선술집 안의 모든 이가 주목한 그 순간. 나는 모두 똑똑히 들을 수 있는 목소리로 입을 열었다.

"나는 '혁명가'다."

38
Episode

가짜 혁명가

Omniscient Reader's Viewpoint

1

[누군가가 '혁명가 선언'을 했습니다!]

공단의 최정점인 공작을 위협할 수 있는 유일한 존재.

혁명가.

그 존재는 공민의 희망이자 전설이었고, 동시에 절망이었다. 그래서 내가 그 말을 뱉은 순간 곳곳에서 사람들이 숨을 삼켰다. 자기가 제대로 들은 게 맞는지 의심하는 얼굴들.

"뭘 그렇게 놀라? 혁명가를 찾는 거 아니었나?"

내 뻔뻔한 목소리에 사람들 표정은 당혹에서 경악으로 변해갔다. 동시에 나에게만 메시지가 들려왔다.

[당신은 '혁명가'가 아닙니다.]

당연한 메시지였다. 지금 나는 시나리오 바깥의 추방자니까. 애초에 시나리오조차 없는 존재가, 마계 메인 시나리오의 중추가 되는 혁명가가 될 수 있을 턱이 없다.

본래라면 그래야 했다.

[당신의 선언이 '세이스비츠 공단'의 메인 시나리오에 영향을 미칩니다.]

하지만 알다시피, 스타 스트림이 제일 중요시하는 것은 개연성이다.

[혁 명 가 라 고 ?]

굵은 사슬이 휘감긴 낫이 살기를 드러냈다. 처형관이 한 발짝 앞으로 다가오자 긴장하지 않을 수 없었다. 솔직히 지금의 나는 처형관을 죽일 방법이 없다. 그럼에도 물러서지 않았다.

여기서는 그래야 했다.

"그래, 내가 혁명가다."

[왜 스 스 로 를 드 러 냈 지 ?]

"내가 나서지 않으면 누군가가 죽을 테니까."

장하영을 비롯한 공민들은 입을 떡 벌린 채 이쪽을 보고 있었다. 나는 다가오는 처형관을 보며 초조하게 기다렸다.

……슬슬 효과가 나타날 때가 됐는데.

[다수의 공민이 당신의 용기에 탄복합니다.]

됐다.

[당신의 고결한 용기가 시나리오 전개에 영향을 미칩니다.]
[당신은 시나리오에 커다란 영향을 끼칠 수 있는 존재가 됐습니다.]
[시나리오가 당신에게 임시 지위를 할당합니다.]
[당신은 '자칭 혁명가'가 됐습니다.]
[만약 기존 '혁명가'가 사망할 시, 당신은 그 지위를 양도받게 됩니다.]

이걸로 나도 시나리오에 한 발 걸칠 수 있는 존재가 되었다.

[히든 시나리오 - '자칭 혁명가'를 획득했습니다!]

시나리오 획득 메시지가 이렇게 반갑기는 처음이었다. 비록 '메인 시나리오'가 아닌 기간제 '히든 시나리오'지만, 당분간 버티는 데는 무리가 없을 것이다.
73번째 마계의 히든 시나리오.
유중혁의 무수한 실패가 없었더라면 나도 알 수 없었을 비밀이다.
"잠깐만! 당신, 진짜 혁명가야?"
"이봐!"
참지 못한 사람들이 공포를 억누르고 테이블을 박찼다. 하지만 타이밍이 좋지 않았다.

　때마침 처형관이 움직이기 시작했다. 처형관 입에서 흘러나온 새카만 연기가 내 몸을 휘감았다.

　[세이스비츠의 '처형관'이 당신에게 죽음의 표식을 남겼습니다.]
　[당신은 '밤'의 희생양으로 지목됩니다.]

　내 주변에 떠오른 표식을 보더니 사람들이 사색이 되어 소리쳤다.

　"모두 피해!"

　"우와아아악!"

　부서진 테이블 조각이 허공으로 비산했고, 처형관의 낫이 앞쪽의 공간을 베어내며 떨어졌다. 나는 간발의 차로 낫을 피했다. 화신체를 수선받지 못했다면 피하기 어려운 공격이겠지만, 지금이라면 이야기가 다르다.

　['추방자 페널티'가 일부 완화됩니다.]

　쓰읍, 하고 들이켠 숨에 온기가 묻어 있었다. 전신에 온화한 기운이 깃들며 한기가 한결 가셨다. 나는 기민해진 움직임으로, 이어지는 처형관의 공격을 연달아 피해냈다.

　역시 시나리오를 얻고 얻지 않고의 차이가 이렇게나 크다. 비록 히든 시나리오지만 이야기 속에 들어온 것만으로도 존재의 생동감이 달랐다.

[혁 명 가 ?]

내 움직임에 조금 놀랐는지 처형관의 기세가 바뀌었다.

[해당 공간이 일시적으로 폐쇄됩니다.]

[당신은 '선술집'에서 벗어날 수 없습니다.]

쓴웃음이 나왔다. 이것이 바로 수많은 강자들이 처형관에게 대항할 수 없는 이유 중 하나였다. 공단 안에 있는 한 처형관에게서 도망갈 방법은 없다. 어디 그뿐인가?

"피해, 멍청아!"

장하영의 목소리와 함께 처형관의 낫에서 불온한 기운이 흩날렸다.

「어떤 공민도 처형관에게 대항할 수 없다.」

[처형이 집행됩니다.]

녀석의 특수 기술인 [처형]은, 상대방의 모든 방어를 무시하고 일격필살의 공격을 가한다. 아무리 강한 공민이라도 이 시나리오 안에서는 결코 처형관의 낫을 받아낼 수 없다. 섬뜩한 낫이 내 몸을 베어내려는 순간.

기이이이잉!

내 손에서 '신념의 칼날'이 거칠게 울었다.

"미안하지만 난 공민이 아니야."

골드 드래곤의 심장이 울컥 마력을 토해냈고, [백청강기]의 도도한 흐름이 손끝에 휘감겼다.

"말했잖아. 난 혁명가라고."

아직은 '자칭'에 불과하지만.

백청의 눈부신 마력과 처형관의 낫이 충돌하며 엄청난 스파크가 튀었다. 화려한 파찰음 속에서 시스템 메시지가 들려왔다.

[당신은 메인 시나리오 참가자가 아닙니다.]
[당신은 '공민'이 아닙니다.]
[당신은 '추방자'입니다.]
[당신은 해당 시나리오의 '처형' 효과를 받지 않습니다.]

역시. 그럴 줄 알았다.

['처형'의 필살 효과가 중화됩니다.]

내가 처형관의 낫을 흘려내자, 주변 화신들이 경악성을 토해냈다.

"처, 처형관의 일격을 견뎌냈다!"

"정말 혁명가란 말인가?"

내 정체를 모르는 사람들은 불신 가득한 눈으로 상황을 지켜보았다.

[당신의 시나리오 기여도가 커집니다.]

처형관 녀석도 본격적으로 나를 오해한 모양인지, 가공할 기세를 전신에서 불태우고 있었다.

[건 방 진……!]

나는 녀석을 도발하듯 말을 걸었다.

"까불지 마. 네가 밤에만 세다는 걸 아니까."

[뭐?]

"이 밤이 끝나면 너는 반드시 죽는다."

나는 '부러지지 않는 신념'을 쥔 손목을 천천히 돌리면서 말했다.

"내가, 너를 반드시 죽일 테니까."

낫이 수십 개로 분영分影하며 나를 향해 쇄도했다. [처형]이 먹히지 않는다고 해서 처형관이 약한 것은 아니다. 단지 나를 처분하기까지 시간이 오래 걸릴 뿐.

그러니 상황이 나아졌다고 말하기에는 일렀다.

"모두를 지켜줄 수는 없으니까 밖으로 나가요!"

나를 제외한 자들은 '표식'의 효과를 받지 않았기에 얼마든지 탈출이 가능했다. 허겁지겁 선술집 밖으로 빠져나가는 사람들 사이에서 장하영이 나를 돌아보는 것이 느껴졌다.

나는 녀석을 일별하고는 조용히 [책갈피]를 가동했다.

"4번 책갈피, '리카온 이스파랑'을 선택하겠다."

[전용 스킬, '바람의 길 Lv.10(+1)'이 활성화됩니다!]

5번 책갈피에 담긴 키리오스의 힘을 쓴다면 이보다 쉽게 상대할 수 있겠지만, 애초에 이 싸움은 이기는 것이 목적이 아니었다.

아니, 이길 수가 없다.

[대상에게 당신의 공격이 통하지 않습니다.]

['밤'이 끝나기 전까지는 누구도 '처형관'을 죽일 수 없습니다.]

휘두른 칼날이 녀석의 옷깃을 베었으나 돌아오는 것은 같은 메시지뿐.

놈의 [처형]은 나에게 듣지 않지만, 나의 공격도 공단의 밤에는 녀석에게 상처를 입힐 수 없다. 작전을 바꿔야 한다.

고오오오오오!

선술집 주변이 초토화되며 바람의 힘이 몰아치기 시작했다. 허공을 베는 낫 그림자들이 바람의 움직임에 맞물려 둔해졌다. 반면 내 움직임은 더욱 민활해졌다. 속도의 균형이 깨지고 있었다. 녀석의 움직임은 나보다 한 박자 느렸고, 내 움직임은 녀석보다 한 박자 빨랐다.

이것이 극한에 다다른 [바람의 길]의 정수. 공간 일대의 모든 가속加速을 통제하는 힘이다.

"그렇게 굼벵이 같아서 내가 보이기는 하냐?"

[그 아 아 아 아 아.]

분노한 처형관의 낫이 마구잡이로 허공을 긁어대기 시작했다. 보통은 그런 공격에 맞아줄 턱이 없었다. 그런데 망할 〈올림포스〉의 행운의 여신이 저 녀석에게 웃어주기라도 했는지, 휘두른 낫 하나가 우연히 내 사각으로 흘러들었다.

"이크."

불의의 일격이 옆구리에 작렬하려는 순간, 갑자기 내 오른팔이 기이한 형태로 뒤틀리더니 그 공격을 받아냈다.

[오른팔에 깃든 소드 마스터의 재능이 빛을 발합니다!]

놀라기는 나도 마찬가지였다. 설마 설화 파편이 이런 식으로 힘을 발휘할 줄이야.

[불완전한 설화의 사용으로 화신체의 위상이 불안해집니다.]
[과도한 전투를 지속할 시 당신의 설화가 위태로울 수 있습니다.]

입술을 질끈 깨물었다. 다시 슬금슬금 밀려오는 한기.

기껏 히든 시나리오까지 획득했는데, 겨우 처형관 하나를 상대한다고 과도한 힘을 사용할 수는 없었다.

계속 맞서 싸우면 안 된다. 최대한 피하면서 시간을 벌어야 한다. 이 빌어먹을 '밤'이 끝날 때까지.

[너 는 죽 는 다.]

나는 대꾸하지 않고 [바람의 길]을 전력으로 발동했다. 유중혁이 있었다면 좋았을 것이다. 초월좌인 녀석의 도움이 있었다면, 이 긴 밤도 버티기 쉬웠겠지.

하지만 이곳에는 아무도 없었다.

'멸악의 심판자' 정희원도.

'강철검제' 이현성도.

'해상제독' 이지혜도.

내 사랑스러운 꼬마들, 이길영과 신유승도 없다.

한수영은…… 뭐, 있어도 안 도와쳤겠지만.

나 혼자다.

믿을 것은 내가 아는 정보. 내가 쌓아 올린 이야기.

그리고 나 자신뿐이다.

사람들의 비명과 함께 처형관의 공격이 조금씩 둔해지기 시작했다. 나는 녀석을 향해 놀리듯 말했다.

"뭐야, 지쳤어?"

무적 판정을 받는 녀석이 지칠 턱이 없다는 건 알고 있었다. 지쳤다기보다는 슬슬 짜증이 나고 있겠지. 내가 그 말을 한 것은 오히려 내 상태를 숨기기 위함이었다.

[책갈피의 지속 시간이 얼마 남지 않았습니다.]

[바람의 길]로 버틸 수 있는 시간은 고작해야 삼십 분이 한계. 애초에 [책갈피]는 그렇게 오랫동안 지속할 수 있는 스킬이 아니었다.

그런데 처형관이 웃고 있었다.

슈우우우우우!

소름 돋는 효과음과 함께 허공에 나타난 십여 명의 처형관.

이 밤의 가장 끔찍한 점은 처형관이 하나가 아니라는 것이었다.

세이스비츠 공단의 모든 처형관이 좁아터진 선술집에 모여 나를 노려보고 있었다.

[너 의 실 수 다.]

녀석은 일부러 시간을 끄는 척하면서 동료를 불러 모은 것이다. 나를 확실하게 이 밤에 끝장내기 위해서. 포위하는 처형관들을 보며 나도 자세를 가다듬었다.

이건 피할 수 없다.

설령 [바람의 길]을 쓴다고 해도 달아나는 것은 무리였다.

하지만.

"아니, 실수한 건 너야."

삼십 분이나 시간을 끌었으니 목적은 충분히 달성했다. 다가오는 낫의 행렬을 보며 나는 양팔을 벌렸다.

공기를 통째로 부수며 날아드는 낫들이 내 몸통을 꿰뚫었다. 몇몇 화신이 눈을 질끈 감았고, 비통한 탄식이 흘렀다. 그러나 그들의 절규는 얼마 지나지 않아 놀라움으로 바뀌었다.

기이이이이잉.

분명 나를 처참하게 꿰뚫고 찢어야 했던 낫. 그 낫들이 허공에 멈춰 있었다.

[무 슨 ?]

당황한 처형관들이 멍한 눈으로 허공에 걸린 무기를 바라보았다. 나는 멸살법의 문장을 떠올렸다.

「공단의 '밤'을 견딜 방법은 두 가지가 있다.」
「하나는 '밤'이 끝날 때까지 '처형관'에게서 도망 다니는 것.」
「그리고 다른 하나는…….」

"잊었어? 이 시나리오엔 '혁명가'와 '처형관'만 있는 게 아냐."

뒤이어 귓가에 들려오는 메시지.

[누군가가 자신의 생명력을 사용해 당신을 경호합니다.]

「'밤'으로부터 살아남을 두 번째 방법은 '경호관'의 도움을 받는 것이다.」

역시. 이렇게 하면 숨어 있던 경호관이 나올 줄 알았지.

아일렌은 말했다. 혁명가가 누구인지는 공민회 의원들조차 모른다고.

그렇다는 것은, 화신들도 혁명가가 누구인지 모른다는 것. 즉 지켜주고 싶어도 누군지 모르니 지킬 수 없는 상황이라는 뜻이다. 그런데 혁명가가 자신을 밝히고 나타나면 어떨까?

[경호가 성공하여 죽음의 표식이 해제됐습니다!]

밤마다 처형관이 발호할 수 있는 '표식'은 하나뿐. '표식'이 해제되었으니 오늘의 살행은 끝났다. 처형관이 살벌한 목소리로 말했다.

[……운 이 좋 았 군.]

"조심하는 게 좋을 거야. 다음에 우리가 만나는 건 '낮'일 테니까."

처형관들이 분하다는 듯 이를 갈며 허공에서 하나둘 흩어졌다. 음산한 피리 소리가 사라지고, 어둠이 썰물처럼 빠져나갔다.

선술집 바깥에서 격앙된 눈으로 이쪽을 바라보는 화신들이 있었다. 도도한 장하영조차 충격에 빠진 얼굴이었다. 나는 뭔가 말을 해줘야 하나 고민하다가 그냥 머쓱하게 손만 흔들어 주었다.

"새, 새로운 혁명가다! 새로운 혁명가가 나타났다!"

공민들의 함성과 함께 짧았던 밤이 물러가고 있었다.

나는 공민들을 바라보며 생각했다. 저 중 누군가가 경호관일 것이다. 앞으로의 시나리오는 반드시 경호관과 함께 수행해야 한다.

하늘을 올려다보니 여전히 어두운 밤하늘이 있었다. 간혹별 같은 것이 몇 개 보이기도 했지만, 밝기가 너무 약해서 뚜렷하게 알아보기는 어려웠다.

우리엘이라든가, 제천대성이라든가…… 녀석들이 보고 있었다면 좋을 텐데, 안타깝게도 들려오는 메시지는 없었다. 그래도 오늘은 이 정도로 만족해야겠지.

[오늘 밤에는 아무도 죽지 않았습니다.]

2

세이스비츠 공작의 집무실 앞.

악마 백작 시로크는 초조한 심경으로 벌써 몇십 분째 그 앞을 서성였다. 집무실을 수문장처럼 지키고 있는 백작 '한' 때문이었다.

한.

놈의 본명은 아무도 모른다. 그저 모두 '한'이라고 부르기에 그렇게 불릴 뿐.

작위는 시로크와 같은 백작이지만, 출신 성분 자체가 남다른 녀석이었다. 녀석은 무려 32마계의 마왕인 '격노와 정욕의 마신'과 끈이 닿아 있으니까. 아마 세이스비츠 공작도 그 사실을 잘 알기에 곁에 두는 것이리라. 시로크는 내심 위축된 기분으로 입을 열었다.

"공작님께 긴히 드릴 말이 있다."

"말해. 내가 전하지."

"그건 곤란한데."

"공작님께서는 길로바트 사절단과 긴급회의 중이시다."

"언제 끝나시는데?"

"그건 나도 모르지."

시로크는 속으로 혀를 찼다. 이 녀석에게 전하면 분명 공을 앗아가려 들겠지. 그래서 시로크는 이렇게 대답했다.

"됐어. 급한 일도 아니니까 기다리지 뭐."

그 말에 한의 눈썹이 꿈틀거렸다. 시로크는 그런 한의 표정을 보는 것이 좋았다.

'개자식, 계속 궁금해해라.'

사실 시로크가 보고할 내용은 단순했다.

―공민가에 길로바트의 후작으로 추정되는 '악마 귀족'이 나타났다.

이렇게만 말하면 별것 아닌 것 같지만, 곰곰이 생각해볼수록 이상한 점이 많았다. 잠시 생각하던 시로크는 공작의 집무실 쪽을 넌지시 바라보며 물었다.

"혹시 안에 길로바트의 후작님도 함께 계신가?"

"그렇다."

"다른 곳을 통하지 않고 곧장 여기로 오셨나 보군."

"사안이 사안이니까."

그 사무적인 대답에, 시로크는 속으로 쾌재를 불렀다.

'역시 내 짐작이 맞았다.'

모르긴 몰라도 길로바트의 사절단에 후작이 둘씩이나 있지는 않을 것이다. 후작급이면 최소 사절단을 이끄는 단장직을 맡았을 테니까.

즉 공민 거리에서 악마 귀족 행세를 하는 그 녀석은 길로바트의 후작이 아닐 가능성이 높다.

그것만으로 그의 보고는 '보고'로서 가치가 생겼다. 큰 건수는 아니라 해도 실적에 약간의 도움은 되겠지.

머뭇대는 시로크를 보고 무슨 생각을 했는지 한이 물었다.

"계속 얼쩡거리는 걸 보니, 너도 다음 마왕이 누가 될지 궁금한 모양이군."

"아, 뭐. 그렇지."

물론 오해지만, 기왕 오해빚었으니 그에 관해 물어보는 것도 나쁘지 않겠다 싶었다.

"역시 사절단이 방문한 건 마왕 출현 소문 때문인가?"

"자세한 것까진 말해줄 수 없지만, 비슷하다."

"이제 와서 마왕이라니. 웃기는 이야기야…… 그렇게 생각하지 않나?"

출처가 어디인지도 정확히 알 수 없는 소문. 그 소문 하나에 73번째 마계 전체가 이렇게 들썩이다니. 시로크는 내심 상황이 우습다고 생각했다.

세이스비츠.

길로바트.

멜레돈.

베르칸.

지난 수백 년간 73번째 마계는 네 명의 공작에 의해 적절한 균형을 유지해왔다. 그런데 수백 년이나 유지된 평화가 겨우 소문 하나 때문에 이렇게 흔들리다니. 어쩐지 현실성 없는 이야기였다.

그런데 한은 시로크의 말에 동의하지 않는 표정이었다.

"마왕의 징후는 이미 나타나고 있다."

"뭐? 그걸 어떻게 알지?"

"베다가 '멜레돈 공단'과 손잡았다더군."

"베다?"

시로크도 익히 아는 이름이었다. 아니, 모르는 게 이상했다. 안전하게 스타 스트림을 살아가기 위해서는 반드시 알아야 할 이름 중 하나니까.

그 때문에 시로크는 경악하지 않을 수 없었다.

"……설마 성운이 직접 움직였단 말인가?"

"정확히는 〈베다〉의 설화급 성좌 중 하나가 멜레돈과 접선했다고 한다."

성좌와 마왕은 스타 스트림 전체에서도 손에 꼽는 앙숙이다. 그런데 성좌가 마왕의 반발을 무릅쓰고 73번째 마계 일에 간섭했다. 아직 그 규모는 크지 않은 것 같지만, 성운이 나섰다면 결코 녹록한 상황이 아니었다.

"성운이 관심을 가지다니. 정말로 마왕이 나타날 거라는 말인가……?"

시로크는 약간 멍해진 눈빛으로 그렇게 중얼거렸다. 마계에 오랫동안 몸을 담은 시로크도 실감이 나지 않았다.

하지만 적어도 한 가지는 알 수 있었다.

"……그래서 공작님께서 저렇게 바쁘셨군."

"지금 마왕에 가장 가까운 분이시니까."

악마 귀족 중 하나가 마왕 자리에 오를 것은 명확했다. 다른 72마왕 사례만 봐도, 악마 아닌 존재가 마왕위에 오른 경우는 극히 드무니까…….

그때 공장 전체를 울리는 가벼운 경고음과 함께 메시지가 떠올랐다.

[새로운 메인 시나리오가 열렸습니다!]
[제24회차 '혁명가 게임'이 시작됐습니다.]

문득 들려온 메시지에 시로크는 깜짝 놀랐으나, 놀란 한의 표정을 보며 애써 태연한 척 굴었다. 한이 먼저 물었다.

"이게 무슨 메시지지?"

"아, 넌 온 지 얼마 안 되어서 잘 모르겠군. 여기서는 가끔 있는 일이야. 이곳의 메인 시나리오지. 혁명가 게임."

"혁명가 게임?"

"아마 숨어 있던 녀석이 처형관에게 덜미를 잡힌 모양인데…… 재수 옴팡지게 없는 놈이로군."

혁명가 게임이 시작되었다는 것은 숨어 있던 혁명가가 나타났다는 뜻.

그러나 이 공단에서 정말 혁명가가 나타났을 리 없었다.

삼십 년 전, 마지막으로 혁명가가 나타났을 때 녀석이 어떤 꼴을 당했는지는 공단의 모든 이가 똑똑히 기억하기 때문이다. 시로크가 웃으며 덧붙였다.

"별일 아니니 걱정 마라. 조금 기다리면 처형관들이 알아서 놈의 목을 베어 올 거야. 오랜만에 재밌는 구경거리가 생기겠군그래."

하지만 아무리 기다려도 게임 종료 메시지가 들려오지 않았다. 뭔가 이상하다는 생각을 할 때 즈음, 한 하급 귀족이 나타났다. 시로크는 그가 누구인지 바로 알아보았다.

녀석은 숨은 처형관 중 하나이기 때문이었다.

헐레벌떡 집무실 쪽으로 달려오는 그를 향해 시로크가 먼저 물었다.

"무슨 일이냐?"

"누군가가 '혁명가 선언'을 했습니다!"

바보 같은 질문이라는 것을 알면서도, 시로크는 묻지 않을 수 없었다.

"……누가?"

"새로운 혁명가입니다!"

"그러니까 그놈 이름이 뭐냐고."

하급 귀족이 더듬거리며 이름을 중얼거렸다. 시로크는 모르는 이름이었다. 그런데 종일 따분한 표정을 짓고 있던 한이 반색하며 물었다.

"잠깐, 지금 뭐라고 했지?"

"예, 분명 '유중혁'이라는……."

"그놈이 자길 유중혁이라 했다고?"

시로크가 다급히 물었다.

"아는 놈이냐?"

"알다마다."

한의 표정이 환하게 빛났다. 하지만 미소라기보다는 어딘가 뒤틀린 데가 있는 표정이었다. 악마인 시로크조차 마음 한구석이 선뜩해지는 얼굴. 한이 물었다.

"그놈이 나타난 곳이 어디지?"

¤ ¤ ¤

밤이 물러간 후 나는 아일렌에게 다시 불려왔다. 정확히는 거의 끌려오다시피 했다. 왜냐하면 내 선언으로 인해 공민 거리가 완전히 뒤집혔기 때문이다.

―새로운 혁명가가 나타났다!

거리 곳곳이 소문으로 시끄러웠다. 순식간에 튀어나온 아일렌이 나를 의원실에 잡아넣지 않았더라면, 나는 지금도 공민들 틈바구니에 있을 것이다. 아일렌이 미간을 짚은 채 씩씩거리는 동안, 나는 태연한 마음으로 히든 시나리오 정보를 확인했다.

〈히든 시나리오 - 가짜 혁명가〉

분류: 히든

난이도: SS

클리어 조건: 당신은 혁명가를 사칭하여 '자칭 혁명가'가 되었습니다. 정해진 시간 안에 진짜 혁명가를 죽이고 그의 직위를 양도받으시오. 그러지 않으면 끔찍한 최후를 맞게 될 것입니다.

제한 시간: 30일

보상: 150,000코인, 새로운 메인 시나리오 진입

실패 시: 사망

대충 어떻게 해야 메인 시나리오로 진입할 수 있는지는 알겠다. 어찌 됐든 진짜 혁명가를 찾아야만 한다 이거지…… 나

는 아일렌 쪽을 보며 말했다.

"자, 질문 시작해."

"……미친 사람인가요?"

아일렌은 황당하다는 얼굴이었다.

"당신이 무슨 짓을 한 건지 알아요?"

"혁명."

"혁명은 무슨 혁명이에요! 당신 가짜잖아요!"

"진짜면?"

"그럴 리가 없는…… 혹시……?"

혹시나 싶어서 묻는 표정이 귀엽다. 가볍게 어깨를 으쓱하자 아일렌의 표정이 절망으로 물들었다.

"당연히 그럴 리가 없겠죠! 대체 어쩌자고 그런 짓을 했어요? 이제 모두 끝장이라고요!"

"당신도 원하던 전개잖아. 혁명도 하고, 공작도 죽이고."

"절대 이런 식은 아니었어요! 이건 사기극이라고요!"

"혁명에 진짜 가짜가 어디 있어? 이루어지면 그게 진짜인 거지."

"혁명은 그런 말장난이 아니에요!"

"나도 가벼운 마음으로 혁명가 선언을 한 거 아니야."

"그런 식으로 쉽게 말할 수 있다는 것 자체가, 당신 의지가 가볍다는 증거예요."

아일렌의 목소리에는 깊은 분노가 담겨 있었다.

"당신 혼자 나선다고 '혁명'이 이루어질 것 같아요?"

"……."

"나는 오랫동안 이 공단의 혁명을 봐왔어요. 얼마나 많은 혁명이 실패하고, 많은 피를 흘렸는지. 그리고……."

"과거의 실패를 경전처럼 여기지 마. 아무것도 안 하면 바뀌는 건 없다고."

"애초에 무엇도 할 수 없는 시나리오라고요!"

아일렌의 심정은 이해한다. 사실 혁명가 시나리오는 공단 안에서는 이미 유명무실한 시나리오였으니까.

시나리오가 허락하는 유일한 반란의 프로토콜. 그럼에도 공단의 공민들은 이미 오래전에 이 게임을 포기했다. 승산이 없기 때문이다.

그렇기에 시나리오는 시나리오로서 가치를 잃었다.

"내가 추방자에게 기대온 건 그 때문이었어요. 기존 시나리오를 통해서는 절대로 공작을 죽일 수 없으니까! 공작은커녕 저 빌어먹을 처형관조차 죽일 방법이 없으니까!"

"시나리오는 깨라고 만든 거야. 잘 들여다보면 클리어할 방법은 있어."

"사람들이 죽을 거예요. 당신 때문에."

"내가 그렇게 두지 않아."

"그럼 당신이 제일 먼저 죽겠군요."

"안 죽어. 아까도 안 죽었잖아."

"그건……!"

아일렌이 입술을 질끈 깨문 채 말했다.

"그건 그냥 운이 좋았을 뿐이에요. 그 경호관이 또 당신을 지켜줄 것 같아요?"

"음, 지켜줄 것 같은데."

"당신은 잘 모르겠지만 경호는 경호관의 '생명력'을 소진해요. 사용할 때마다 포인트가 감소하고, 결국에는 죽게 된다고요. 한 번은 그렇다 쳐도 두 번 세 번이나 당신을 지켜줄 사람은 없어요!"

"뭐든 처음 한 번이 중요한 법이야."

"……."

"아일렌, 당신은 나보다 이곳에 대해 잘 알지만 사람들에 대해서는 잘 모르는 것 같네."

뭔가 말하려던 아일렌이 처음으로 입을 굳게 다물었다. 아마 말은 저렇게 해도 아일렌 또한 뭔가 느끼고 있을 것이다.

숨어 있던 경호관이 나타났다. 그리고 그가 혁명가를 자처하는 나를 지켰다.

그런 광경을 아일렌은 오랜만에 보았을 것이다. 정말로 오랜만에.

한참이나 입술을 달싹이던 아일렌이 물었다.

"정말 가능할 거라 생각해요?"

"가능해. 내 실력은 충분히 봤잖아?"

가능할 것이다. 불가능하다 해도 내가 가능하게 할 것이다.

아일렌이 한숨처럼 대답했다.

"하지만 당신은 혁명가가 아니잖아요."

"그러니까 당신 도움이 필요한 거야."

내 말에 아일렌의 표정이 흔들렸다.

"혁명가 없는 혁명을 만들어보자고."

이윽고 뭔가 결심했는지 아일렌이 말했다.

"……포지션을 모아야 해요. 혼자서는 이길 수 없는 게임이
니까."

"그렇겠지."

"경호관은 생존을 위한 최소한의 조건일 뿐이에요. 처형관
을 상대할 '투사'도 필요하고, 숨은 처형관을 찾아낼 '스파이'
도 있어야 해요."

"하나씩 모으면 돼. 그 포지션들, 당신 생각처럼 멀리 있지
않을 테니까."

나는 초조해하지 않았다. 이미 혁명가 선언이 울려 퍼졌으
니, 각 포지션을 맡고 있던 존재들도 하나둘 자신의 처지를 깨
달았을 것이다.

이 빌어먹을 게임에서 누구 편을 들지 스스로 가늠하고 있
겠지.

"그리고 벌써 하나는 모은 것 같은데."

내 말이 떨어지기 무섭게, 의원실 문이 삐거덕거리며 열렸
다. 장하영이 얼굴을 빼꼼 내민 채 이쪽을 보고 있었다.

"저, 아일렌……."

"뭐야?"

"누가 꼭 좀 들여보내달라고 해서……."

"지금 바쁘다고 했잖아! 돌려보내."

"그게, 좀……."

"왜?"

"……자기가 경호관이라고 주장하는 인간이 왔거든."

깜짝 놀란 아일렌이 자리에서 벌떡 일어났다. 그리고 장하영 뒤쪽에서 호리호리한 체형의 중년 남성이 나타났다.

"당신…… 정말 혁명가인가?"

내가 이미 아는 얼굴이었다.

3

문을 열고 나타난 것은 홀쭉한 외모의 중년 남성이었다. 듬성듬성 새치가 보이는 머리, 땟국물이 묻은 앞치마. 면도한 뺨에 난 희미한 흉터가 사내의 얼굴에서 찾아볼 수 있는 유일한 '강함'이었다.

아무리 봐도 경호를 할 수 있을 것 같은 사람은 아니었다. 아일렌은 믿을 수 없다는 눈으로 사내를 보더니 털썩 의자에 주저앉으며 말했다.

"당신이 경호관이라고?"

"일단은 그래."

"……진짜로?"

"안 그래도 이런 반응을 보일까 봐 걱정했어."

중년의 말에 아일렌이 나를 보았다. 나는 아일렌을 향해 빙

굿 웃어주었다.

"내가 말했잖아. 근처에 있을 거라고."

"하지만 이렇게 가까이 있을 줄은⋯⋯."

경호관은 아까 내게 안주를 만들어준 선술집 주인장이었다. 물론 나는 처음부터 그가 경호관일 거라고 짐작하고 있었다. 멸살법에 나온 경호관의 외양과 매우 흡사했기 때문이다.

그가 나를 구하리라는 사실도 이미 알고 있었다. 몰랐다면 애초에 혁명가 선언을 하지 않았겠지.

"왜 지금까지는 가만히 있었죠? 당신이 정말 경호관이라면, 몇 번이나 사람들을 구해줄 기회가 있었잖아요."

"포인트를 아껴야 했으니까. 너도 알 텐데. 경호관이 살릴 수 있는 횟수는 하루에 한 번씩, 총 다섯 번뿐이야."

"그건 그렇지만 다섯 번을 전부 쓰지만 않으면⋯⋯."

"내가 만약 다른 사람을 살렸다면."

주인장은 내 쪽을 흘끗 보며 말을 이었다.

"저 '혁명가'는 죽었을 거야."

"꼭 혁명가가 나타날 줄 알았다는 말투군요."

"늘 기다렸지. 모두가 아일렌 당신처럼 포기하고 있었던 건 아니야."

"⋯⋯지금 말 다 했어요?"

분위기가 격앙되려 하자 장하영이 재빨리 끼어들었다.

"자자, 아일렌. 주인장. 그만들 싸우고 앞으로의 일에 관해 생각하자고. 경호관이 제 발로 나타났으면 우리 입장에서는 좋은 거잖아?"

나는 장하영을 물끄러미 바라보았다. 장하영은 멸살법 안에서도 손에 꼽을 만큼 눈치가 비상한 인물이다. 여기서야 지구에서 참았던 분노가 폭주해서 '욕쟁이'라 불리고 있지만, 본래 장하영은 누구보다 사람 마음을 잘 헤아리는 탁월한 중재가였다.

장하영이 헛기침하는 주인장의 어깨를 두드리며 말했다.

"하여간, 나도 놀랐어. 요리만 잘하는 줄 알았는데. 우리한테 귀띔해줄 수도 있었잖아?"

"좋은 요리사는 비밀이 많은 법이지. 그러고 보니 혁명가, 아까 내 요리는 어땠나?"

"안타깝지만 먹어보질 못했어. 누가 다 먹어버려서 말이지."

장하영이 실눈을 뜬 채 나를 노려보자 주인장이 킬킬 웃었다. 간신히 풀리려는 분위기에 아일렌이 찬물을 끼얹었다.

"벌써 동료가 된 것처럼 희희낙락하고 있어서 하는 말인데…… 알고 있겠죠? 게임은 이미 시작됐어요."

장하영이 탁월한 중재가라면, 아일렌은 노련한 책사다. '드러누운 드래곤'급은 아니라 해도, 그녀는 혁명가가 반드시 의심해야 할 지점을 짚어준다.

"알고 있어."

실제로 그녀의 조언은 멸살법에 등장하는 '혁명가 게임'의 한 구절을 가리키고 있었다.

「같은 편을 만드는 것은 중요하다. 하지만 그만큼이나 중요한 것은 '적'이 누구인지 알아내는 일이다.」

누가 아군이고 적인지 판별하기는 쉽지 않다.

사실 대부분의 '혁명가'는 이 지점을 돌파하지 못해 자멸하고 마니까.

내 시선을 받은 주인장이 씁쓸하게 웃었다.

"혹시 나를 의심하는 건가? 내가 공작의 끄나풀일 거라고?"

나는 말없이 웃었다. 주인장이 진짜 경호관이라는 건 이미 알고 있었다. 그러니 지금 이 제스처는 내가 아닌 다른 일행을 위해서였다.

"우선 통성명부터 하지."

"마르크라고 하네. 그쪽은?"

"난 유중혁이다."

"유중혁? 흠. 어디서 들어본 이름 같은데……."

그러고 보니 지구의 시나리오 영상이 퍼졌다. 그러니 마계에서도 지구의 유중혁을 아는 사람이 있을 수 있었다. 이거, 만약의 사태를 대비해 손을 좀 써둬야겠는데. 마침 가진 설화 파편도 몇 개 있고…….

"아무튼 본론으로 들어가면…… 난 공작의 끄나풀이 아닐세. 이렇게 말해도 솔직히 바로 믿기는 힘들겠지만 말이야."

"아니, 믿어."

"믿는다고?"

"그래. 당신은 경호관이 맞아."

내 말에 마르크가 바보처럼 눈을 끔뻑였다.

"……뭔진 모르겠지만, 내가 시험을 통과한 모양이군?"

"맞아. '혁명군'에 들어온 걸 축하해."

급작스러운 결론에 아일렌이 깜짝 놀라 외쳤다.

"아니, 잠깐만요!"

"이자는 내가 혁명가 선언을 하고 난 뒤 바로 찾아왔어. 공작의 끄나풀이라면 이 정도로 빠르게 대응하진 못했을 거야. 마지막 혁명가 시나리오는 무려 삼십 년 전이었으니까."

내 빠른 해명에 아일렌이 멈칫하더니 말했다.

"틀린 말은 아닌데, 충분한 근거도 아닌 거 같은데요."

"그렇긴 해. 하지만 나는 이 사람이 경호관이라고 확신해."

"어떻게요?"

"당신이 린드버그의 마도공학자라고 확신하듯이."

"그러고 보니 당신은 어떻게 그걸……."

"그리고 저기 있는 '아슬란'의 본명이 '장하영'이고, '지구' 출신이라는 것을 확신하듯이."

"야! 남의 프라이버시를……!"

씩씩대는 장하영의 표정을 확인한 아일렌의 표정이 변했다.

"당신…… 혹시 특성 정보를 엿볼 수 있나요?"

"필요한 만큼은."

실제로 나는 [등장인물 일람]을 발동해 이미 마르크의 특성 정보를 모두 확인한 상태였다. 아일렌은 탐탁지 않은 기색이지만 납득한 듯했다.

"희한한 스킬을 가지고 있군요. 지금껏 포지션 정보까지 엿볼 수 있는 탐지 스킬 보유자는 없었는데."

"내 스킬은 특별하거든."

"당신에게 그런 스킬이 있다면 다행이군요. 그래도 아주 희망이 없는 상황은 아닌 듯하니."

"매우 희망적이라고 해야지."

아일렌은 반쯤 체념한 기색으로 한숨을 쉬더니 말했다.

"이걸로 '가짜 혁명군' 결성이군요."

"……가짜 혁명군? 무슨 소리지?"

그러고 보니 지금 내 상황은 좀 복잡했다.

일단은 설명을 좀 해줘야겠군. 그래도 이 네 명은 이번 시나리오의 끝까지 데리고 갈 사람들이니까.

나는 약간 시간을 들여, 내가 진짜 혁명가는 아니지만 반드시 혁명을 성공시킬 수 있는 훌륭한 인재라는 사실을 매우 설득력 있는 언어로 전달했다.

"뭐어어어어?!"

"……혁명가가 아니라고?"

두 사람은 내 말이 채 끝나기도 전에 비명을 질렀다.

생각해보니 나는 회사에서 프로젝트를 발표할 때마다 좋은 평가를 못 들었다. 나 때문에 포인트 한 개를 소진해버린 마르크는 완전히 넋이 나간 얼굴이었다.

"미쳤군. 가짜 혁명가에, 불쌍한 경호관에, 공민회 의장에,

덜떨어진 꼬마 하나…… 이게 애들 장난인 줄 아나?"

"덜떨어진 꼬마? 말이 심하잖아, 마르크!"

"그만 싸워. 어차피 상황은 터졌고, 우리가 고민해야 할 건 이다음이야."

"그래서 무슨 계획이라도 있나, 가짜 혁명가 양반?"

"몇 가지 준비해야 할 게 있어."

나는 일행들에게 간단히 계획을 설명했다. 처음에는 마뜩잖은 얼굴로 듣던 일행들도 조금씩 진지한 기색이 되었다. 이야기가 끝날 무렵, 어느새 가짜 혁명군의 일원이 된 마르크가 입을 열었다.

"확실히 지금 필요한 조치들이긴 하군."

"참여할 텐가?"

"어차피 나한텐 선택권이 없어. 뭘 먼저 할 거지?"

"내 얼굴부터 바꿔야 해."

나는 품속에 넣어두었던 설화 파편, 「복상사한 카사노바의 얼굴 가죽」을 꺼내며 씩 웃었다. 마르크가 의아하다는 듯 고개를 갸웃거렸다.

"얼굴? 그런 건 계획에 없었잖……."

"원래 제일 중요한 건 계획에 없는 법이거든."

"왜 하필 얼굴인가?"

"기왕 혁명가를 하려면 잘생긴 게 좋지 않겠어? 약간만 손을 좀 보자고."

같은 시각, 악마 백작 시로크와 한은 공민 거리로 내려가고 있었다.

"이봐, 한."

"뭐냐."

시로크는 그 까칠한 대답이 마음에 들지 않았다. 하지만 상대는 무려 '격노와 정욕의 마신'과 끈이 닿은 존재. 기왕 걸음을 함께하게 되었으니 약간 친해져도 나쁘지 않겠다 싶었다.

"보니까 원래 악마종은 아니었던 것 같은데, 어디 출신인지 물어봐도 되겠나?"

의외로 한은 순순히 대답했다.

"지구라는 곳이다."

"지구! 아, 들어본 적 있는 행성이군."

"그렇겠지. 요즘 유명한 곳이니까."

"'격노와 정욕의 마신' 님의 가호까지 받을 정도면, 너도 거기서 한가락 한 모양이지?"

"한가락만 했겠어?"

순간 한의 표정에 떠오른 자부심에 시로크는 조금 놀랐다. 대체 얼마나 대단한 존재였기에 저런 표정을 짓는 걸까.

"원래 뭐였나? 소드 마스터? 아니면 대마법사?"

"하! 비슷하지."

"뭐였는데?"

"대기업 부장."

"……대기업? 그게 뭐지?"

"끙…… 그걸 모르는 거냐?"

한은 잠시 고민하더니 이렇게 설명했다.

"굳이 표현하자면 '성운'과 비슷한 집단이겠지."

"……성운이라고?"

"어디까지나 비유하자면 그렇단 얘기야."

"그럼 자네는 '성좌'였단 말인가?"

"그건 아니지만, 비유하자면 비슷하다고 볼 수도 있겠지."

"그런…… 자네 굉장한 존재였군."

'기업'이라든가 '부장' 같은 말이 뭔지 모르는 시로크는 한의 설명에 경악할 수밖에 없었다. 그제야 한이 어떻게 '격노와 정욕의 마신'과 연이 닿아 있는지 이해할 것도 같았다.

"저건 뭐지?"

귀족가에서 공민가로 넘어가는 길목에 거대한 바리케이드가 세워지고 있었다. 의도가 명백해 보이는 철책이었다.

시로크가 짜증 난 목소리로 물었다.

"거기, 지금 뭐 하는 거냐!"

그러자 열심히 바리케이드를 치던 공민 하나가 답했다.

"아, 귀족 나리."

"뭘 하는 거냐고 물었다!"

"보면 모르겠소? 길을 막는 거지."

그 뻔뻔한 목소리에 시로크는 살짝 기가 질렸다.

"누가 이런 짓을 시킨 거냐?"

"의장님 명령이오. 당분간 귀족 나리들은 공민가로 넘어올 수 없소이다."

"무슨 헛소리냐. 의장이 무슨 권리로…… 당장 바리케이드를 치워라! 그러지 않으면 네놈을 두 쪽 내버리겠다."

시로크의 사나운 음색에 질겁한 공민이 흠칫 물러섰다. 하지만 곧 공민들 뒤쪽에서 또 다른 목소리가 들려왔다.

"자신 있으면 그래보시든가."

그 말을 꺼낸 공민은 다른 공민과는 달랐다. 전신에서 강력한 기세를 발출하는, 이름 모를 공민.

시로크는 긴장하며 물러섰다. 대부분의 공민은 귀족보다 약하다. 하지만 모든 공민이 그런 것은 아니었다. 그들 또한 엄연한 차원 이동자이고, 개중에는 악마 귀족 못지않은 강자도 섞여 있었다.

"네놈들, 겨우 혁명가 하나 나왔다고 이러는 거냐? 우리가 그놈을 못 죽일 것 같으냐?"

지금껏 공민이 귀족에게 대항하지 못한 이유는 '밤'의 처형관이 두려웠기 때문이다. 그런데 어젯밤을 기점으로 상황은 조금 달라졌다.

"어제 보니까 못 죽이시던데."

공민들이 서로 보며 시시덕댔다. 시로크는 분한 마음을 삭이면서도 바리케이드를 넘을 수 없었다. 당장 혼자서는 저 많은 공민을 상대할 방법이 없었으니까. 그때 한이 물었다.

"저 녀석들, 지금 파업罷業을 하는 건가?"

"파업?"

"할 일을 안 하고 농땡이 부리는 걸 말한다."

갑자기 그건 또 무슨 말인가 싶었지만 시로크는 일단 고개를 끄덕였다.

"……비슷한 상황이지."

"그렇군. 이런 일은 내가 전문이니까, 내게 맡겨라."

한의 낯빛에 이제까지와는 다른 사악함이 떠올랐다.

"노동자가 자기 주제를 모르면 이런 일이 발생하는 법이지. 일단은 공포심을 좀 심어주는 게 좋겠군."

※ ※ ※

아일렌은 내가 '라마르크의 기린'을 통해 흡수한 설화 파편을 손봐주었다.

그러나 생각보다 성형은 쉽지 않았다. 「복상사한 카사노바의 얼굴 가죽」은 그날 저녁 무렵에야 내 얼굴에 안착했다.

나는 거울을 보며 만족스러운 미소를 지었다.

「김독자는 생각했다. 유중혁보다는 별로지만 이 정도면 괜찮은데?」

하지만 시술을 끝낸 아일렌은 영 마뜩잖은 뉘앙스였다.

"나름대로 열심히 손보긴 했는데…… 별 차이가 없는 것 같네요. 그보다 왜 이렇게 인상이 흐릿하지……?"

내가 보기에는 잘 된 거 같은데. 코도 아주 살짝 높아졌고, 볼도 더 팽팽해진 것 같고. 피부도 반짝거리고.

……잠깐만. 진짜로 별로 변한 게 없나?

"그나저나 이렇게 태평해도 괜찮아요? 곧 두 번째 밤이라고요. 처형관이 다시 올 거예요."

"괜찮아, 오늘 밤까지는."

"경호관의 경호는 무한정으로 가능한 게 아니에요. 알고는 있는 거죠?"

"알아."

가능하면 경호관의 포인트를 쓰지 않고 싶지만, 지금은 달리 방도가 없었다. 두 번째 날까지는 경호관의 도움을 받아 이겨내야 한다. 그래야 세 번째 날부터 새로운 방법을 시도할 수 있으니까.

"갑자기 마르크가 표적이 될 일은 없겠죠? 경호관은 자기목숨은 지킬 수 없는데……."

"아직 우리 말고 아무도 그가 경호관인지 모르니 상관없어."

공작 쪽은 방심하고 있을 것이다. 설마 '혁명'이 성공할 거라고는 생각지도 못하겠지. 이 기회를 잘 이용해야 한다.

"아일렌! 밤이 와!"

바깥에서 대기 중이던 장하영이 외쳤고, 나는 아일렌과 함께 밖으로 나갔다. 먼저 표적이 되어 불필요한 소란을 방지하기 위해서였다.

"혁명가다!"

내 차림새를 기억하는 사람들이 환호성을 질렀다. 얼굴이
바뀌었는데도 알아보는 사람이 없다는 게 조금 섭섭했다.

['두 번째 밤'이 찾아왔습니다.]

아마 마르크는 미리 거리 어딘가에 숨어 나를 경호하고 있
을 것이다.

[현재 당신은 '경호관'의 경호를 받고 있습니다.]

스스스스스.

어디선가 소름 끼치는 피리 소리가 들려오며 처형관이 하
나둘 모습을 드러냈다. 예상하던 대로의 출현이었다.

[혁 명 가 가 누 구 냐.]

"나다."

어차피 날 못 죽일 텐데, 또 오셨구만.

그러자 처형관들이 서로 바라보았다.

[혁 명 가 는 네 놈 이 다.]

그리고 말했다.

[하 지 만.]

뭔가 낌새가 이상했다.

잠깐, 이거…… 그럴 리가. 벌써 이 전략을 쓴다고?

[오 늘 죽 는 자 는.]

처형관이 일제히, 각자 다른 목표를 향해 낫을 빼 들었다.

[혁 명 가 가 아 니 다.]

낫 하나가 근처에 있던 장하영의 목을 노리고 날아들었다.

"피해!"

아일렌의 외침과 함께 움직이는 처형관의 낫.

「순간 사고가 가속되며 세계가 슬로모션처럼 보였다.」

「김독자는 생각했다. 대체 어떤 놈이지?」

나는 이를 악물고 장하영을 향해 달렸다.

원작의 111회차와 시기상 차이가 있기는 해도, 본래 2회차 밤에는 이런 전개가 없었다. 따로 공작의 지시를 받지 못한 처형관들은 이번에도 나를 죽이지 못해 우왕좌왕하다가 두 번째 밤을 날려 보내야 했다.

[모 두 죽 인 다.]

그런데 지금 처형관들은 마치 이 게임을 오랫동안 해온 이들처럼 행동했다. 누군가 명령을 하달했음이 분명하다.

기이이잉!

간발의 차이로 장하영을 밀쳐낸 나는 '신념의 칼날'을 전개해 처형관의 낫을 받아냈다.

[전투 충격으로 인해 설화 구성이 불완전해집니다.]

상황이 무척 좋지 않다. 난 지금 싸워서는 안 되기 때문이다.

[설화 파편, '복상사한 카사노바의 얼굴 가죽'이 미미하게 손상됐습니다.]

젠장, 내 얼굴!

다행히 처형관은 나와 싸울 생각이 없는지 금방 표적을 돌렸다. 가까스로 한숨 돌렸지만, 다행이 아니라는 사실을 깨닫기까지는 그다지 오랜 시간이 걸리지 않았다.

[혁 명 가 는 살 려 둬 라.]

"으아아아악!"

낫에 베인 공민들이 비명을 질렀다. 아직 죽은 이는 없었지만, 피 흘리는 사람만 벌써 대여섯이 넘었다.

"혀, 혁명가님!"

나는 입술을 질끈 깨물었다.

「김독자는 생각했다. 내가 모르는 책사가 있나? 아니면 공작이 벌써 수를 쓴 건가? 김독자의 머릿속에서 멸살법의 이야기가 빠르게 흘러갔다.」

"모두 이쪽으로 모여요! 흩어지면 지켜줄 수 없습니다!"

「김독자는 판단했다. 공작이 움직였을 리는 없다. 공작이 움직였다면 이 정도 선에서 끝나지 않았을 테니까.」

[제4의 벽] 말이 맞았다. '공작'이 움직였다면 벌써 공단은 폐허가 되었을 것이다.

"끄아아아악!"

피해는 줄어들지 않았다. 곳곳에서 처형관에게 당한 이들이 바닥에 쓰러졌다. 부상자는 순식간에 열을 넘었다.

불행 중 다행으로, 저 많은 공민을 전부 죽일 수는 없었다. 게임 규칙상 처형관은 공민을 하루에 한 명만 죽일 수 있다. 적어도 사흘까지는 그렇다.

이를 악문 아일렌이 외쳤다.

"다들 대항해요! 어차피 놈들이 '표식'을 쓰지만 않으면 [처형]은 사용할 수 없어요!"

그 말을 듣고 몇몇 공민들이 무기를 들고 대항했으나 상황은 쉽사리 나아지지 않았다. 애초에 처형관의 능력치를 따라갈 수 있는 공민은 극소수이고, 설령 대항하더라도 오래가지 못했다.

"끄아아악!"

처형관이 언제 '표식'을 사용할지 모른다는 점이 공민들의 공포를 더욱 가중했다. 놈들은 언제든 반드시 사용할 것이고, 공민 중 누군가는 반드시 죽게 될 것이다. 게다가 경호관은 나를 경호하는 중이기에 그들을 지켜줄 수 없었다.

"도, 도망가!"

결국은 대열이 무너졌고, 공민들은 뿔뿔이 흩어지기 시작했다.

"안 돼! 가지 마!"

아일렌이 다급히 외쳤으나 공포심에 먹힌 공민들은 아무것도 들리지 않는 듯했다. 부상당한 공민이 울음을 토했고, 허공을 향해 알 수 없는 욕설을 갈기는 이도 보였다.

「그리고 김독자는 조용히 분노했다.」

이런 짓을 한 게 누구인지는 모르겠지만 그게 누구든…….

"살려, 살려주세요……."

상처 입은 공민들이 나를 향해 기어왔다. 이 중 일부는 운이 나쁘면 밤이 끝난 후 죽게 될 것이다. 달아난 이들 또한 마찬가지다. 이 '밤'은 지금껏 공단에 찾아온 어떤 밤보다 끔찍한 밤으로 기억되리라.

「여기서 피해가 더 커지면 놈들 의도대로 된다.」

공민들은 혁명을 도우려 하지 않을 것이다. 공단은 또다시 공작의 명령에만 따르게 될 테고, 아일렌의 공민회는 고립되겠지.

그렇게 둘 수는 없다.

다른 수를 둬야 한다.

짧게 숨을 들이켠 내가 아일렌을 부르려는 순간.

"이쪽이다! 나를 죽여라!"

건물 뒤편에 숨어 있던 누군가가 외쳤다. 마르크였다.

"여기다! 내가 경호관이다!"

사색이 된 장하영이 함께 외쳤다.

"망할! 뭐 하는 거야 주인장!"

성급한 판단이었고, 올바르지만 잘못된 판단이었다.

"내가 경호관이다! 나를 죽여라!"

아일렌과 장하영이 돌아보았을 때, 나는 이미 마르크를 향해 달리고 있었다. 그리고 거의 동시에 처형관들도 움직이고 있었다.

[경 호 관.]

마르크의 도발은 잘 먹혀들었다. 흩어져 있던 처형관이 순식간에 모여들었으니까.

[경 호 관 을 죽 여 라.]

나는 [책갈피]를 발동해 [바람의 길]로 녀석들을 밀쳐내며, 빠르게 마르크를 향해 달려갔다. 창백해진 마르크의 얼굴이 가까워지고 있었다.

[전용 스킬, '등장인물 일람'을 발동합니다!]

〈등장인물 요약 일람〉

이름: 마르크 제비어

배후성: 없음

전용 특성: 차원 이동자(영웅), 퇴역한 S급 용병(희귀), 일류 요리사(희귀)

전용 스킬: [요리 Lv.9] [재료 다듬기 Lv.8] [낡은 정의 Lv.4] [소드 댄스 Lv.9] [(비공개 스킬) Lv.1]……

* 해당 화신은 시나리오에서 특수한 역할을 담당하고 있습니다.

* 시나리오 페널티로 스킬 일부가 비공개 처리됩니다.

사실, 아일렌에게 말한 것과 달리 [등장인물 일람]으로도 시나리오의 '포지션'을 정확히 알 수는 없었다.

하지만 누군가가 특수한 포지션을 가졌다는 것, 그 포지션으로 말미암아 어떤 스킬을 가졌다는 것 정도는 알 수 있었다.

"한순간의 꿈이었군……."

시나리오에 존재하는 모든 인물에게는 그 이유가 있다.

게인츠 행성의 차원 이동자, 마르크 제비어. 퇴역 용병으로 마계에 와서 요리사가 된 사내.

사방에서 날아드는 낫을 보며 마르크가 나를 향해 웃었다.

"꼭 성공하길 바라네, 혁명가."

나는 그의 삶에 대해 제대로 아는 바가 없다. 그는 멸살법에서 무수히 나고 죽는 일개 조연에 불과하니까.

[세이스비츠의 '처형관'이 '마르크 제비어'에게 죽음의 표식을 남겼습니다.]

['마르크 제비어'가 '밤'의 희생양으로 지목됩니다.]

무려 3,149화에 달하는 멸살법.

어떤 사람은 그 이야기를 길다고 생각할 것이다.

지루한 이야기라고 생각할 것이다.

「하지만 김독자에게 3,149화는 **짧았다.**」

나는 언제나 생각했다. 멸살법이 더 길었으면 좋겠다고.

그렇게나 많은 편수를 읽어도, 여전히 멸살법이 궁금했으니까.

"걱정 마. 당신은 안 죽어."

그러니 나는 이제부터 내가 못 읽은 부분을 읽을 것이다.

"비키게! 내가 죽지 않으면……!"

마르크가 당혹감 어린 얼굴로 외쳤다.

"왜 다들 죽지 못해 안달이야? 아무도 죽지 않아. 적어도 내 '설화'에서는."

나는 다가오는 처형관들을 막아서며, 스킬을 발동했다.

[전용 스킬, '책갈피'를 발동합니다!]
['책갈피'의 숙련도가 증가하여 새로운 슬롯이 활성화됐습니다.]

"6번 슬롯에 '혁명의 기사 마르크 제비어'를 넣겠다."

[등장인물 '마르크 제비어'가 6번 책갈피에 등록됐습니다.]
[6번 책갈피가 활성화됐습니다.]
['비공개 스킬 Lv.1'이 활성화됐습니다.]

질끈 눈을 감는 마르크의 목을 향해서 내리꽂히는 처형관의 낫.

[당신은 일시적으로 '경호관' 직위를 획득했습니다!]

하지만 내 쪽이 조금 더 빨랐다.

[누군가가 자신의 생명력을 사용해 '마르크 제비어'를 경호합니다.]

마르크의 목까지 정확히 한 뼘을 남겨둔 위치에서 처형관의 낫들이 삐걱거리며 멈춰 섰다. 그물에라도 걸린 것처럼 정지한 낫들. 그 광경의 의미를 아는 마르크가 눈을 부릅떴다.

[경호가 성공하여 죽음의 표식이 해제됐습니다!]

물론 마르크만 경악한 것은 아니었다.

[경 호 관 이 또 있 다 고?]

불신 가득한 목소리. 처형관이 하나둘 어둠 속으로 흩어졌다. 목적과 달리 아무도 죽이지 못하고 사라지는 처형관들. 만족스럽지는 않지만, 그래도 어떻게 잘 넘긴 듯했다.

가볍게 한숨을 내쉬며 돌아섰다. 살아남은 사람들이 나를 바라보고 있었다. 특히 장하영과 아일렌은……

표정들을 보아하니 아무래도 긴 밤이 될 것 같았다.

[오늘 밤에는 아무도 죽지 않았습니다.]

✠ ✠ ✠

예상대로 장하영과 마르크는 쉬지도 않고 날 들들 볶았다.

"너 뭔데 진짜?"

"대체 자네는 포지션이 뭔가? 실은 경호관이었나?"

공민을 돌보러 간 아일렌까지 있었다면 더 괴로웠겠지. 나는 고개를 휘휘 저으며 한숨처럼 말했다.

"말했잖아. 난 '가짜 혁명가'라고. 그러니 '가짜 경호관'도 될 수 있겠지."

"지금 그걸로 설명이 될 거라고……!"

"그냥 넘어가줘. 자세히 말해주면 밑천이 다 드러나잖아. 이런 시국에 함부로 정보를 공개하는 게 얼마나 위험한 일인지는 당신들이 더 잘 알 텐데?"

"……."

"내가 당신들한테 정보를 말한다고 쳐. 만약 누가 납치라도 당해서 공작에게 내 정보를 술술 불어버리면, 이 혁명이 어떻게 끝날 거라 생각해?"

사실 내 말은 중후반 회차의 유중혁이 귀찮을 때 자주 하는 변명 중 하나였다. 지금 나는 실제로 유중혁이니까 이렇게 말해도 별 상관없겠지.

"나는 그냥 유중혁이야. 그렇게만 기억해줘."

「김독자는 생각했다. 자꾸 말하다 보니 정말로 유중혁이 되는 것 같은 느낌이다.」

시끄러워.

「존댓말 하는 김독자가 그립다.」

내가 [제4의 벽]과 실랑이 벌이는 사이, 두 사람은 질렸다는 눈으로 나를 보며 고개를 저었다.

"……정말 곤란한 작자로군."

지금쯤 지구에 있는 유중혁의 귓가에도 메시지가 들어가고 있을 것이다.

짐작건대 이런 메시지가 아닐까.

[73번째 마계에서 당신에 대한 설화가 만들어지고 있습니다.]

똑똑한 녀석이라면 적당히 무슨 일인지 눈치채겠지만, 뭐 몰라도 상관은 없다. 대충 분위기가 진정되어, 나는 곧바로 본론을 꺼냈다.

"그보단 일에 대해 얘기하자고. 분하지만 저쪽에 지금 내 예상을 깨는 존재가 있어. 게임의 룰을 이용해서 공격해 오는 녀석이 있다고."

"세이스비츠의 후작들은 책략가는 아니라고 들었네. 혹시 공작이 직접 움직였다고 생각하는가?"

"그런 것 같지는 않아. 아무래도 다른 누가 있는 것 같아."

"그래도 오늘 밤은 잘 넘겼잖나. 경호관의 힘을 두 사람이나 쓸 수 있다면 상황은 우리한테 더 유리한 거 같은데?"

"마냥 그렇지도 않아. 이대로라면 내일부터 녀석들은 '표식'을 사용하지 않을 거야."

"뭐?"

"어차피 누군가를 죽이기 어렵다면, 최대한 많이 다치게 만들 테니까."

"아……!"

표식을 사용하지 않으면 '밤'은 해가 뜰 때까지 끝이 나지 않는다.

"오늘 밤에도 이미 많은 사람이 다쳤어. 우리는 이긴 게 아니야. 진 거지."

오늘 사람들은 처형관의 공포를 다시금 학습했다. 내일이 오면 사람들 태도가 분명 달라질 것이다. 다시 공작을 두려워하고, 혁명을 무서워하겠지.

적들은 그 틈을 놓치지 않을 것이다. 표정이 한결 어두워진 마르크가 물었다.

"그럼 이제부턴 어떻게 해야 하겠나?"

"어떻게 할 필요는 없을 거야. 아마 저쪽에서 먼저 움직일 테니까."

나는 멸살법을 통해 무수한 혁명가 게임을 보았다. 그러니 이런 식이라면 다음 전개는 확실하다.

"슬슬 '두 번째' 포지션이 나타날 거야."

"두 번째?"

"그래. 혁명가 혹은 경호관. 그리고 처형관이 아닌 다른 포지션."

그 말이 나오기 무섭게 누군가가 문을 두드렸다. 아일렌이었다.

"……혁명가, 누가 찾아왔어요."

묘하게 긴장한 그 얼굴을 보며, 나는 이미 적들이 움직이기 시작했음을 직감했다.

"자신이 '스파이'라는군요."

✠ ✠ ✠

스파이.

언젠가 멸살법에서 스파이를 설명한 문구를 읽은 적이 있었다.

「'혁명가 게임'의 모든 포지션은 '혁명가' 또는 '독재자' 양 팀에 속한다. 그런데 딱 하나, 편이 정해지지 않은 포지션이 존재하니 바로 '스파이'다.」

혁명가 게임에서 가장 위험한 포지션이자, 가장 비겁한 포지션.

때문에 멸살법에서는 스파이를 다음과 같이 표현한다.

「'스파이'를 손에 넣는 팀이 게임에서 승리할 수 있다.」

정보가 최우선시되는 혁명가 게임에서 스파이의 위상은 대단하다. 스파이의 능력으로 원하는 이의 '포지션 정보'를 확인할 수 있기 때문이다. 하루 열 명으로 제한은 되지만, 그것만으로도 판 전체를 흔들 수 있는 힘이었다.

그런데 바로 지금 내 눈앞에 자신이 스파이라고 주장하는 사내가 나타났다.

"그쪽이 '유중혁'인가?"

외형이 마계와는 썩 어울리지 않았다. 어딘가 어중간한 느
낌이 드는 외모랄까. 아니, 정확히는…… 뭐지? 왜 이렇게 기
시감이 들지? 멸살법에 등장한 외양은 아닌 것 같은데?

나는 일단 사내에게 대답했다.

"맞아. 내가 유중혁이다."

그런데 반응이 좀 미묘했다.

"……흐음. 그런가."

그 순간 뭔가 이상하다는 사실을 깨달았다.

"그런데 용케 내 이름을 알았군."

보통은 '당신이 혁명가인가'라고 물었어야 한다. 그런데 저
자는 처음부터 내 이름이 '유중혁'인지 먼저 확인했다. 사내는
아무것도 아니라는 듯 어깨를 으쓱했다.

"하하, 유명한 이름이잖은가."

말하는 것과 달리 사내의 눈은 집요하게 내 외모를 훑고 있
었다. 자신이 아는 누군가와 대조하는 듯한 시선. 그것으로 나
는 확신했다.

「유중혁을 알고 있는 녀석이다.」

빠르게 멸살법 원작을 떠올렸으나, 마땅히 짐작 가는 대상
은 없었다. 애초에 유중혁은 회귀자이고, 공식적으로는 마계

에 진출하기 전이었다. 그러니 이곳에 유중혁을 제대로 아는 녀석이 있을 리 없었다.

관찰력 좋은 이라면 지구 시나리오를 보고 유중혁을 알아봤겠지만…… 그럴 가능성은 사실 크지 않았다.

내 미덥잖은 반응 때문인지 장하영과 아일렌과 마르크는 긴장한 눈으로 나와 사내를 번갈아 보았다. 아마 그들도 본능적으로 뭔가 느꼈으리라.

나는 일단 상대의 정체를 알아보기로 했다.

"이름이 뭐지?"

"아우렐리우스라고 하네."

"……아우렐리우스?"

나는 잠깐 멈칫했다. 그 이름을 어디선가 들은 기억이 났기 때문이다. 멸살법이 아니라, 다른 곳에서.

"특이한 이름이군."

"그렇게들 말하지."

"그래서 당신이 '스파이'라고?"

"그렇다네."

[전용 스킬, '거짓 간파 Lv.3'를 발동합니다!]

['혁명가 시나리오' 지역에서는 '거짓 간파' 스킬을 사용할 수 없습니다.]

……역시 이 시나리오에서 [거짓 간파]는 통하지 않는군.

111회차의 유중혁도 이 스킬이 안 먹힌다는 걸 알고 좌절하는 장면이 있었다. 그래도 혹시 몰라 써봤는데, 역시나인 모양이다. 하긴 [거짓 간파] 사용이 자유롭다면 이 시나리오의 난이도는 무척 낮아지겠지.

하지만 나한테는 [거짓 간파]만 있는 게 아니다.

[전용 스킬, '등장인물 일람'을 발동합니다!]

물론 [등장인물 일람]을 써도 상대의 명확한 포지션은 분별할 수 없었다. 하지만 적어도 상대가 '특수한 포지션'인지는 알아낼 수 있었다.

[해당 인물의 정보는 '등장인물 일람'으로 열람할 수 없습니다.]
['등장인물 일람'에 등록되지 않은 인물입니다.]

……뭐?
나는 순간 당황해서 입을 다물었다.

[해당 인물에 대한 정보가 업데이트 중입니다.]
[다음 업데이트에 해당 인물의 인물 정보가 추가됩니다.]

처음 들어보는 메시지는 아니지만, 여기서 들을 거라곤 생각지도 못한 메시지였다. 내 상황을 모르는 사내가 물었다.

"음? 왜 그러지?"

[등장인물 일람]으로도 읽을 수 없는 인물. 이자는 멸살법 원작에 등장하지 않는다는 뜻이다.

즉, 내가 만든 변수 때문에 존재하는 인물이라는 것.

하지만 그럴 수 있나? 여긴 지구도 아니고 마계인데…….

내가 계속 뜸 들이고 있자 마르크가 물었다.

"우리 편이 되러 온 거요?"

"그럴 수도 있고, 아닐 수도 있겠지."

"그게 무슨 말이요?"

"난 자네들을 살리러 왔네. 이대로라면 '혁명'이 망할 게 불 보듯 뻔해서 말이지."

"……아직 밥도 안 지었는데 재부터 뿌리러 왔소?"

"농담 아닐세. 자네들에 대한 여론이 좋지 않아. 밖에는 나가봤는지 모르겠군."

확실히 아까부터 바깥이 시끄러웠다. 의원실 문을 두들기는 소리도 들렸다. 서로 돌아본 우리는 거의 동시에 밖으로 나섰다. 문을 열자마자 사람들이 웅성거리는 소리가 쏟아졌다.

"혁명가다!"

누군가의 외침과 동시에 군중의 고개가 일제히 이쪽을 향했다. 일백에 가까운 군중이 벌떼처럼 나를 노려보고 있었다. 개중 몇몇이 과장된 목소리로 내게 소리쳤다.

"네놈 때문이야! 너만 아니었어도!"

"아내가 다쳤다고!"

심지어 누가 돌을 던지기도 했다. 솔직히 조금 놀랐다. 피해가 있기는 했지만 이렇게 과격하게 나올 정도는 아니었다.

목소리는 계속해서 이어졌다.

"차라리 '밤'이 사흘에 한 번씩만 올 때가 나았다!"

혁명가 시나리오가 발동하기 전, 본래 '밤'은 사흘에 한 번씩 오는 것이 원칙이었다. 그런데 이틀 연속으로 '밤'이 발동했으니 사람들의 두려움도 한층 가중될 수밖에 없었다.

그런 사람들을 향해 장하영이 고래고래 소리를 질렀다.

"뭔 개소리야 미친놈들아! 이렇게 한심하게 굴 거야? 사흘에 한 명씩 뒈져가면서 생을 연명하는 게 좋다는 거냐고!"

몇몇이 그 말을 듣고 찔끔 물러섰다. 장하영이 계속해서 외쳤다.

"그딴 식으로 살 거면 차라리 공단 밖으로 꺼져!"

"꼬, 꼬맹이 네놈이 뭘 안다고 큰소리냐! 바깥이 어떤 곳인지 알기나 하는 거냐!"

겁에 질린 목소리들. 이곳의 모든 이가 잘 알고 있었다.

「'공민'은 모두 '공단'의 시나리오에 소속된 존재. 그들은 이곳을 빠져나갈 경우, 시나리오 지역 이탈로 '추방자 페널티'를 받는다.」

추방자 페널티.

그게 무엇인지 모르는 사람은 마계에 없다.

그러니 차라리 사흘에 한 번씩 죽음의 룰렛을 돌리는 편을 택하는 것이다. 그런데 혁명가가 등장한 이후 룰렛 시행의 간격이 사흘에서 하루로 줄었다.

"이, 이제 매일 이런 '밤'을 겪어야 합니까?"

"어떻게 할 거야! 앞으로 어쩔 거냐고!"

공포에 질린 목소리들. 아일렌을 비롯한 의원들이 제지해봤지만 군중의 움직임은 더 거세지기만 했다. 고개를 돌리자 아우렐리우스가 비열한 미소를 지은 채 나를 바라보고 있었다.

"이제 상황이 어떻게 돌아가는지 알겠나?"

공민의 지지를 얻지 못하는 혁명가는 패배할 수밖에 없다.

나는 쓰게 웃었다.

"당신은 공작 쪽 인물이로군."

"그건 중요하지 않네. 중요한 건 자네의 선택이지."

"그래서, 뭘 원하는 거지?"

"공작에게 항복하게. 그럼 자네를 제외한 나머지 사람은 살수 있어. 어차피 이대로 가면 혁명은 실패할 거야."

"나보고 희생하라는 뜻인가?"

"그런 말은 아닐세. 자네도 살 수 있는 방법을 찾아주지."

"어떻게?"

"자네가 정말 유중혁이면, 내가 모시는 분께서 자네를 지켜줄 걸세."

"공작은 날 죽이려 할 텐데?"

"내가 모시는 분은 세이스비츠 공작과는 비교도 안 되는 분이야."

세이스비츠 공작과는 비교도 안 되는 존재라. 꽤 호기심이 생기는 제안이었다. 내가 유중혁만 아니었다면 잠깐 생각해봤을 수도 있겠다.

"당연히 거절이다."

"그렇군. 후회하게 될 거야."

아우렐리우스는 그 말을 남기고 군중 사이로 사라졌다. 그가 사라진 자리를 메운 군중이 외쳤다.

"저놈을 공작님께 바치자!"

"공작께서 저놈을 데려오면 시나리오를 끝내겠다고 말씀하셨다!"

"더 이상 '밤'은 오지 않을 것이다!"

약속이라도 한 양, 들불 번지듯 일어나는 목소리들.

아주 흥미로웠다.

언젠가 비슷한 광경을 본 적이 있었다. 미노 소프트 노사 협상 때였던 것 같다.

"다음 '밤'이 오면 모든 게 끝장이야! 그 전에 혁명가를 잡아야 해!"

압도적인 선동력에 군중이 움직이고 있었다. 겁에 질렸던 표정은 적의로 물들었고, 적의는 나에 대한 반발로 이어졌다.

"누, 누가 저놈 좀 잡아봐……!"

나는 그들을 잠시 바라보다 앞으로 나섰다. 내가 두려움 없이 걸어 나오자 오히려 군중이 더 당황했다. 나와 닿지 않으려 물러서는 사람들 때문에 주변이 모세가 기적을 일으킨 것처럼 갈라졌다.

"처형관이 그렇게 무서워?"

나는 한 걸음을 더 내디디며 '부러지지 않는 신념'을 뽑았다. '신념의 칼날'이 거센 진동을 일으키며 새하얀 광채를 터트렸다. 마력파에 놀란 몇몇이 엉덩방아를 찧었고, 어떤 이는 당황하며 뒷걸음질 쳤다. 그들을 향해 나는 고요한 목소리로 말했다.

"다들 잊었나 본데, 지금은 '밤'이 아니야."

나는 허공을 향해 검을 치켜들었다. 그러자 골드 드래곤의 심장에서 토해진 [백청강기]의 마력 파동이 하늘을 백청의 빛으로 물들이기 시작했다. 갑작스러운 행동에 겁에 질린 사람들이 외쳤다.

"무, 무슨……!"

"놈이 사람을 죽이려 한다!"

"우아아아악! 혁명가가 공민을 죽인다!"

사람들이 비명을 지르고, 아일렌의 고함이 들렸다. 나는 그 모든 소리를 외면한 채 군중의 중심을 가르며 달렸다.

그리고 공민 하나를 향해 곧장 칼을 휘둘렀다.

"우선 하나."

방금 군중 속에서 선동을 일삼던 사내 중 하나였다. 무참히 심장이 꿰뚫린 사내는 비명조차 지르지 못하고 눈을 부릅뜬 채 절명했다.

[전용 스킬, '제4의 벽'이 활성화됩니다!]

손끝에 깃드는 살행의 감각.

명백하게 누군가를 죽이기 위한 움직임은 오랜만이었다. '불살의 왕'을 유지하기 위해 오랫동안 절제해온 버릇이 배었기 때문이겠지.

하지만 오늘만큼은 조금도 망설이지 않을 것이다.

왜냐하면 나는 지금 유중혁이기 때문이다.

"둘."

철저한 살해를 위해 움직인 칼날이 피를 머금은 채 귀기를 토했다.

푸슈슈슛! 피가 거세게 튀어 앞섶이 젖었다. 공포에 질린 사람들의 눈동자가 보였다. 나는 이어서 검을 움직여 마지막 사내의 등에 검을 꽂았다.

"마지막으로, 셋."

순식간에 세 명을 죽인 후 주변을 둘러보았다. 비명과 절규. 비탄에 잠긴 공민가의 모두가 나를 보고 있었다.

공민만이 아니었다.

아일렌도, 장하영도, 마르크도.

내가 무슨 짓을 벌였는지 이해하지 못해 패닉에 빠진 얼굴들이었다.

혁명가가 평범한 공민을 죽였다.

어떤 말을 해도 납득시킬 설명은 불가했다. 하지만 애초에 내가 설명할 필요도 없는 일이었다.

['혁명가 시나리오'에 변화가 발생했습니다!]

갑자기 들려온 메시지에 사람들이 동시에 허공을 올려다보았다. 이어서 연속으로 떠오르는 메시지.

[누군가에 의해 '처형관'이 사망했습니다.]
[누군가에 의해 '처형관'이 사망했습니다.]
[누군가에 의해 '처형관'이 사망했습니다.]
[현재 남은 처형관 수: 7]

메시지를 확인한 사람들의 안색이 변하고 있었다.

죽은 사람은 총 셋.
그리고 죽은 처형관도 셋.

떨리는 눈으로 나를 보던 사람들이 시체 곁에서 비명을 지르며 물러서고 있었다. 마치 끔찍한 것이라도 보았다는 듯이.
"으, 으아아아악!"
"처, 처형관? 여기에 숨어 있었다고?"

"애런이 처형관이었어! 맙소사!"

공민 중에 처형관이 숨어 있었다. 그 어마어마한 배신감 속에서 군중이 조금씩 깨어나고 있었다.

처형관이 죽었다.
무적인 줄 알았던 처형관이 평범한 사람처럼 죽었다.

「이제껏 한 번도 경험해보지 못한 이야기. 그 이야기 앞에서, 사람들은 예상치 못한 방식으로 고무되고 있었다.」

가장 먼저 자리에서 일어난 사람이 품속에서 칼을 꺼내 들었다. 그의 두 눈은 분노로 이글거리고 있었다.

"개, 개새끼들! 잘 죽었다 이 개새끼들아!"

조금 전까지 나를 위협하던 공민들이 죽은 처형관의 시체를 짓밟고 난도질하기 시작했다. 아까의 몇 배나 되는 열기로 들끓는 군중. 모두 처형관에게 뭔가를 잃은 사람들이었다. 비참한 복수지만, 그것이 죽은 자를 위해 그들이 할 수 있는 최선이었다.

나는 군중 사이를 유유히 가로질렀다. 그리고 슬그머니 꽁무니를 빼려는 사내의 목덜미를 붙잡았다.

"커어억!"

"사람들 선동하는 솜씨는 여전하시네요."

달아나려던 사내, 아우렐리우스가 손아귀 속에서 발버둥 쳤다. 어쩐지 쓴웃음이 나왔다. 왜 이 얼굴을 바로 못 알아봤을까. 그럴 수가 없는 얼굴인데.

나는 벌벌 떠는 사내의 뒷덜미를 강하게 움켜쥐며 물었다.

"그간 무탈하셨습니까, 한명오 부장?"

39
Episode

정체불명의 벽

Omniscient Reader's Viewpoint

1

나는 아일렌과 마르크, 그리고 장하영에게 바깥 정리를 맡겨둔 채 기절한 한명오를 질질 끌고 의원실로 돌아왔다.

솔직히 뜻밖이었다.

그 '한명오'가 아직까지 살아 있을 줄이야.

한명오 부장.

세 번째 메인 시나리오에 도달하기 전, 내게서 어둠 파수꾼의 공헌도를 빼앗으려다 마왕 '격노와 정욕의 마신'의 저주를 받은 인물.

충무로역 진입 전에 행방불명되어 당연히 죽었을 거라 생각했는데, 다른 곳도 아닌 마계에서 마주치게 될 줄은 몰랐다.

나는 한명오를 의원실 의자에 포박했다. 포박에는 아일렌에게 빌린 설화 억제 구속구를 사용했다.

「김독자는 생각했다. 부장도 그간 많이 늙었군.」

한명오 얼굴에 자잘한 주름이 늘어 있었다. 전체적으로 까맣게 변색된 피부. 주름은 그렇다 치고, 피부는 아마 종변이種變異의 흔적이겠지. 들여다볼수록 예전 얼굴이 보이는 듯했다. 하지만 인간 시절 흔적이 꽤 사라진 후라, 얼핏 봐서는 알아보기 힘들었다.

유상아. 이길영. 그리고 내 어머니와 일진 송민우…… 지금껏 내가 [등장인물 일람]으로 정보를 확인할 수 없던 인물들.

모두 시나리오 시작 직전, 혹은 그 이전부터 나와 관계가 있던 사람이다. 한명오 또한 그랬다. 나로 인해 이 세계를 살아가게 되었기에 [등장인물 일람]으로는 정보를 읽을 수 없다.

"깨어 있는 거 다 아니까 일어나시죠."

"으으…… 이놈……."

나는 한명오…… 그러니까 스파이, 아니 자칭 아우렐리우스에게 물었다.

"아우렐리우스는 본인이 직접 지은 이명입니까?"

"……!"

눈을 부릅뜬 한명오를 보자 확신의 모호했던 지점까지 충만하게 채워지는 느낌이었다. 아우렐리우스. 내가 이자를 '한명오'라고 확신한 결정적 단서였다.

「웹소설? 이봐, 김독자 씨. 그딴 거 읽을 시간이 어디 있나?」

미노 소프트를 다니던 시절, 웹소설을 읽는다는 걸 들킨 후 내가 들은 말.

「기왕 책을 읽을 거면 이런 걸 읽어야지. 스펙 쌓을 생각 없으면 책이라도 좋은 걸 읽어.」

그 말을 하던 한명오 손에는 로마의 현제 마르쿠스 아우렐리우스가 쓴 《명상록》이 들려 있었다. 초반 몇 페이지만 계속 봤는지 앞부분만 까맣게 변색되어 있던 책.

"평소에 읽지도 않는 《명상록》만 들고 다니더니, 그 허세가 아직까지 남아 있으시네요."

"너, 넌 대체 누구냐!"

발버둥 치는 한명오는 나를 좀처럼 알아보지 못했다. 미리 얼굴을 바꿔놓기를 잘했다. 그러지 않았으면 함정에 빠지는 건 내 쪽이었을지 모르지.

나는 능글맞게 웃으며 물었다.

"누구일 것 같습니까?"

그 순간 한명오의 눈빛이 변했다.

"서, 설마⋯⋯!"

역시 한명오는 한명오다.

낙하산 부장이라도 회사에서 살아남으려면 웬만큼 눈치는 있어야 하니까. 한명오의 입이 마침내 벌어지려는 순간, 나는 손바닥으로 한명오의 입을 틀어막았다.

"읍. 으읍. 으으읍!"

"그걸 말하면 당신은 여기서 죽어요. 그러니까 혼자만 생각하세요. 알았습니까?"

혹시 다른 초월적 존재가 듣고 있을까 우려한 판단이었다.

이곳에 도깨비의 채널은 없다. 하지만 채널이 없다고 해서 다른 존재를 관음할 방법이 전무한 것은 아니다.

[제4의 벽]이 말합니다. '마왕, '격노와 정욕의 마신'이 멍청한 김독자를 바라봅니다.']

……제법이네. 너 이런 것도 알려줄 수 있었냐?

「에 헴.」

격노와 정욕의 마신…….

성좌처럼 마왕 또한 수식언이 있다. 어쨌든 그들도 '타락한 성좌'니까. 물론 반발심으로 쓰지 않는 녀석도 있지만…….

내 기억이 맞는다면 '격노와 정욕의 마신'은 마왕 아스모데우스의 별명이다. 보아하니 한명오는 녀석의 권속이 된 모양이다. 그것도 시야를 공유할 수 있을 만큼 고위급 권속.

"계속 훔쳐볼 거면 코인이라도 내지 그래?"

내가 허공을 향해 말을 걸자 한명오의 눈이 다시 한번 찢어질 듯 커졌다. 내가 누구에게 말을 걸었는지 눈치챈 것이다.

츠츠츠츳, 하고 허공에서 일어나는 작은 스파크.

이대로 이야기를 계속한다면 아스모데우스에게 내 정보가 들어갈 가능성이 컸다. 분명 언젠가 이 '이야기'를 공개하겠지만 아직은 때가 아니었다.

나는 잠시 고민하다가 코트의 아공간에서 검 한 자루를 꺼냈다.

'사인참사검'.

절대왕좌를 부순 후 정말 오랜만에 꺼내 드는 검이었다. 북두성군의 힘을 빌리면 일시적으로 성유물로 진화할 수 있는 검이자, 성유물에 깃든 성좌와의 연緣을 끊을 수 있는 검.

본래 그 힘을 발현하려면 북두성군의 도움이 필요하지만, 성좌가 된 지금이라면 나 혼자서도 약간은 검의 힘을 끌어 쓸 수 있었다.

[당신의 설화에 '사인참사검'이 반응합니다!]

"안 낼 거면 꺼져."

나는 그렇게 말하면서 한명오의 머리 위로 검을 휘둘렀다. 가볍게 휘두른 검에서 강렬한 스파크가 튀더니 메시지가 들려왔다.

[마왕, '아스모데우스'와 권속 간의 연결이 일시적으로 끊어집니다.]

한명오는 경악을 넘어서 완전히 사색이 된 얼굴이었다. 설마 마왕과 자신의 연을 끊을 정도의 힘이 있을 거라고는 생각도 못 했으리라. 나는 한명오에게 경고하듯 말했다.

"이곳에서 내 이름은 '유중혁'입니다. 알아들었으면 고개 끄덕이세요."

복잡한 눈으로 나를 바라보던 한명오는 잠시 뭔가 생각하더니 간신히 고개를 끄덕였다. 제 목숨 소중한 줄은 아는 인간이니 제대로 판단했을 것이다. 입을 풀어주자, 헐떡이며 숨을 몰아쉬던 한명오가 나를 올려다보았다.

"대체 어떻게…… 분명 죽었다고 들었는데……."

"안 죽었습니다. 이렇게 살아 있잖습니까."

한명오는 겁에 질려 물었다.

"나를 어쩔 셈인가?"

"생각 중입니다."

"살려주게! 우리가 함께 보낸 세월이 결코 짧지 않은데!"

"그 긴 세월 동안 좋은 기억이 하나도 없는데요."

"나, 나는 '스파이'야. 혁명을 도와줄 수 있어! 다른 사람의 포지션을 볼 수 있다고!"

이 상황에서 저런 말까지 하는 걸 보면 정말 스파이인 모양이었다. 멸살법 111회차에서 스파이는 등장하지 않으니, 의외의 인물이 스파이로 나타난다 해도 이상할 것은 없었다.

"스파이는 없어도 됩니다. 없어도 처형관은 잘 찾았으니까."

불쌍한 한명오의 눈빛이 다시금 흔들렸다. 그러다 무슨 생각을 했는지 대뜸 물어왔다.

"그러고 보니 자네…… 대체 어떻게 처형관을 알아봤나?"

대충 무슨 속내인지는 알 법하지만, 잠깐 속아주기로 했다.

"처형관인 줄 몰랐는데요."

"뭐? 그런데 어떻게 그들을……."

내 말은 사실이었다. 멸살법에 일부 처형관의 외모 묘사가 나오기는 하지만, 지나가듯 쓰였기에 그것만으로 알아보기는 무리였다.

나는 그들이 처형관이라는 걸 알고 죽인 게 아니었다.

그저 틈틈이 사용한 [전지적 독자 시점]으로 '특수한 포지션'이라는 사실만 알아냈을 뿐.

「그리고 김독자에게는 그 정보면 충분했다.」

아무것도 모르는 한명오가 외쳤다.

"자네가 죽인 자들이 무고한 자, 혹은 꼭 필요한 포지션일 수도 있었어! 그, 그래! 가령 '투사'라든가……!"

"쓸데없는 이야기는 그만하시죠. 이런 얘기로 시간 끌면 다른 귀족들이 구하러 올 거라 생각하시나 본데…… 그 사람들

안 와요."

"하, 하하. 무슨 말인가?"

"공민들이 두려워하는 건 처형관뿐입니다. 그들이 없다면 귀족이라 해도 공민가에 쉽게 침입하지는 못 해요."

이제 다 틀렸다고 생각했는지 한명오의 발버둥이 심해졌다. 붉어진 눈으로 나를 노려보며 고래고래 소리를 질렀다.

"날 죽이면 마왕의 분노를 사게 될 거다!"

예전이라면 그 말이 두려웠으리라.

"내가 마왕이 두려운 사람으로 보입니까?"

나는 성좌의 격을 끌어올렸다. 공단의 공작이나 다른 마계의 마왕은 눈치채지 못할 수준으로. 그러나 아무리 옅어도 성좌의 격이고, 한명오의 기를 죽이기에는 충분했다.

파르르 떨리던 한명오의 눈빛에 마침내 체념이 깃들었다.

"……나한테 원하는 게 뭔가?"

기다려 온 질문이었다. 어찌 됐든 한명오는 이곳 악마들과 끈이 닿은 존재. 이용가치가 있다면 최대한 이용하는 편이 현명하다.

"존재 맹세. 뭔지 알죠?"

"그, 그건……."

"살고 싶으면 하세요. 아니면 나가서 공민들한테 맞아 뒈지시든지."

한명오가 한숨을 내쉬었다.

"뭐라고 맹세하면 되겠나?"

"혁명을 방해하지 않겠다. 거짓말을 하지 않겠다. 내 질문에 똑바로 대답하고, 전심전력으로 내게 협조하겠다."

"……기한은?"

"일 년으로 하죠."

"제길……."

이런 폭력적인 맹세를 할 때는 기한을 두는 편이 좋다.

영구적 맹세를 강요하면 맹세의 대상이 미쳐버릴 수도 있기 때문이다. 언젠가 맹세가 끝날 수 있다는 희망을 줘야 더 쉽게 동의하는 법이다.

"……알았네. 맹세하지."

한명오 심장에서 가벼운 스파크가 튀며 맹세가 완료되었다. 그제야 나는 한명오에게 하고 싶던 질문을 했다.

"한명오 부장. 그동안 어떻게 살아 있었던 겁니까?"

한명오는 이야기를 시작했다. 금호역에서 우리와 헤어진 후 어떤 역경을 겪고, 어떻게 굴렀고, 그래서 자기가 얼마나 힘들었는지…….

최대한 불쌍하게 말하려는 티가 역력해서 중간에 말을 끊었다.

"그건 됐고 중요한 얘기만 하세요."

"무, 무슨 얘기 말인가."

"그때 분명 마왕의 저주를 받았잖아요. 그런데 대체 어떻게 권속이 됐습니까? 아스모데우스가 그렇게 호락호락한 자는 아닐 텐데."

72마왕 중 하나, 아스모데우스.

아무리 한명오의 혓바닥이 길다 해도 그 녀석을 홀릴 만한 능력은 있을 턱이 없었다. 그렇다고 한명오에게 특별한 설화라도 있는가 하면 그것도 아니다.

마왕급 존재는 고위급 성좌만큼이나 이야기에 닳고 닳은 존재. 겨우 대기업 계열사 부장의 삶이 성에 찰 리 없다.

한참이나 입술을 달싹이던 한명오의 얼굴이 비참하게 일그러지기 시작했다. 다시 한번 재촉하려는데 한명오가 먼저 입을 열었다.

"……낳았네."

"예?"

"크윽…… 나, 나는…….."

뭔가 잘못 들었나 싶어 다시 물으려는 순간, 한명오가 눈물을 왈칵 쏟으며 말을 이었다.

"나는 아이를 낳았단 말이다!"

✖ ✖ ✖

안타깝게도 한명오의 말은 끝까지 이어지지 못했다.

하필 아스모데우스와의 계약 내용을 일부 발설하는 바람에 기절 페널티를 받고 말았다. 때마침 흥미진진해지던 파트에서 끊어진 터라 조금 기분이 시들해졌다.

「김독자는 생각했다. 어쨌거나 마왕과 성좌가 이쪽 세계에 관심을 가지기 시작했다 이거지.」

버려진 시나리오의 땅, 마계. 오래도록 성좌의 외면을 받아 온 이 세계가 다시금 주목받기 시작했다.

"인간은 놈들에게 이길 수 없어. 녀석들에 비하면 우린 그냥 하찮은 벌레에 지나지 않는다고……."

한명오는 잠결에도 몇 번이나 그렇게 중얼거렸다. 그새 마계에서 몇 달을 굴러서인지 악마종의 고위 귀족과 마왕에 대해 잘 알았다.

그 절망감이 아예 이해되지 않는 것은 아니었다.

유중혁조차 마계에서는 굉장히 고전했으니까.

물론 그건 유중혁의 이야기고, 나는 아니다.

꼬르륵.

밤새 깨어 있어서인지 배가 아우성을 쳤다. 나는 선술집으로 나가 마르크에게 간단한 요리를 부탁했다. 테이블에는 장하영이 멍한 얼굴로 앉아 있었다. 조용히 옆자리로 다가가 털썩 주저앉았다.

"히익!"

"넌 매번 그런 소릴 내더라."

아니꼽다는 얼굴로 노려보던 장하영이 소리를 질렀다.

"왜! 왜! 또 뭔 시비 걸러 왔는데!"

"왜 그렇게 시무룩해 있냐?"

"……신경 꺼."

"왜, 무슨 일인데."

장하영은 질문에 대답도 하지 않고 자기 앞에 놓인 요리만 깨작거렸다. 재촉이 능사가 아님을 알기에 가만히 기다렸다.

마르크는 나와 장하영을 보고 무슨 생각을 했는지 느끼한 윙크를 날려댔다. 잠시 후 장하영이 입을 열었다.

"왜 날 혁명군에 끼워줬어?"

"뭐?"

"난 경호관도 혁명가도 아니잖아. 하다못해 아일렌처럼 공민회 의장도 아냐."

[등장인물 '장하영'이 '무기력 Lv.4'을 발동합니다.]
[등장인물 '장하영'이 '자기혐오 Lv.10'를 발동합니다.]

젠장, 시작이구만.

잠깐 잊고 있었다. 유중혁이 '회귀 우울증'에 시달리는 녀석이라면 장하영은 철저한 '자기혐오'로 점철된 녀석이라는 걸.

그렇게 생각하니 멸살법 주인공 중 제정신은 하나도 없다 싶었다.

떨리는 작은 어깨. 그 어깨를 토닥여주면 내 기분이야 나아질지 모르지만, 실제로 녀석이 위로받기는 어려울 것이다.

[등장인물 '장하영'에 대한 이해도가 상승했습니다!]

우리는 창밖으로 지나가는 사람들을 보았다. 어제의 사고를 수습 중인 아일렌이 언뜻 보였다. 장하영이 다시 입을 열었다.

"……밤이 또 올 거야. 그때도 사람들을 지켜줄 수 있어?"

"아마 무리겠지."

나는 솔직하게 대답했다.

"나라고 모든 처형관을 알지는 못해. 다음 밤이 오기 전까지 녀석들을 모두 잡는 건 무리야."

아직 내가 못 잡은 처형관은 일곱이나 된다. 그 일곱이 마음먹고 사람들을 난도질하기 시작한다면 다음 밤은 그야말로 피의 축제가 되겠지.

나는 장하영이 실의에 빠지기 전에 덧붙였다.

"하지만 막을 방법이 없진 않아. '투사'를 찾으면 되니까."

투사. 밤의 처형관을 상대할 수 있는 유일한 포지션. 투사를 찾을 수만 있다면, 분위기를 다시 이쪽으로 가져오는 것도 무리는 아니었다.

요리를 내오던 마르크가 끼어들었다.

"안됐지만, 투사는 아마 없을 걸세."

"뭐? 마르크가 그걸 어떻게 알아?"

"전대의 투사에게 스킬을 전승받은 이가 아무도 없거든."

다른 포지션과 달리, 투사는 오직 '물려주기'를 통해서만 전승이 가능하다. 마르크가 말을 이었다.

"전대 혁명가를 지키던 투사가 죽은 뒤 후임이 없었네."

나도 아는 정보였다. 실제로 이 공단에는 투사가 없고, 원작의 유중혁도 그 때문에 무척 곤욕을 치렀다. 나는 마르크가 내온 샌드위치를 한 입 베어 물며 말했다.

　"없으면 만들면 돼. 다른 투사에게서 포지션을 물려받으면 되잖아."

　"내가 알기로 73번째 마계에 남은 투사는 없네."

　"마계에서 찾지 않을 거야."

　"뭐?"

　나는 장하영을 흘끗 바라보았다. 이제 슬슬 때가 되긴 했지. 나는 또 멍한 얼굴을 한 장하영을 쿡 찌르며 말했다.

　"야, '벽'한테 말 걸어봐."

　"무, 무슨 소리야?"

　"네가 갖고 있는 벽 있잖아. 매번 네가 뭐 배우려고 할 때마다 못 배우게 막는 벽."

　"그, 그 벽을 네가 어떻게 알아?"

　장하영이 깜짝 놀라 나를 다그쳤다.

　"다 아는 방법이 있지."

　나는 능글맞게 웃으며 대답했다. 다른 이는 알 수 없지만 장하영에게는 벽이 있다.

　정확히는 [정체불명의 벽]이라고 불리는 벽이.

　그리고 지금껏 그 벽은 장하영의 성장을 막아왔다.

　"그 벽 때문에 지금까지 스킬이라든가, 뭐 아무튼 그런 거 아무것도 못 배웠지? 그래서 네가 이렇게 된 거잖아. 무기력

증에, 자기혐오에……."

"뭐, 뭐?"

"네가 그걸 '재능의 벽'이라고 생각한다는 거 알아. 근데 그건 재능의 벽이 아냐. 전혀 용도가 다르다고."

"아니, 그러니까 네가 어떻게 그걸……!"

"아무튼 빨리 말 걸어봐. 너 그 벽이랑 대화할 수 있잖아."

벽과 대화할 수 있다는 이야기에 장하영의 얼굴이 발갛게 달아올랐다. 걱정 말라고 말해주고 싶다. 나도 벽이랑 말하는 건 같은 처지니까.

망설이던 장하영이 천천히 입을 열었다.

"저기……."

"빨리."

장하영이 마지못해 고개를 끄덕였다.

[등장인물 '장하영'이 '정체불명의 벽 Lv.1'을 발동합니다!]

순간 장하영의 동공이 하얗게 물들었다. 내 눈에는 보이지 않지만, 지금 장하영의 시야는 새하얀 벽에 둘러싸여 있을 것이다.

아무것도 쓰이지 않은 새하얀 벽.

스킬을 배우려 할 때마다 그런 벽에 가로막힌다면 정신병에 걸리는 것도 이상한 일은 아니다.

장하영이 조심스레 입을 열었다.

"저…… 벽님?"

장하영이 말을 꺼내자 메시지는 나에게도 들려왔다.

['정체불명의 벽'이 인상을 구깁니다.]

이유는 잘 모르겠다.

나한테도 벽 비슷한 게 있기 때문일지도 모르지.

어쨌거나 잘됐다 싶었다.

['정체불명의 벽'이 자신의 주인을 바라봅니다.]

['정체불명의 벽'이 말합니다. '아직 너는 자격이 없다.']

역시 원작대로 까칠한 놈이로구만.

"야, 그러지 말고 허락 좀 해줘. 지금 네가 안 도와주면 애
죽는다고."

내 말에 깜짝 놀란 장하영이 나를 보았다.

다음 순간, [정체불명의 벽]이 말했다.

['정체불명의 벽'이 말합니다. '넌 뭐냐?']

['정체불명의 벽'이 말합니다. '어떻게 내 목소리를 들을 수 있지?']

"내가 누군진 중요한 게 아니고, 아무튼 허락 좀 해줘. 1레
벨이면 최소한의 기능은 쓸 수 있잖아? 왜 못 하게 막는 건데?"

['정체불명의 벽'이 인상을 찌푸립니다.]

츠츠츠츠츳!

내 말에 화가 났는지 장하영 주변에 스파크가 튀었다. 성좌인 내게도 압박감을 줄 정도의 개연성. 역시 신화급 특성은 뭐가 달라도 다르다. 이거, 내 예상만큼 이야기가 쉽게 풀리지는 않겠는데.

나는 장하영에게서 한 발짝 물러났다.

갑작스레 허공에서 터진 스파크에 마르크도 선술집 손님들도 깜짝 놀란 얼굴이었다. 나는 혹시 몰라 그들을 대피시킨 후 다시 입을 열었다.

"계속 그렇게 까칠하게 나올 거야? 그래봤자 너한테 좋을 거 없어. 너도 얘 죽으면 새로운 숙주 찾기 힘들 텐데?"

다시 한번 몰아치는 개연성의 스파크. 성좌도 아닌 단일 스킬의 힘으로 이만한 박력을 만들어낸다는 것 자체가 장하영의 잠재력이 어느 정도인지 알려주는 지표나 다름없었다.

그러니 반드시 여기서 장하영을 각성시켜야 한다.

['정체불명의 벽'이 말합니다. '건방진 놈이군.']

장하영의 몸 주변에서 터져나온 스파크가 점점 더 세를 불렸다. 이 정도로 반응이 격렬할 줄은 몰랐기에 조금 당혹스러

왔다. 자칫하면 여기서 작은 개연성 폭풍이 발생하겠다 싶은
순간.

[전용 스킬, '제4의 벽'이 강하게 발동합니다!]

불어닥치던 스파크가 한순간에 잠잠해졌다. 정확히 말하면
더 커다란 스파크가 주변의 스파크를 집어삼킨 듯했다.

[‘제4의 벽’이 ‘정체불명의 벽’에게 인사합니다.]
[‘정체불명의 벽’이 깜짝 놀랍니다.]

놀라기는 나도 마찬가지였다. 설마 벽끼리 대화할 수 있나?

[‘제4의 벽’이 ‘정체불명의 벽’에게 반갑게 인사합니다.]

장하영의 얼굴이 붉으락푸르락했다.
분명 녀석도 이 광경을 보고 있는 것이리라.
[제4의 벽]이 다시 한번 입을 열었다.

「친구.」

[‘정체불명의 벽’이 부들부들 떨기 시작합니다.]

대체 두 벽 사이에 무슨 소통이 오가는지는 알 수 없지만, 인사한 것만으로도 장하영의 주변 공간이 불가사의한 형태로 일그러지고 있었다.

['정체불명의 벽'이 말합니다. '너, 넌 뭐……!']

그러자 내 주변의 공기가 희미하게 흔들렸다.
[제4의 벽]이 평소와는 다른 형태로 움직이고 있었다.
잘 표현할 수는 없지만. 그건 분명.

화를 내는 것 같았다.

['정체불명의 벽'이 고통을 호소합니다!]
['정체불명의 벽'이 고통을 호소합니다!]
['정체불명의 벽'이 고통을 호소합니다!]

화려한 스파크가 일어났고, 그와 동시에 장하영이 머리를 감싸 쥐며 비명을 질렀다. 그러고는 얼마나 지났을까. 어쩐지 잔뜩 주눅이 든 듯한 느낌으로 [정체불명의 벽]이 메시지를 띄웠다.

['정체불명의 벽'이 말합니다. '누, 누구십니까?']

❅ ❅ ❅

　장하영에게 왜 이런 벽이 있는지, 나도 정확히는 모른다.

　멸살법에서도 [정체불명의 벽]이 정확히 무엇인지는 설명
하지 않았다. 결말쯤 가면 알려줄 줄 알았는데⋯⋯ 그렇다고
정체를 전혀 예상할 수 없는가 하면 그건 또 아니었다.

　짐작건대 이 벽은 차원 이동 전 장하영의 직업과 관계있을
것이다.

　"이, 이런 적은 처음인데⋯⋯."

　장하영은 무척 당황한 얼굴로 허공을 보고 있었다.

['정체불명의 벽'이 화신 '장하영'을 자신의 주인으로 인정했습니다.]

　까다로운 절차를 밟기는 했지만, [제4의 벽]의 도움으로 장
하영은 [정체불명의 벽]에게 인정받는 데 성공했다.

　그리고 장하영의 눈앞에 난생처음 보는 창이 떠올랐다.

[메시지를 보낼 존재의 수식언이나 진명을 입력하세요.]

　[제4의 벽] 덕분인지 그 메시지는 나에게도 보였다.

　장하영이 나를 보며 물었다.

　"⋯⋯이, 이게 뭐지? 뭘 입력하라는데?"

　사실 내가 장하영을 꼭 데려가려는 것도 이 능력 때문이었

다. 장하영이 가진 벽의 힘을 빌려야만, 저 빌어먹을 성운에 대항할 힘을 기를 수 있다.

"내가 말하는 이름들 입력해봐."

"……응."

나는 몇 명의 이름을 불렀다.

모두 멸살법 원작에서 마계의 투사로 싸운 적 있는 인물이었다. 그러자 다른 창이 떠올랐다.

[보낼 메시지를 입력하세요.]

"뭐라고 쓰지?"

"투사가 되고 싶은데, 도와주세요."

"……그걸로 될까?"

"모르지. 일단 해봐."

장하영은 메시지를 전송했다. 우리는 설레는 마음으로 기다렸다.

일 분, 이 분. 삼 분…… 십 분.

장하영이 물었다.

"제대로 간 거 맞아?"

"……실패한 거 같네."

하여간 이 빌어먹을 스타 스트림은 초보자에 대한 배려가 없다. 이렇게 간절하게 도와달라는데 아무도 답장 한 통 보내지 않다니.

우리는 그 뒤로도 몇 가지 메시지를 더 써서 발송해보았다.

[저를 '투사'로 만들어주실 분을 찾습니다.]
[당신이 가진 '투사'의 스킬이 필요해요.]
[제발 도와주세요.]

몇 번이나 메시지를 발송해도 답신은 없었다. 스팸 메시지라 생각하고 대답하지 않는 모양인데…… 젠장.

글재주가 없다 보니 뭐라고 보내야 답장을 받을 수 있을지 전혀 감도 오지 않았다. 이럴 때 한수영이 있으면 좋을 텐데, 아쉽다. 그 녀석이라면 좋은 아이디어를 떠올렸을 텐데.

눈썹을 찌푸린 채 잠시 고민하던 장하영이 입을 열었다.

"……일단 답장을 받아야 하는 거지? 내가 원하는 대로 써봐도 돼?"

"생각나는 거라도 있어?"

장하영은 가볍게 고개를 끄덕이더니 메시지를 입력했다.

[15세 여중생 문친 구해요~]

"야, 잠깐—"

그러나 미처 만류하기도 전에 장하영은 메시지 발송 버튼을 눌렀다.

[수신 주체를 입력하지 않아 메시지가 랜덤한 성좌들에게 발송됐습니다.]

심지어 특정인을 향한 메시지도 아니었다. 나는 답답해서 외쳤다.

"상대는 성좌라고! 그딴 게 먹힐 턱이 있겠냐?"

"……기다려봐."

도대체 이 녀석은 어떻게 되어먹은 건지…….

그런데 다음 순간.

[답신이 도착했습니다!]

우리는 멍한 얼굴로 마주 본 후 답신을 확인했다.

놀랍게도 답신을 보낸 성좌는 내가 아는 녀석이었다.

[발신자 - 심연의 흑염룡]

2

'심연의 흑염룡'과 본격적으로 이야기를 시작한 장하영은 뭐가 그렇게 즐거운지 히죽히죽 웃기 시작했다. 나는 그런 장하영을 보고 있다가 핀잔을 주었다.

"뭐가 그렇게 재밌냐?"

"그냥 얘 말하는 게 웃겨서."

저 드높은 대성좌를 친구처럼 말하는 장하영도 희한한 녀석이지만, 더 어처구니없는 것은 답신을 보낸 심연의 흑염룡이다.

이 자식은 한수영한테나 신경 쓰지 왜 엉뚱한 메시지에 답장을 보내고 있는 거야?

그러자 흑염룡을 변호하듯 장하영이 고개를 저었다.

"네 생각처럼 나쁜 녀석은 아닌 것 같아."

"뭔 헛소리야. 그새 그놈한테 넘어갔어?"

"생각보다 말하는 것도 젠틀하고."

"젠틀? 젠틀한 놈이 '15세 여중생 문친 구해요~'라는 메시지에 답장을 하냐?"

그 추잡한 맥락을 굳이 설명해줘야겠느냐고 쏘아붙이려는데, 장하영이 대답했다.

"내가 그냥 열다섯 살이라서 답장했을 뿐이라는데."

"뭐? 아예 대놓고 쓰레기 새끼네 이거."

'심연의 흑염룡'이 잔혹하고 맛이 간 놈이라는 건 알았지만, 이 정도면 한수영이 걱정될 지경이다.

"왜 그렇게 흥분해? 얘는 그냥 친구 생겨서 좋다는데. 자기도 열다섯 살이래."

"무슨 개소리야! 그놈이 진짜 몇 살인지는 모르겠지만 열다섯 살짜리 성좌가 있을 턱이 있냐?"

그 순간, 갑자기 떠오르는 설정이 있었다.

「유구한 '스타 스트림'의 흐름 속에서 살아가는 성좌들은 자아를 지키기 위해 일정한 틀 안에 자신을 가두는 데 익숙하다. 개중 대표적인 것이 '나이'인데, 특정한 생명체의 특정한 나이대에 이입하여 자신이 그 나이라고 믿는 경향이 있다.」

……설마? 하지만 아무리 그래도, 열다섯 살에 이입한다고? 진짜?

"끄아아아아아악!"

의원실 안쪽에서 비명이 들려왔다. 한명오가 깬 모양이었다. 나는 반사적으로 몸을 틀며, 놀란 장하영을 향해 말했다.

"잠깐 얘기하고 있어. 금방 돌아올 테니까."

"알았어. 뭐 물어보면 돼?"

"걔는 그냥 내버려둬. 어차피 투사도 아닌데. 차라리 다른 애한테 말 걸어. 아까 내가 말해준 명단 있지? 또 말 걸어봐."

장하영이 고개를 끄덕였다. 어딘가 즐거워 보여서 불안했지만 괜찮겠지 싶었다. 원래 저 녀석 능력이기도 하고.

원작보다 [정체불명의 벽]의 각성이 조금 빨라졌지만, 지금으로서는 이게 최선이었다. 벽의 도움 없이 공단의 혁명은 불가능하니까.

의원실 문을 열자, 깨어난 한명오가 식은땀을 흘리며 나를 보았다.

"내가 왜 기절했지?"

나는 조용히 의원실 문을 닫으며 말을 받았다.

"출산의 고통을 상기하다가 실신하셨습니다."

기절한 사이 악몽이라도 꿨는지 이마에서 땀을 비 오듯 흘리고 있었다.

"그것뿐이었나?"

"아스모데우스 욕도 좀 하신 것 같고."

"그 개자식……."

이전보다 마왕에 대한 증오도 직접적으로 표출했다. 본래라면 위험한 일이지만, 지금은 '사인참사검'의 힘으로 아스모데우스의 시선 밖에 있으니 욕 좀 한다고 죽지는 않을 것이다.

나는 의자를 끌어와 앉았다.

"다시 들어보죠. 애를 낳은 건 뭐고, 아스모데우스의 총애를 받은 건 뭐 때문입니까?"

"……일단 내가 왜 아이를 갖게 됐는지부터 설명해야 하네."

"짐작은 갑니다. 전에 싸운 '어둠 파수꾼' 때문 아닙니까?"

헤어지기 직전, 한명오는 어둠 자락에 있던 '어둠 파수꾼'에게 촉수 기생을 당했다. 보통 그런 짓을 당한다고 곧장 악마종을 수태하는 건 아닌데, 한명오는 직방이었던 모양이다.

"계기는 그렇지. 하지만 아이를 가진 건 그놈 때문이 아냐."

"그럼……."

"저주 때문이지."

당시 한명오는 '어둠 파수꾼' 최종 타격에 기여해 아스모데우스의 저주를 받았다. 그리고 아스모데우스의 저주는 대상이 생각하는 '가장 끔찍한 일'을 실현하는 데 개연성을 소모한다. 말인즉…….

"알 만하군요. 근데 그게 가능합니까? 남성의 몸으로 출산을……."

"그 부분은 묻지 말아주게."

나는 가볍게 고개를 끄덕였다.

믿지 못할 경험을 한 연장자에 대한 최소한의 예우였다.

우리는 잠시 말이 없었다. 새삼 한명오와 이렇게 이야기하고 있다는 사실이 낯설게 느껴졌다.

「김독자는 생각했다. 이상한 기분이군.」

멸망이 오기 전, 그러니까 내가 '회사원 김독자'이던 때 한 명오는 어려운 사람이었다. 기피 상사 일순위. 분명 그런 시절이 있었다. 3,000원짜리 편의점 도시락에 일희일비하고, 매달 들어오는 월급과 명세서에서 남은 젊음을 헤아려야 하던 시절.

그런데 그 시절은 모두 사라졌다.

이제 사원도 부장도 아닌 김독자와 한명오가 만나서, 마왕에 대해 이야기하고 있다.

"김독…… 아니, 유중혁 씨. 아빠가 되는 게 어떤 건지 아나?"

갑작스러운 한명오의 말에 나는 조금 당황했다.

"저야 모르죠."

"난 이제 알게 됐네."

한명오의 경우 아빠라고 해야 할지 엄마라고 해야 할지 난 감했지만, 중요한 사항도 아니므로 넘어가기로 했다. 한명오는 진지한 얼굴을 하고 있었다.

"고통스러웠네."

그 말은 한명오가 지금껏 떠든 백 마디 헛소리보다 훨씬 더 고통스럽게 들렸다.

"그리고 행복했네."

한명오가 그런 표정을 지을 수 있다는 데 놀랐다. 그리고 그 순간 내가 느끼는 낯선 감정의 정체를 깨달았다. 어쩌면 나는 인정하기 싫었는지 모른다.

사람은 모두 변한다. 악인이든 선인이든, 아이든 어른이든.

"아주 예쁜 딸이었네."

"한번 보고 싶군요. 마계에 와 있습니까?"

"지금은 함께 있지 않네."

금세 어두워지는 표정을 보며, 나는 뭔가 예감했다.

"그럼……?"

"긴 얘기야. 들어주겠나?"

"일단 해보세요. 전 얘기 듣는 거 좋아하니까."

한명오는 곧장 마왕의 권속이 되지는 않았다. 나와 일행들이 모르는 곳에서, 한명오의 질긴 이야기는 계속되고 있었다. 그는 자신이 낳은 딸을 데리고, 홀로 시나리오를 돌파했다. 깃발 쟁탈전을. 왕들의 전쟁을. 다섯 개의 재앙을.

내가 볼 수 없는 곳에서 그런 이야기가 진행되고 있었다는 게 믿기지 않았다. 한명오가 누군가를 위해 그런 헌신을 할 수 있다는 것도 믿을 수 없었다. 하지만 한편으로는 인정할 수밖에 없었다.

내가 더 이상 예전의 감독자가 아니듯, 눈앞에 있는 이 사내도 예전의 한명오는 아니다.

아이를 낳은 일이 계기였는지는 모른다. 하지만 분명한 사실은 그 또한 변했다는 것이었다.

"힘들었겠군요."

"힘들었지. 수도 없이 죽을 뻔했고. 실제로 마지막에는 정말 구제할 수 없는 위기에 빠졌네."

그가 마침내 벼랑 끝에 몰린 것은 당시 정식으로 시작되지도 않았던 '암흑성 시나리오'에 빠져버린 순간이었다. 몰려드는 악마종과 악마 귀족 앞에서, 한명오는 이제 자신이 아이를 지킬 수 없음을 깨달았다.

한명오는 태어나 처음으로 기도라는 것을 했다.

누군가 이 아이를 지켜준다면.

이 아이를 살려주기만 한다면, 뭐든 하겠노라고.

그리고 놀랍게도 그 기도에 응답한 존재가 있었다.

— 예쁜 아이구나.

"그게 아스모데우스였네."

"……설마 마왕에게 아이를 빼앗겼습니까?"

일순 꺼림칙한 상상이 떠올라 기분이 나빠졌다.

아스모데우스는 격노와 정욕의 마왕. 녀석의 손에 인간이 들어갔다면, 어떤 꼴이 될지 불 보듯 뻔했으니까. 그런데 한명오의 표정은 침착했다.

"그 아이는 무사할 걸세. 어쨌든 아스모데우스의 저주로 태어났으니까. 그리고…… 불행인지 다행인지 마왕은 내 딸을 건드릴 수 없는 처지야."

"그게 무슨 뜻이죠?"

"마왕이 내 딸을 자신의 '화신체'로 삼았네."

그제야 뭐가 어떻게 됐는지 알 것 같았다. 무슨 변덕인지, 마왕 아스모데우스는 한명오의 아이를 죽이는 대신 화신체로 삼았다. 그러니 부모인 한명오는 자연히 악마의 귀족 작위를 받았겠지.

"……내가 악마종이 된 것은 그 때문일세."

듣고 보니 한명오의 인생역정도 어지간하다 싶었다. 작위를 받았으니 성공한 인생이라고 해야 할지, 아이를 빼앗겼으니 실패한 인생이라고 해야 할지…….

침통한 눈빛의 한명오가 재차 입을 열었다.

"내 딸을 구하고 싶네."

순간 잘못 들었다고 생각했다. 뭘 하겠다고?

"긴말 안 하겠네. 날 좀 도와줘. 딱 한 번만 도와주면, 두고 두고 은혜를 잊지 않겠네."

갑자기 이건 또 무슨 상황인가. 혼자 인생극장 열심히 찍더 니, 나한테 뭘 도와달라고?

"자네는 날 오랫동안 지켜봐왔으니 잘 알겠지. 난 비겁하려 면 한없이 비겁해질 수 있는 그런 인간이야. 하지만 내게도 양 보할 수 없는 건 있어."

"……"

"어젯밤 일은 내 예상 밖이었네. 겁만 주라고 했지, 사람을 해치라고 한 적은 없어. 갑자기 경호관이 나타나는 바람에 홍

분한 처형관이 멋대로 벌인 짓이야."

한명오는 내게 거짓말하지 않겠다고 존재 맹세를 했다. 그러니 거짓말이 아닐 것이다. 나는 일단 이성적으로 대응하기로 했다.

"미안하지만 아스모데우스와 싸울 계획은 없습니다."

지금 72마왕 중 하나와 척을 지면 이야기가 복잡해진다. 혁명도 시작되지 않은 판에 외세를 끌어들이는 셈이니까.

그런데 한명오의 반응이 의외였다.

"아스모데우스와 싸울 필요는 없어. 자네는 그냥 하려던 일을 하면 돼. 혁명을 일으키고 공작을 죽이는 것. 그게 나를 돕는 일이야."

"……당신은 공작 편 아니었습니까?"

"원래는 그랬지만 어차피 일이 이렇게 되어버렸으니, 자네를 돕는 것도 괜찮겠다는 생각이 드네."

"무슨 말입니까?"

"아스모데우스가 내게 원한 것은 공작을 돕는 게 아니야. 그는 제안을 했네. 자신이 원하는 '설화'를 하나 만들어주면 내 딸을 돌려주겠다고. 내가 세이스비츠 공작에게 붙어 있던 건 그 때문이었어."

이 부분은 멸살법 원작에 없는 이야기였다. 당연하겠지. 한명오라는 존재 자체가 원작에 없으니까. 나는 잠시 고민하다가 물었다.

"마왕이 원하는 이야기가 대체 뭡니까?"

"73번째 마계의 왕."

한명오가 천천히 고개를 들어 나를 보았다. 미노 소프트에 입사하려던 시절, 면접관으로 앉아 있던 한명오의 눈빛이 떠올랐다.

"마왕은…… 내 손으로 직접 '73번째 마계의 왕'을 만들라고 했네."

☼ ☼ ☼

유중혁은 무심한 눈으로 밤하늘을 바라다보고 있었다.

지구와는 다른 별자리들이 보이는 하늘. '진천패도'에 비스듬히 기대어 별들을 헤아리는 유중혁의 육신은 몹시 피로한 상태였다. 피를 칠갑한 몸에 상처투성이 얼굴. 눈앞에는 방금 때려잡은 2급종 괴수가 누워 있었다.

"……15번째 시나리오도 끝이군."

행성 루그라티아.

이계의 성좌 중 하나에게 의뢰받은 '개인 시나리오'를 통해 유중혁은 이곳에 왔다. 본래라면 지구의 시나리오를 진행했겠지만, 이번 생의 지구에는 강한 동료들이 있었다. 그러니 10번대 시나리오는 남에게 맡기는 것도 나쁘지 않겠다 싶었다. 어차피 지난 인생 회차보다 성장세도 빠른 상황. 비축할 수 있을 때 최대한 힘을 비축해두는 것이 옳았다. 시나리오가 20번대로 돌입하면 이런 여유도 없어질 테니까.

'더 강해져야 한다.'

오직 그 생각 하나로 유중혁은 11번 시나리오 이후 줄곧 개인 시나리오로 메인 시나리오를 대체해왔다. 그것도 가장 어려운 난이도에 가장 보상이 좋은 개인 시나리오만 골라서. 때로 자신답지 않을 정도로 무모한 시나리오에까지 도전했다.

싸우고, 싸우고, 또 싸우고.

언제나 그랬듯, 그렇게 몸을 혹사하고 정신을 단련하면 될 거라 믿었다. 그럼 이 알 수 없는 상실감도 금방 사라질 것이라 생각했다. 하지만 이상하게도 싸우면 싸울수록 허전함은 커져갔다.

[성좌, '악마 같은 불의 심판자'가 당신을 안타깝게 바라봅니다.]

유중혁은 인상을 찌푸리며 하늘을 노려보았다.

악마 같은 불의 심판자. 저 성좌가 최근 왜 이렇게 자주 말을 거는지 잘 알 수 없었다. 지난 회차에서는 자신과 거의 접점이 없는 성좌였는데…….

[성좌, '악마 같은 불의 심판자'가 왜 김독자를 찾지 않느냐고 묻습니다.]

"김독자는 죽었다."

[성좌, '악마 같은 불의 심판자'가 눈물이 그렁그렁 맺힌 채 고개를 흔듭니다.]

고작 화신 하나의 죽음에 성좌가 이토록 연연하는 상황이 유중혁은 잘 이해가 가지 않았다. 더 이해가 가지 않는 것은 그다음 메시지였다.

[73번째 마계에서 당신의 악명이 높아지고 있습니다.]

……또?

잊을 만하면 떠오르는 메시지.

왜 73번째 마계 같은 애먼 곳에서 자신의 악명이 높아지는지, 아무리 생각해도 알 수 없었다. 처음에는 혹시 김독자가 살아남아 자신을 사칭하는 게 아닐까 짐작했다. 그러나 설령 김독자가 살아 있다 해도 그럴 이유가 없을 것이었다.

……아니다. 혹시 김독자가 살아 있고, 위험에 빠졌다면?

그 빌어먹을 운명을 벗어나, 어떤 시나리오도 없는 저 이야기의 지평선에서 홀로 살아남았다면?

그렇게 살아남아서 도움을 요청하고 있는 거라면?

…….

한번 물꼬를 튼 생각은 꼬리에 꼬리를 물고 이어졌다.

늘 기상천외한 수로 자신을 앞지르기만 하던 그 녀석이, 처음으로 위험에 빠져서 도움을 청하고 있다면? 하지만 채널이 없는 곳에서 도움을 청할 방법은 없으니…….

거기까지 생각하던 유중혁은 한층 더 복잡해진 얼굴로 다시금 하늘을 바라보았다.

"73번째 마계라…….."

3

「김독자는 생각했다. 사람들은 잘 있을까 모르겠군.」

또 지구의 이야기를 보여주지 않을까 기대했지만 딱히 스크린 패널에 나오는 영상은 없었다. 하긴 흑부리들도 그렇게 쉽게 도깨비 채널 영상을 빼돌릴 수 있는 건 아닐 테니까.

밤은 빠르게 다가왔다.

며칠째 숙면을 거의 못 취했는데 틈틈이 아일렌이 설화를 수선해준 덕에 화신체 상태는 그리 나쁘지 않았다.

"일단 임시로 손보기는 했는데, 외부 활동엔 주의해야 해요. 알죠? 당신은 어쨌든 메인 시나리오 이탈자니까."

"꼭 의사처럼 말하네."

"지금은 시계를 다루는 게 아니니까 시계공처럼 말할 수는 없잖아요?"

아일렌이 나를 흘겨보며 수선 장비를 가지고 일어섰다. 이틀 사이에 그만한 일들이 있었는데 딱히 현재 상황에 불만은 없어 보였다.

「김독자는 생각했다. 내가 마계에 오지 않았다면 아일렌은 줄곧 시계공으로 살아갔겠지.」

유중혁이 마계를 찾지 않은 많은 회차에서 실제로 아일렌은 그렇게 살아갔을 것이다. 조용히 고향의 시간을 가리키는 시계를 만들고, 사라진 행성의 시간을 홀로 반추하면서. 가끔 장하영과 투닥거리고 마르크가 만든 요리를 먹으면서…… 어쩌면 아일렌에게는 그쪽이 더 행복한 삶이었을 수도 있다.

언뜻 고개를 드니 아일렌이 알 수 없는 눈길로 나를 보고 있었다.

"그거 알아요? 요 며칠 사이 시계를 찾는 사람이 늘었어요."

나는 잠시 머뭇거리다 물었다.

"단체로 시계가 고장 나기라도 했나?"

"원래 공단 사람들은 시계를 쓰지 않았어요."

"왜?"

"시간 같은 걸 알아봐야 아무 소용도 없었기 때문이죠."

멸살법에서도 읽은 기억이 있다. 그 때문에 누군가가 마계를 두고 '시간을 잃은 도시'라고 지칭한 것도 생각났다.

"하지만 '밤'의 시간 정도는 알아야 하잖아?"

"밤이 오는 시간을 안다고 죽을 운명을 바꿀 수 있을까요?"

너무 오래된 공포는 하나의 법칙이 된다.

아주 오랜 세월 동안 이 공단에서 밤은 자연스러운 것이었다. 사흘에 한 번씩 누군가가 죽고, 그가 가진 설화는 공장의 비료로 쓰인다. 그가 어떤 삶을 살아왔든, 어떤 이야기를 갖고 있든, 또 어떤 내일을 살아갈 것이든 그런 것과는 관계없이. 그리고 남은 사람들은 다시 누군가가 없는 사흘을 살아간다.

"그런데 아무도 죽지 않는 밤이 찾아왔어요. 당신 때문에."

"……."

"사람들은 다시 밤을 '두려워'할 수 있게 된 거예요. 그것이 자연스러운 일이 아니라 해결할 수 있는 일일지도 모른다고. 내일을 생각하며 살아도 될지 모른다고. 그런 생각을 하게 된 거라고요."

문득 시선을 내리자 아일렌도 손목에 시계를 차고 있었다.

오늘 '밤'이 다가오기까지는 세 시간.

흐르는 초침 소리를 들으며 아일렌도 나도 침묵했다. 공단의 어떤 사람들은 지금 우리처럼 시계를 보고 있을 것이다.

오늘 밤은 어젯밤보다 더 치열하고 힘들겠지.

그럼에도 왜일까. 열심히 움직이는 초침 소리를 듣고 있는 것만으로 조금 위로받은 기분이었다. 정작 위로받아야 할 사람은 내가 아닌데도.

"고마워."

"딱히 당신 좋으라고 들려준 말은 아니에요. 그냥 혁명가가 침울해져 있으면 보기 안 좋으니까."

아일렌이 홱 몸을 돌렸다. 나는 그런 아일렌을 향해 쓰게 웃다가 재빨리 말을 덧붙였다.

"아, 잠깐만."

"……뭐죠?"

"시계 이야기가 나와서 말인데, 혹시 다른 것도 만들 줄 알아?"

"다른 거 뭐요?"

"스마트폰……이라고 해야 하나."

"그게 뭐죠? 마도기관인가요?"

나는 이걸 어떻게 설명해야 할까 고민하다가 대략적인 스마트폰의 특징을 알려주었다. 그러자 아일렌이 알았다는 듯 말했다.

"그러니까 통신기기 같은 거죠? 작은 패널이 달린?"

"맞아."

"여기에는 도깨비 채널이 없어서 통신이 불가능할 텐데……."

지난 경험을 반추해보면 통신이 꼭 이어지지 않아도 상관없었다. 내가 켠 폰은 자동으로 동기화가 이루어져서 소설 파일이 생성되니까.

"그건 걱정 말고. 오늘 안으로 만들 수 있어?"

"하루는 무리고, 적어도 사흘은 걸릴 것 같은데…… 일단 노력은 해보죠."

"알았어. 그럼 수고해줘."

나는 그렇게 말하고 아일렌의 공방에서 나와 선술집 쪽으로 향했다. 거리를 걷던 사람들이 묘한 눈길로 나를 훑어보는 것이 느껴졌다. 몇몇은 내게 눈인사를 해왔고, 양손을 가볍게 모으는 이도 있었다. 그들의 손목에는 아일렌 말처럼 손목시계가 채워져 있었다.

「그 시계를 보며 유중혁은 외로워졌다. 그들은 시간을 되찾았지만 그는 여전히 이 시간 속에 살고 있지 않았으니까. 유중혁은 문득 생각했다. 그렇다면 난 저 무수한 시간 중 어디쯤에서 살아가는 걸까.」

그것은 언젠가 마계를 구한 유중혁의 독백이었다.

내가 멸살법에서 좋아하는 장면 중 하나이기도 했다.

문득 조금이지만 녀석의 마음을 알 것도 같았다.

회귀자 유중혁에게 모든 세계의 시간은 자신의 것이 아니다. 몇 번이고 회귀가 가능한 인생에, 현재의 시간이 의미가 있을 턱이 없으니…….

이 일이 끝나면 아일렌에게 시계나 하나 만들어달라고 부탁해볼까. 그런 거라도 있으면 그놈도 이 세계에 더 정을 붙일지 모른다. 어쩌면 회귀 우울증이 좀 나아질 수도 있고…….

놈이 회귀한다고 이 세계가 소멸하지 않는다는 것은 알았지만, 녀석이 없으면 남은 시나리오를 클리어하기는 어렵다.

"아하하하핫, 얘 진짜 웃기네."

선술집 문을 열자 깔깔 웃어대는 장하영이 보였다. 이렇게 멀리서만 보면 그냥 사춘기 중학생 같다.

"뭐 하냐?"

이번에는 "히익" 소리를 내지는 않았다. 그 대신 나쁜 짓을 하다가 부모님에게 들킨 아이처럼 내 눈을 피했다.

"네, 네가 시킨 거 하고 있었지!"

"투사는?"

"그게……."

우물쭈물하던 장하영은 잠시 입술을 달싹이다가 순순히 사실을 실토했다.

"……투사들이 답장을 안 했다고?"

"지, 진짜야! 아무도 답신을 안 줬다니까!"

"뭐라고 보냈는데?"

"……."

"똑바로 말해라."

"15세 여자, 남녀 상관없이 문친 구해요……."

이마의 혈관이 불끈거렸다.

"야."

"그렇지만 아까도 먹히기에……."

"전부 흑염룡 같은 놈만 있는 줄 알아? 몇 통이나 보냈는데?"

"다 합쳐서 300통 정도……."

스팸 메시지로 여기고 차단했을지도 모르겠다. 젠장.

"큰일이네. 내가 아는 투사 목록은 그게 전부인데."

그제야 장하영도 큰일 났다는 사실을 깨달았는지 안색이 변했다.

"그럼 이제 어떡해?"

이래서 멸살법이 필요한 건데.

파일이 있으면 미처 살피지 못한 부분을 다시 읽으며 투사에 대한 정보를 더 검색할 수 있었을 것이다.

"혹시 다른 투사가 없는지 찾아봐야지. 일단은……."

나는 당장 떠오르는 성좌들의 수식언을 몇 개 떠올렸다. 성좌 가운데 우리를 도와줄 만한 녀석.

"'긴고아의 죄수'에게 메시지 써봐."

"……그거 엄청 강력한 성좌 아냐?"

녀석에게 투사와 관련된 스킬이 있는지 없는지는 모르겠다. 지금은 지푸라기라도 붙잡아봐야 하는 시점이니까. 장하영은 뭔가 열심히 메시지를 입력했다.

그리고 우리는 기다렸다. 일 분, 이 분…… 오 분.

장하영이 고개를 저었다.

"답장이 없는데? 뭔가 자극할 만한 말 없어?"

"음…… 글쎄."

"그 성좌 관심사가 뭔데? 특징이라든가?"

나는 조금 고민했다. 아무리 내가 멸살법 마스터라도 그런 소소한 것까지 기억이 날 리 없었다.

"뭐, 일단은 남성형 성좌고, 나이도 좀 많고……."

"나이 많은 아저씨라 이거지."

"표현하자면 그렇다는 거고, 엄밀히 따지면—"

"잠깐 있어봐."

왜인지 장하영은 의기양양한 표정이었다. 입맛을 다시더니 뚝딱거리며 순식간에 메시지를 보냈다. 솔직히 별로 기대하지 않았는데, 놀랍게도 채 십 초도 지나지 않아 알림이 떴다.

[답신이 도착했습니다!]

"답장 왔어!"

"……너 대체 뭐라고 보냈는데."

장하영은 조금 부끄러운 듯 배시시 웃더니 당당히 화면을 보여주었다.

[자라나라 머리머리]

"야, 너—!"

……진짜 이딴 메시지에 반응했다고?

내가 뭘 할 때마다 간접 메시지로 털을 뽑아대기에 혹시나 했는데, 사실은 탈모가 왔던 건가? 나는 지끈거리는 관자놀이를 문지르며 물었다.

"답장은 뭐라고 왔어?"

"만나면 죽여버리겠다는데."

"다른 말은?"

"너 누구냐고 묻는데? 유중혁이라고 할까?"

"……대답하지 마."

유중혁이라고 하면 재밌기는 하겠지만 괜히 문제만 커질 뿐이다. 아무래도 제천대성 쪽은 글러 먹은 듯하니 다른 성좌를 찾아야 한다.

'악마 같은 불의 심판자'는 마계에서 호출하기는 좀 그렇고. '은밀한 모략가'…… 그놈은 아직 정체가 뭔지 모르고…….

고민이 된다.

'가장 어두운 봄의 여왕'이나 '술과 황홀경의 신'은 〈올림포스〉가 걸리고…….

그냥 내가 살아 있다고 밝히면 저들 중 누군가는 도움을 줄 것도 같았다. 문제는 내 정체를 밝히면 성운 녀석들도 내 생존을 알아챈다는 것.

"난감하네."

마계에 들어온 후 처음으로 부딪힌 난관이었다. 이제 밤까지는 얼마 남지 않았다. 장하영이 지금 투사를 계승하지 못하면, 오늘 밤 내가 세운 계획은 모두 물거품이 될 터.

그때 장하영이 말했다.

"염룡이가 도와줄 수 있다는데?"

'염룡이'가 대체 누구를 말하나 싶어 잠깐 멈칫했다.

"……아직도 그놈이랑 얘기하고 있어?"

"응."

"됐어, 그놈은. 보나 마나 허당일 거야."

"아냐, 얘도 마계에서 투사를 잠깐 해봤대."

……'심연의 흑염룡'이 투사였던 적이 있다고?

그런 이야기는 멸살법에 나온 적이 없는데?

하긴 생각해보면 '심연의 흑염룡'을 그렇게 본격적으로 다룬 적도 없으니 불가능한 이야기는 아니지만…….

"근데 자기는 시나리오 룰이 맘에 안 들어서 다 죽였대."

"뭐?"

"공작이고 혁명가고 처형관이고 전부 죽여버렸다는데?"

갑자기 뭔가가 떠올랐다.

64번째 마계가 통합될 때였나? 분명 마계의 역사 중에 그런 미친놈이 하나 있었던 것 같기도 했다.

그게 '심연의 흑염룡'이었다고?

"혹시 투사 스킬을 전승해줄 수 있느냐고 물어봐."

심연의 흑염룡이라면 악 계통의 성좌이니, 마계로 뭘 전송하는 것이 그다지 눈치가 보이지도 않을 것이다. 도움을 받을 수만 있다면 최상의 상대다.

뭔가 입력하던 장하영의 안색이 급격하게 밝아졌다.

"자기는 어차피 쓰지도 않으니 주는 건 문제가 아니래."

"그래?"

……정말이지 뜻밖의 도움이었다.

이거 생각지 못한 방식으로 문제가 해결될 수도 있겠는데?

사실은 흑염룡도 김남운도 모두 착한 놈이 아니었을까 싶을 정도였다. 멸살법 파일을 다시 입수하면 녀석들이 나오는 부분을 세심하게 읽어줘야겠다.

그런데 장하영의 말은 끝나지 않았다.

"그 대신 조건이 하나 있다는데?"

그럼 그렇지. 저 꼬장꼬장한 자식이 그냥 줄 리 없다.

"어차피 벽을 통한 거래는 대가를 지불해야 해. 그놈 조건이 뭐래?"

"최근에 고민이 있대."

"고민?"

"자기 화신이랑 사이가 별로 안 좋다고……."

"화신이랑?"

"화신이 자꾸 자기를 무시한다는데?"

'심연의 흑염룡'의 화신이면…….

"심지어 지금 위기에 빠졌는데 자기 말을 들을 생각도 안 한다고……."

……위기에 빠져?

나는 재빨리 장하영의 말을 끊으며 물었다.

"그 이야기, 자세히 말하라고 해."

☼ ☼ ☼

푸우욱! 칼날이 심장을 꿰뚫는 소리와 함께 마지막 사내가 쓰러졌다.

"끄윽…… 개, 개 같은……."

어떻게든 욕설을 짜내보려 했지만 사내의 입은 날아든 여인의 뒷발에 그대로 뭉개졌다. 그것이 사내의 마지막이었다.

한수영은 피바다가 된 사무실을 둘러보았다.

"겨우 해치웠네. 하여간 이 자식들 적응은 더럽게 빨라요."

경기도의 화신 클럽 '약육강식'의 본거지였다.

시나리오가 시작되고, 그럭저럭 쓸 만한 배후성을 선택하자마자 범죄집단으로 돌변한 놈들. 정부 통제도 거부한 터라 지금 죽이지 않으면 훗날 한반도에 암적인 존재가 되는 녀석들이었다.

어디까지나 원작에 따르면 그런 놈들이 될 예정이었단 얘기다.

"망할 김독자."

한바탕 욕설을 갈겨봤지만 그래도 기분은 나아지지 않았다.

그래서 한수영은 한마디를 더 했다.

"유중혁 개새끼."

지구를 떠맡겨놓고 각자 갈 길을 가버린 두 놈을 생각하자니 먹다 버린 음식물 처리반이 된 기분이었다.

"빌어먹을. 김독자는 그렇다 쳐도 유중혁 그 새긴 왜 그러는 거야?"

뭘 잘못 처먹었는지 유중혁은 서울 돔을 나오자마자 본래의 3회차에서는 하지 않던 행동을 이어갔다. 방구석에 처박혀 있지 않나, 혼잣말을 실컷 지껄이더니 갑자기 한반도 시나리오를 팽개치고 '개인 시나리오'로 떠나버리지 않나…….

덕분에 잔반은 고스란히 한수영의 몫이 되었다.

한수영은 가볍게 한숨을 내쉬며 고개를 흔들었다. 어쨌거나 그녀 또한 멸살법을 읽은 '마지막 하차자'였다. 김독자도 유중혁도 없으니, 자연히 한반도를 책임질 만한 사람은 그녀밖에 남지 않았다.

한숨을 푹푹 쉬며 학살 현장을 조용히 벗어나려는데.

"……깜짝이야. 여긴 웬일이래?"

사무실 출입구에 기대 그녀를 기다리는 여자가 있었다. 전신에 달라붙는 슈트형 전투복에, 시원시원하게 흩날리는 머리카락. 드러나는 몸매를 의식해서인지 어깨 위로 걸친 품 넓은 코트.

새삼스럽지만 정말 예쁜 얼굴이다. 하긴 그러니까 언론에서도 그렇게 띄워주겠지.

"요즘 연예인 노릇 한다고 바쁘신 줄 알았는데, 아니었나?"

한수영의 아니꼬운 말투에 유상아가 벽에서 몸을 떼고는 눈을 내리깔았다.

약간 키 차이가 나는 눈높이.

대치 끝에, 짧게 한숨을 내쉰 유상아가 먼저 입을 열었다.

"……언제까지 이런 식으로 행동할 건가요?"

"뭐."

"법도 질서도 없어졌다 해서, 다 죽여도 되는 건 아니에요."

한수영은 설명하기도 귀찮아서 그냥 손을 홰홰 저었다.

유상아는 모른다. 클럽 '약육강식'이 어떤 놈들인지. 그리고 뭐가 될 놈들인지. 모르니 저런 유치한 정의를 주장할 수 있는 것이다.

"앞으로 잘못을 할 놈들이었어."

"하지만 기회도 줘보지 않았잖아요."

"그냥 그렇게 정해져 있어. 넌 아무것도 몰라."

한수영은 그렇게 말하며 유상아를 지나쳤다.

어차피 미래를 공유할 수는 없었다. 많은 이가 알게 된 정보는 그 가치가 떨어지고, 미래를 바꾼다. 김독자라도 이렇게 했을 것이다. 그러니…….

《멸망한 세계에서 살아남는 세 가지 방법》.

순간 흠칫한 한수영이 멈춰 섰다.

"선지자들이 '계시록'이라고 불렀던 게 그 책이죠?"

"……어디서 재미있는 얘길 들었나 보네."

"당신도 그걸 읽었나요?"

슬그머니 입술을 깨문 한수영이 입을 열었다.

"알 거 없어."

"성좌들도 그 책에 대해서는 전혀 모르는 것 같더군요."

슬슬 그 이야기가 퍼져도 이상한 일은 아니라고 생각했다. 서울 돔 바깥에도 하차자는 몇몇 있었고, 녀석들이 흘린 소문이 있으니까. 그리고 유상아는 한수영이 '첫 번째 사도'라는 사실도 알고 있다.

"김독자 씨도 그걸 읽은 건가요? 그래서 미래에 대한 정보를 알았던 거고요."

"나야 모르지."

불편한 화제였다. 한수영은 슬그머니 품속에서 단도를 꺼냈다. 지금이야 멸살법에 대한 정보가 필터링이 된다지만, 언제까지 그게 이어질지는 알 수 없다. 그러니 가능한 한 입의 숫자를 줄여야……

"왜 그랬을까요."

문득 들려온 슬픈 음색에 한수영이 고개를 돌렸다.

"왜 미래를 알았는데도 독자 씨는 그런 선택을 한 걸까요?"

유상아의 표정을 보는 순간 한수영은 그녀가 왜 자기를 찾아왔는지 알 것 같았다. 유상아의 얼굴을 가만히 들여다보았다. 시나리오 시작 전까지는 평범한 회사원이었다고 했다.

'김독자와 같은 회사.'

왜일까. 한수영은 갑자기 열불이 났다.

"어딜 가나 김독자, 김독자 다들 노래를 불러대지. 정작 김독자에 대해선 아무것도 모르는 녀석들이."

숨을 짧게 들이켠 한수영의 입에서 무서운 목소리가 흘러나왔다. 자신이 왜 그렇게 화가 나는지도 모른 채 말했다.

"그놈은 이기적이야. 처음부터 끝까지 저 하나만 생각하는 놈이라고."

"……"

"사람들을 농락하고, 거짓말하고, 마지막까지 위선 떨면서 사라진 그딴 놈을 내가 알 게 뭐야? 죽었든 살았든 알 바 아니라고."

한순간 스쳐 가는 장면이 있었다. 암흑성의 열 번째 시나리오에서 자신을 바라보던 김독자의 눈빛. 결국 제일 먼저 칼을 뽑게 만든, 그 빌어먹을 표정.

"아니, 역시 죽었을 리 없지. 분명 살아남아서 또 설화나 쌓으며 희희낙락 잘 살아가고 있겠지."

"정말 그렇게 생각해요?"

"너는 김독자를 몰라."

차갑게 내뱉은 말투에 깊은 자조가 어려 있었다.

김독자를 아는 사람은 아무도 없다. 한수영 본인까지 포함해서.

그런데 유상아의 대답은 달랐다.

"아뇨, 알아요."

"뭐?"

"사람은 그렇게 갑자기 변하지 않으니까요."

유상아의 목소리는 차분했다.

"시나리오가 시작되고, 한동안 독자 씨는 다른 사람이 된 것 같았어요. 목숨이 걸린 상황 앞에서도 침착하고, 망설임 없이 낯선 괴수를 죽일 수 있는 사람. 내가 아는 독자 씨랑은 다른 사람이었죠."

"네가 김독자를 잘 몰랐던 거겠지."

"그래도 독자 씨는 독자 씨예요."

한수영은 입을 다물었다.

"스펙 쌓기보다는 소설 읽는 걸 좋아하는 사람. 자기 발표는 잘 못해도 다른 사람의 발표에는 누구보다 귀를 기울이는 사람……."

한수영이 아는 것과는 다른 김독자. 그 김독자를 아는 사람이 말하고 있었다.

"그러니 분명 외로워하고 있을 거예요."

어디선가 김독자가 짓고 있을 표정이 눈앞에 그려지는 듯했다. 아무도 없는 곳에서. 아는 사람 하나 없는 세계에서 홀로 하늘을 보고 있을 김독자.

"한수영 씨. 독자 씨를 구하러 가야 해요."

그 결연한 눈빛을 보는 순간 한수영은 어쩐지 패배한 느낌이었다.

넌 참 복받은 놈이구나, 김독자. 이렇게 걱정해주는 사람도 있고.

한수영이 입을 떼려던 찰나 허공에서 메시지가 들려왔다.

[새로운 메인 시나리오가 시작됩니다!]

"이런 빌어먹을."

허공에 그레이트 홀이 열리고 있었다. 어디선가 들려오는 괴수들 울음소리. 놀란 유상아가 한수영과 등을 맞대고 섰다. 커다란 홀을 통해 급강하하는 거대한 괴수종이 보였다. 도깨비 목소리도 들려왔다.

[웨이브 패턴은 뻔해서 잘 안 쓰는데, 요즘 너무들 한가하

신 것 같아서 특별히 한번 넣어봤습니다!]

갑작스러운 시나리오 출현에 유상아가 인상을 찌푸리며 물었다.

"……이것도 혹시 원래 있던 시나리오인가요?"

"나도 몰라. 내가 다 기억하는 건 아니라고."

이래서 혼자가 싫었다. 미래를 알고는 있는데, 그녀가 아는 정보는 어설픈 것뿐이었다. 수많은 회차를 아는 김독자나 직접 그 회차를 돌파해온 유중혁이라면 임기응변도 가능하겠지만, 한수영은 아니었다.

어두운 구름을 꿰뚫고 날아온 거대 괴룡들이 하나둘 착지하고 있었다. 거무튀튀한 꼬리가 지상을 휩쓸 때마다 고층 건물이 통째로 붕괴했다.

거대 3급 괴룡종怪龍種 '그라카곤'.

12번째 시나리오의 재앙으로 강림한 괴수종의 이름이었다.

'저거 어떻게 잡더라?'

한수영은 원작 내용을 열심히 복기했지만, 아무리 생각해도 공략법이 떠오르질 않았다. 별수 없이 남은 방법은 전면전뿐이었다.

그나마 다행인 사실은 바로 곁에 유상아가 있다는 것. 썩 합이 맞는 동료는 아니지만 없는 것보다는 훨씬 나았다.

[성흔, '흑염 Lv.6'을 발동합니다!]

힘껏 끌어올린 마력이 단도에 집중되며, 괴수종 등짝에 그대로 스킬을 작렬시켰다.

[3급 괴룡종 '그라카곤'이 '화염 내성'으로 공격을 방어합니다.]
[3급 괴룡종 '그라카곤'이 '어둠 내성'으로 공격을 방어합니다.]

"아 도마뱀 자식, 하여간 도움이 안 돼요!"

하필 화염 내성과 어둠 내성을 동시에 갖춘 녀석이라서 한수영이 가진 스킬로는 아무리 지지고 볶아도 죽을 기미가 보이지 않았다. 공격이 간지럽다는 듯 더욱 크게 날뛰는 괴룡들.

[성좌, '심연의 흑염룡'이 침울해합니다.]

곁을 보니 유상아의 상황도 딱히 나아 보이지는 않았다. 한수영은 생각했다. 만약 지금이라도 '심연의 흑염룡'이 가진 설화를 계승할 수만 있다면…….

'빌어먹을, 그딴 설화를 어떻게 계승하냐고.'

다가오는 괴룡종 무리를 바라보며 한수영의 안색이 급격히 어두워졌다.

망할 김독자라도 있다면 여기서 어떻게 하라고 말이라도 해줬을 텐데. 그때였다.

[성좌, '심연의 흑염룡'이 원한다면 자신이 약점을 알려줄 수도 있다

고 말합니다.]

"……쟤들 약점을 안다고?"

[성좌, '심연의 흑염룡'이 고개를 끄덕입니다.]

"구라 치지 마. 너 시나리오에 대해 아는 거 별로 없잖아."

[성좌, '심연의 흑염룡'이 길길이 날뜁니다.]

아이처럼 붕붕거리는 흑염룡의 메시지를 들으며 한수영은
속으로 한숨을 내쉬었다.
'김독자 그 자식, 내가 흑염룡 선택할 때 분명 비웃었겠지?'
'심연의 흑염룡'은 강력한 성좌다. 하지만 다른 성좌에 비해
정보력은 무척 떨어진다. 왜냐고? 이 녀석은 태생부터 너무
강해서 딱히 시나리오 공략이 필요 없었기 때문이다. 듣기야
멋있지만 화신 입장에서는 못마땅하기 짝이 없다.
그런데 이번에는 뭔가 달랐다.

[성좌, '심연의 흑염룡'이 '그라카곤'의 약점은 정수리의 은색 비늘이
라고 말합니다.]

"진짜야? 지난번에도 네가 말해준 거 다 틀렸잖아."

[성좌, '심연의 흑염룡'이 자기 흑염룡을 걸고 진짜라고 주장합니다.]

"그건 지난번에도 걸었고."

[성좌, '심연의 흑염룡'이 이번에는 믿을 만한 정보통에게서 들은 이야기라고 주장합니다.]

"믿을 만한 정보통?"

일단은 방법이 없기에 그 말에 따르기로 했다.

한수영은 잽싼 발놀림으로 괴룡종 꼬리를 밟고 뛰었다. 긴 유선형 몸체를 얼마나 가로질렀을까. 진짜로 정수리 부근에 조그만 은색 비늘이 보였다.

"하아압!"

퍼거걱, 하는 소리와 함께 단도가 비늘 속을 파고들자 그라카곤이 끔찍한 비명을 내지르며 그 자리에 쓰러졌다. 순식간에 거체의 호흡이 끊어졌다. 한수영은 조금 어안이 벙벙해져서 중얼거렸다.

"……진짜잖아? 너 꽤 쓸 만하다?"

[성좌, '심연의 흑염룡'이 의기양양한 얼굴로 가슴을 활짝 폅니다.]

공중에서 날아온 유상아가 말했다.

"약점을 알고 있었군요?"

"아냐, 내가 아니라…… 아무튼 쟤들 약점은 정수리의 은색 비늘이야. 거기만 공략해."

흑염룡이 준 정보 덕분에 두 사람은 무난히 그라카곤을 제압해나갔다.

[성좌, '대머리 의병장'이 당신의 활약에 감탄합니다.]

쏟아지는 성좌들 메시지를 받으며 한수영은 미미하게 인상을 찌푸렸다. 평소였다면 기분 좋게 넘어갈 상황이지만 오늘은 뭔가 찝찝했다. 언젠가 김독자한테 놀림받을 때 꼭 이런 기분이었던 것 같은데.

순간 그녀의 머릿속에 퍼뜩 뭔가 떠올랐다.

"야, 흑염룡."

[성좌, '심연의 흑염룡'이 흠칫 놀라며 자신의 화신을 바라봅니다.]

"……솔직히 말해. 너 이거 누구한테 들은 거야?"

¤ ¤ ¤

['세 번째 밤'이 찾아왔습니다.]

그 메시지를 들으며 나는 조금 전의 기억을 떠올렸다.

역시 말해줄 걸 그랬나.

명계의 김남운이 그랬듯이 '심연의 흑염룡'도 내가 아는 것처럼 나쁜 녀석은 아닐지 몰랐다. 어쨌거나 한수영의 배후성이기도 하고.

그러니 말해주는 것도 괜찮았을지 모른다.

이쪽은 무사하니 걱정하지 말라고. 사람들에게 그렇게 전해달라고.

"혁명가님!"

하지만 참아야 했다. 지금 참아야만 다시 웃으며 그들을 만날 수 있으니까.

나는 조용히 '밤'의 공기 속으로 스며들었다.

"끄아아아악!"

곳곳에서 들려오는 비명. 처형관이 나타나는 소리였다.

시작부터 아주 살벌하다. 아마 지난 이틀과는 비교도 할 수 없을 만큼 참혹한 밤이 되겠지. 내가 처형관을 셋이나 죽였으니 오늘 밤에는 녀석들도 전력으로 다가오리라.

하지만 두렵지 않았다. 오늘 밤부터는 이쪽도 제대로 된 반격을 할 테니까.

"장하영."

내 말에 장하영이 앞으로 걸어 나왔다. 무척 긴장한 모양새지만 일전처럼 주눅 든 얼굴은 아니었다. 장하영이 물었다.

"내가 잘할 수 있을까?"

"너보다 잘할 수 있는 사람은 없어."

"……정말 그렇게 생각해? 나 스킬 배운 지 겨우 두 시간밖에 안 됐다고."

"두 시간이면 충분해."

나는 확신조로 말했다. 단순히 장하영을 위로하려는 말이 아니었다.

「"가장 완벽한 화신은 누구인가?"」

원작에서 스타 스트림의 성마른 논객들이 그런 화두로 논한 적이 있다.

「"일대일에서 가장 강한 화신이라면 유중혁이겠지. 그 녀석만큼 싸움을 잘하는 인간은 없으니까."」

「"정보전이라면 안나 크로프트를 이길 사람이 없어."」

「"이현성은 어때? 탱커로는 최고잖아."」

「"다수전은 란비르 칸이지."」

어디에도 장하영의 이름은 없었다.

일대일 싸움은 유중혁에게 뒤처지고.

정보력은 안나 크로프트에게 뒤처지며.

방어력은 이현성보다 못하고.

다수전은 란비르 칸보다 뒤떨어지니까.

하지만.

「"가장 완벽한 화신은 모든 걸 다 잘할 수 있는 존재여야 해."」
「"그럼 답은 정해졌군."」

유중혁보다 방어력이 높고.
안나 크로프트보다 일대일 대결에 능하며.
이현성보다 다수전에 강하고.
란비르 칸보다 정보전에 뛰어난 존재.

[등장인물 '장하영'이 '투사화鬪士化 Lv.9'를 발동합니다!]

「"가장 완벽한 화신은 장하영이다."」

열십자로 환한 불길이 터지며 장하영의 몸이 밤하늘을 붉게 물들였다. 하나에 특출나지는 않지만, 멸살법 전체에서 가장 많은 특성과 스킬을 가진 존재.

스킬을 습득하면 누구보다 빨리 그 스킬의 높은 수준에 도달하는 재능.

[정체불명의 벽]의 주인, '초월자들의 왕' 장하영.
멸살법의 2부는 바로 이 녀석에게서 출발한다.

4

[등장인물 '장하영'이 '투사'로 각성했습니다!]

경호관에게 핵심 스킬 '경호'가 있듯, 투사에게는 핵심 스킬 '투사화'가 있다. 자신의 공포와 두려움을 녹여 무력으로 바꾸는 스킬.

이 스킬은 피착취 계층에 오랫동안 머무른 사람일수록 더 강력한 힘을 낼 수 있다. 그런 측면에서 장하영은 [정체불명의 벽]이 없더라도 투사가 되기에 적합한 인재였다.

"하아아아아아압!"

문제는 너무 신난 것 같다는 점이지만.

하늘을 깎는 폭음이 들려왔다. 투사는 처형관을 상대로 할 때만큼은 절대적인 힘을 낼 수 있는 포지션. 아마 지금 장하영은 성좌라도 된 기분이리라.

"너무 까불지 마, 멍청아!"

뒤늦게 목청을 높였으나 장하영은 이미 닿지 않는 거리까지 날아가 있었다. 장하영은 이래서 문제다. 사실 내가 걱정한 것은 이 녀석의 재능이 아니라 재능에서 비롯될 폭주였다.

「김독자는 생각했다. 장하영은 재능이 없는 게 아냐. 오히려 재능이 지나치게 많지.」

멸살법의 유일한 올라운더 화신 장하영.

장하영이 가진 [정체불명의 벽]은 '벽의 거래'를 통해 전수한 스킬에 한해 가공할 성장력을 보장한다.

물론 초월좌의 심오한 경지를 개척하는 것은 무리지만, 적어도 하나의 경지라 불릴 만한 수준까지 누구보다 빠르게 올라설 수 있다. 단 몇 시간 만에 타인의 수년을 뛰어넘을 수 있는 재능.

그런 재능은 필시 재능의 소유자를 위험하게 만든다.

[네 놈은 뭐⋯⋯.]

간신히 장하영을 따라잡고 보니 이미 처형관 하나와 난투극을 벌이는 중이었다. 장하영 몸을 휘감은 투사의 불꽃이 처형관의 낫에서 장하영을 보호했다.

[해당 포지션에는 '표식'을 사용할 수 없습니다.]

아마도 처형관은 지금쯤 그런 메시지를 받고 있을 것이다.

[너 는 설 마⋯⋯.]

하지만 깨달음은 너무 늦었다. 처형관을 압도하는 움직임으로 낫을 제압한 장하영은, 능숙하게 녀석의 목을 틀어쥐었다.

[컥⋯⋯!]

투사라고 모두 저 정도 전투력을 가진 것은 아니다. 고작 처형관 하나를 넘어서는 게 평균적인 수준이다. 그런데 장하영은 넘어서는 정도가 아니라 완전히 압도하고 있었다.

오직 장하영이기에 가능한 일이었다.

목을 붙잡힌 처형관은 볼썽사나운 쥐새끼처럼 버둥거렸으나, 조금씩 죄어오는 악력을 감당하지 못했다. 이내 우드득 하고 목뼈 부서지는 소리가 들렸고, 처형관은 축 늘어졌다.

파스스스스, 하고 흩어지는 처형관의 옷자락. 수십 년 동안 공단의 밤을 지배한 존재라기에는 터무니없을 정도로 허망한 최후였다.

['투사'에 의해 '처형관'이 사망했습니다.]

[현재 남은 처형관 수: 6]

처형관 때문에 다친 공민들이 이쪽을 보고 있었다. 어두운 밤을 밝히는 장하영의 불꽃. 눈부신 태양이라도 보는 듯한 얼굴들이었다.

그러나 장하영은 태양이 아니었고, 지금은 여전히 밤이었다.

"처, 처형관이 죽었다! 처형관이 죽었어!"

"투사가 나타났다!"

투사라는 말에 지금껏 집에 숨어 있던 이들도 고개를 내밀었다. 오랫동안 밤의 그늘에 숨어 간신히 연명해온 사람들.

[공민들이 '혁명'의 열기에 감화됩니다.]

그들이 하나둘 집 밖으로 나오기 시작했다. 장하영은 그 사람들을 지도자라도 되는 듯한 눈으로 응시했다.

[등장인물 '장하영'이 '투사화'에 경도됩니다.]

……이 자식은 자기가 혁명가라도 되는 줄 아나 본데. 나는 손바닥으로 장하영의 뒤통수를 때렸다.

"읏……!"

그제야 붉게 물들어가던 눈빛이 조금씩 되돌아왔다. 장하영이 뒤통수를 부여잡은 채 나를 노려보았다.

"아파! 왜 이렇게 세게 때려?"

"정신 차리라고. 너까지 얼빠져 있으면 곤란해."

「"타오르는 것은 군중이어야 한다. 수뇌부가 그 열기에 휩쓸리면, 혁명은 불씨를 제대로 지피기도 전에 맞바람을 견디지 못하고 꺼질 것이다."」

111회차에 나오는 유중혁의 말이었다. 차마 내 입으로 뱉기에는 부끄러운 대사라서 속으로 생각만 하고 말았다. 못마땅한 듯 나를 보던 장하영이 입술을 실룩였다.

"처형관한테 당한 것보다 더 아프네."

"그럼 제대로 맞은 거야."

지금 장하영이 가진 힘은 시나리오에, 그것도 처형관을 상대할 때에 한정된 힘일 뿐이다. 그런 힘에 도취되면 위험하다.

멀리서 아일렌이 달려오며 소리쳤다.

"서쪽에 둘! 남쪽에 하나! 나머지는 모두 북쪽에!"

숫자가 무엇을 뜻하는지는 명백했다.

"움직이자."

장하영이 고개를 끄덕였고, 우리는 밤하늘을 달렸다. 다시 앞서가는 장하영의 뒷모습을 보는데 머릿속에서 메시지가 들렸다.

[제4의 벽]'이 등장인물 '장하영'을 바라보며 입맛을 다십니다.]

"쟨 안 돼. 허튼 생각 하지 마."

니르바나 때도 그랬고, 이계의 신격과 싸울 때도 그랬듯 이번에도 [제4의 벽]은 장하영의 설화가 탐나는 모양이었다. 정확히는 장하영이 아니라 [정체불명의 벽]을 향한 것이겠지.

['제4의 벽'이 아쉬워합니다.]

"저 벽이랑 친구 하고 싶다며. 친구는 먹는 게 아냐 인마."

「라고 '제4의 벽'과 친구가 되고 싶은 김독자가 말했다.」

이 자식이 진짜.

"우와아아아아!"

달려오는 군중의 아우성.

"투사가 나타났다! 조금만 버텨라!"

무기를 굳게 움켜쥔 몇몇 장정이 하늘을 향해 고래고래 소리를 질러 댔다. 공단 곳곳에서 마력의 불길이 튀어 올랐다. 사람들이 맞서 싸우고 있었다. 싸울 수 없는 상대에 맞서 싸우는 이들.

저 중 누가 혁명가라고 해도 믿을 수 있을 것 같았다.

['투사'에 의해 '처형관'이 사망했습니다.]

[현재 남은 처형관 수: 5]

장하영이 또다시 처형관 한 명을 쓰러뜨렸다.

이제 남은 건 다섯.

처형관이 전부 죽으면 공작은 더 이상 숨어 있을 수 없게 된다. 진짜 혁명은 그때부터다.

"모두 죽여버려!"

"우와아아아!"

공민들이 용기를 내자 처형관들 기세가 조금씩 주춤했다. 어차피 투사를 제외한 누구도 밤의 처형관을 해칠 수 없었다. 하지만 중요한 것은 분위기다.

[어 리 석 은……]

낫을 휘두르던 처형관이 장하영의 공격을 받았다. 이미 처형관이 둘이나 사망한 시점이기 때문인지, 녀석은 장하영을 정면으로 상대하지 않았다.

겁에 질리기라도 한 것처럼 허공을 격하고 달아나는 처형관. 꽁무니 빼는 모습을 보며 공민들이 함성을 질렀다.

"놈들이 물러간다!"

장하영은 공단의 낮은 지붕들을 밟으며 거주구 쪽으로 달아나는 처형관의 뒤를 쫓았다.

모든 것이 순탄하게 흘러가고 있었다. 이대로라면 오늘 '밤'도 무사히 지나갈 것이다. 처형관의 피해를 줄이기 위해 공작은 강제로 밤을 회수하는 수밖에 없을 테니까.

「하지만 김독자는 끝까지 방심하지 않았다.」

마계의 역사에서 혁명을 코앞에 두고 죽은 혁명가는 셀 수 없이 많다. '밤'이 물러가기 전까지 혁명가는 결코 방심하면 안 된다.

설령 내가 가짜 혁명가라 해도 말이다.

「김독자는 생각했다. 책사 노릇을 하던 한명오는 내게 붙잡혔고, 낮에는 세 명의 처형관이 죽었다.」

힘의 균형이 뒤바뀌며 공단 분위기는 급변하고 있었다. 그런 상황에서 공작이 아무 작전 없이 '밤'을 보낼 턱이 없다. 적어도 내가 아는 세이스비츠 공작이라면…….

아니나 다를까. 뒷덜미로 느껴지는 스산한 기척에 나는 반사적으로 허리를 숙였다. 허공을 날카롭게 베어 넘긴 네 자루의 낫이 지붕들을 반파하며 지나쳤다. 조금만 늦었어도 목 위가 사라졌을 것이다.

……숨어 있었나.

장하영이 뒤쫓는 처형관을 제외하고, 나머지 네 녀석이 전부 나를 노렸다. 첫째 날과는 비교할 수 없을 만큼 흉흉한 기운. [책갈피]로 [바람의 길]을 발동했지만 날아드는 공격을 모두 피하기에는 역부족이었다.

"경호관!"

[누군가가 자신의 생명력을 사용해 당신을 경호합니다.]

숨어 있던 마르크가 나에게 '경호'를 걸어주었다. 이제 마르크의 남은 포인트는 두 개. 내게 '경호'의 효력이 발동하는데도 처형관들은 물러서지 않았다.

「순간 김독자는 생각했다.」

시간을 끌려는 듯한 움직임. 나는 공작의 작전을 알아챘다.

「공작은 투사가 나타날 것을 알고 있었다.」

……장하영이 위험하다. 나는 [바람의 길]을 이용해 바람을 응축한 후 뒤쪽에서 강력한 폭발을 만들었다.

쏜살같이 쇄도하는 움직임에 당황한 처형관들이 외쳤다.

[막 아 라!]

나는 '경호'와 [바람의 길]의 힘을 빌려 단숨에 처형관의 방호벽을 돌파했다. 장하영은 하나 남은 처형관을 뒤쫓아 갔을 것이다.

그리고 예상컨대 아마 그곳에는—

"아아악!"

날카로운 비명과 함께 피를 뿌리며 날아오르는 장하영이 보였다.

빌어먹을, 이래서 아까 뒤통수를 때려준 건데. 나는 바람을 조정해 허공에서 떨어지는 장하영의 몸을 부드럽게 감싸 안았다.

"야, 괜찮아?"

"흐윽, 컥……."

입에서 피를 토하고 있었다. 내상이 큰 것 같지는 않지만 전투를 지속하기는 어려워 보였다. 대체 누가 밤의 투사를 이 꼴로 만들었나 싶었는데, 이쪽을 향해 걸어오는 덩치 큰 처형관 하나가 보였다.

[혁 명 가 냐?]

있을 수 없는 일이었다.

밤의 처형관은 절대로 투사를 이길 수 없다.

그런데 저놈은…….

스스스슷.

천천히 다가오는 처형관의 옷깃이 흩어지며 고고한 악마종의 얼굴이 드러났다. 그제야 어떻게 된 상황인지 깨달았다. 장하영은 처형관의 힘에 당한 게 아니었다.

마계에 처음 왔을 때 마주친 악마 남작이나 백작과는 비교할 수 없는 설화의 아우라. 나는 녀석을 유심히 지켜보다가 물었다.

"머리 좀 썼네. 처형관 외의 복병을 넣을 줄이야…… 보아하니 공작 본인은 아니고, 후작쯤 되는 것 같은데. 맞나?"

"내가 먼저 물었다. 네가 혁명가를 자처하는 녀석인가?"

"맞아. 내가 혁명가야."

"말투가 건방지군."

짙은 눈썹이 꿈틀거린 악마종이 어쩐지 나른한 목소리로

말했다.

"나는 후작 '오스테온'이다."

악마 후작 오스테온. 세이스비츠 공작과 함께 이 공단을 이끄는 두 명의 후작 중 하나.

"하나가 더 있는 것 같은데."

"……눈썰미가 좋은 놈이군."

목소리와 함께 어둠 속에서 또 다른 악마종이 나타났다. 그쪽은 처형관의 힘을 가진 것 같지는 않았다.

"너도 후작이냐?"

물음에 답한 것은 악마종 본인이 아니었다.

"쿠, 쿠아르테토 후작이다!"

공민들의 비명 속, 인상을 찌푸린 쿠아르테토 후작이 달빛 아래 섰다.

오스테온과 쿠아르테토.

세이스비츠 공단을 이끄는 두 후작이 동시에 등장하자 공민들은 완전히 공포에 질려버렸다.

"으아아아……."

세이스비츠 공작은 확실한 것을 좋아한다.

적의 정체를 확실히 모르니 자신을 따르는 두 후작을 모두 내보냈으리라.

"이렇게 귀한 시기에 귀찮은 일을 만들다니. 간 큰 녀석이구나."

귀찮은 뒤처리를 맡았다는 듯 시큰둥한 얼굴. 수백 년씩 공

단을 지배하며 이런 일을 종종 겪었을 테니 이해 못 할 바도
아니었다. 이미 날 죽었다고 치기로 했는지, 두 후작은 내가
아니라 공민들 쪽을 보고 섰다.

쿠구구구. 주변 압력이 솟아오르며 공민들이 동시에 무릎을
꿇고 있었다. 벌벌 떨며 숨죽인 화신들. 그들을 향해 후작들이
입을 열었다.

"이것은 너희가 받는 대가다."

[설화, '지배자의 언령'이 발동합니다.]

후작들이 만들어낸 설화가 공민들을 겁박했다.

아직 아무 일도 일어나지 않았음에도, 말은 그 자체로 힘을
가지고 공민들의 상상을 지배하기 시작했다.

"너희는 소중한 것을 모두 잃을 것이다."

상상 속에서 공민들은 소중한 가족을 잃었고.

"평화로웠던 '밤'을 상실할 것이다."

평화로웠던 적 없는 시간을 모두 빼앗겼으며.

"이 공단을 어지럽힌 죗값을 치르게 될 것이다."

지은 적 없는 죗값을 치렀다.

"그것이 '혁명'의 결과다."

종언 판결문처럼 떨어지는 문장들. 그 안에서 공민들은 허
우적거렸다. 이제 모두 끝이라는 투로 어깨를 부여잡은 공민
들이, 공포심 어린 눈으로 두 후작을 올려다보았다. 그 상황이

만족스럽다는 듯 후작들이 웃었다.

"보아라! 너희 희망이 무너지는 모습을."

이번 일을 지배체제를 공고히 할 기회로 삼기로 했는지 연출이 과했다. 비형이 저 꼴을 봤어야 하는데.

내 쪽으로 돌아선 두 후작이 나를 향해 동시에 '격'을 행사했다.

평범한 공민이라면 당장 겁에 질려 납죽 엎드릴 힘. 하지만 모든 공민이 바닥에 주저앉은 뒤에도 나는 멀쩡히 서 있었다. 내가 멀거니 바라보자 당황한 후작들이 다시 한번 외쳤다.

"보아라! 무너지는 모습을!"

몇 번이고 반복해서 격을 발출하는 후작들. 겨우 존재감을 드러내는 데 전력을 다하는 모양인지 이마에 핏대가 바짝 서 있었다.

"무너지는……! 무녀……! 음……?"

나는 그런 후작들을 향해 천천히 다가갔다.

「김독자는 생각했다.」

투사가 상대할 수 있는 것은 오직 처형관뿐.

적들이 시나리오의 포지션이 아닌 본신의 무력을 활용하기로 했으니 이쪽도 그에 대응할 필요가 있었다.

「이번에는 피할 수 없겠지.」

이번에 힘을 개방하면 화신체가 많이 흔들릴 것이다. 하지만 후작급을 상대하려면 어쩔 수 없다. 최소한도로, 그리고 최적의 효율로 놈들을 없애야 한다.

"너는……?"

뭘 물을지 알았기에 나는 미리 선수를 쳤다.

"내가 누구냐고?"

후작급은 강하다. 하지만 아무리 강해봤자 화신의 척도일 뿐. 애초에 위인급 성좌에도 미치지 못하는 놈들이다.

천천히 눈을 감은 채 심호흡을 한다. 어쩐지 쑥스러운 기분이 든다. 성좌에 오르기만 했지, 이제껏 한 번도 해본 적 없으니까.

['성좌'의 격을 발출합니다.]

가공할 격이 일대의 시공간을 짓눌렀다.

부화

卵化

1

그런 기분은 난생처음이었다. 너무 엄청난 기분이라서 "나는 유중혁이다"라고 말하는 것도 잊어버린 채 그 감각에 집중했다. 수십 미터 반경의 시공간 일체가 나를 경외하는 느낌. 이것이 성좌들이 느끼는 기분이었다.

[당신의 화신체가 당신의 격을 표현하기에 부적합합니다.]

임의로 수준을 조절했지만 화신체에 커다란 부담이 왔다. 애초에 제대로 된 격의 발출도 아니었는데.

[화신체와의 부조화로 당신의 격이 일시적으로 조정됩니다.]
[현재 당신의 격은 '위인급'입니다.]

설화급 격은 어지간한 화신체로는 감당할 수 없다.

위인급조차 심볼 형태로는 격을 유지하지 못하는데, 내 누더기 화신체로는 턱도 없다는 것쯤 말해봐야 입만 아프다.

그럼에도 이 정도였다.

"끅, 껵, 커어억……!"

고통스러워 가슴을 쥐어뜯는 주변 화신들.

그 광경을 보고서야 나는 재빨리 격의 반경을 후작들에게로 한정했다. 반쯤 무릎 꿇은 두 후작은 이미 넋이 나간 표정이었다.

[마계의 누군가가 당신의 존재를 감지했습니다.]
[마계의 누군가가 당신의 존재를 감지했습니다.]
[마계의 누군가가 당신의 존재를 감지했습니다.]

정말 잠깐 격을 발출했을 뿐인데 메시지가 무려 세 개나 떠올랐다.

가까운 마계의 마왕이겠지.

상관없다. 어차피 녀석들에게는 언젠가 알려졌을 테니까.

그리고 이 정도 격으로는 내가 누구인지도 모를 것이다.

[당신의 화신체가 당신의 격을 감당하지 못합니다!]

등 뒤쪽의 설화가 떨어져나가기 시작했다. 다행히 사각지대여서 후작들은 눈치를 못 채고 있었다.

"이, 이 기운은……."

"성좌!"

뒤늦게 정신 차린 오스테온 후작이 비명을 질렀다. 곁에 있던 쿠아르테토 후작도 뒤로 넘어가기 직전이었다. 보기 좋은 광경이지만 시간을 더 끌 수는 없었다.

[당신의 화신체가 붕괴하기 시작합니다!]

나는 가진 격에 비해 전투력이 그리 높지 않다. 그러니 내 격에 상대방이 기가 죽었을 때 끝내버려야 한다.

[전용 스킬, '책갈피'를 발동합니다!]

그런데 왜일까. 허공에서 스파크가 튀어 오르며 스킬이 강제로 종료되었다.

[당신의 화신체가 해당 스킬을 사용할 수 없을 정도로 불안정합니다.]

……이런 빌어먹을. 너무 서둘렀나?

[개연성에 맞지 않는 힘을 사용했습니다!]

['추방자 페널티'가 가속됩니다.]

최근 전투 활동을 지속했으니 이렇게 될지 모른다고 예상
은 했다. 하지만 화신체 붕괴가 생각보다 훨씬 빨랐고, 성좌의
힘을 발출하는 부담도 상당했던 모양이다.

후작들도 슬슬 적응을 시작했는지 나를 향해 기세를 마주
끌어올리고 있었다. 보아하니 전설급 설화 하나 정도, 혹은 역
사급 설화 다수를 보유한 녀석들이었다. 그래도 명색이 후작
이니 '낙원'의 라인하이트 정도는 되겠지.

"성좌라 해도 시나리오 안에서는 나를 죽일 수 없다!"

게다가 제법 영리하기까지 하다.

스스스스슷. 다시 처형관으로 변신한 오스테온 후작이 나를
향해 낫을 뽑아 들었다. 유일한 투사 장하영이 나가떨어진 상
황. 지금은 녀석을 죽일 방법이 없다. 심지어 상황이 내게 더
욱 안 좋은 방향으로 흘러갔다.

"추방자로군? ……설마?"

내 몸에서 떨어져나가는 설화 파편이 제법 많아졌는지 결
국 후작들도 눈치채고 말았다. 스킬제한 탓에 [전지적 독자
시점]을 쓸 수는 없지만, 무슨 생각을 하는지는 불 보듯 뻔히
보였다.

「저 녀석의 설화를 손에 넣을 수만 있다면…….」

다친 맹수 주변을 얼쩡거리는 하이에나처럼 녀석들이 조심스레 나를 포위하기 시작했다.

"지원 병력 불러! 시간만 끌면 홀로 자멸할 거다."

휘파람을 불자 곳곳에서 다가오는 처형관들 기척. 추가 병력이 급파되었는지 공장 쪽에서도 귀족들의 심상찮은 동태가 느껴졌다.

「김독자는 생각했다.」

후작급을 해치우려면 최소 [전인화]를 사용해야 한다.

「하지만 스킬은 쓸 수 없다.」

시간을 더 끌면 내 화신체는 물론이거니와 다른 공민들도 위험하다.

「스킬이 아닌 다른 방법으로 놈들을 죽여야 한다.」

어떻게?

「방법은 하나뿐이다.」

마음을 먹은 내가 발을 내딛는 순간, 다가오던 오스테온 후작이 끔찍한 비명을 내질렀다.

"끄아아아아악!"

바닥을 구르는 오스테온 후작의 팔. 처형관으로 화한 그는 통상 공격으로 타격을 받지 않는다. 그렇다는 것은…….

"그렇게 방심하고 있으면 안 되지."

언제 정신을 차렸는지 녀석의 배후에 선 장하영이 악당처럼 웃고 있었다. 아까의 상세를 고려하면 믿을 수 없는 회복력이었다.

[등장인물 '장하영'이 스킬 '불사지체 Lv.7'를 사용 중입니다.]

……불사지체? 무림 계통의 초재생 스킬인데?

내가 다가가자 시선을 받은 장하영이 변명이라도 하듯 중얼거렸다.

"아까 채팅하던 사람 중에 무림인이 하나 있었는데……."

부끄러운 듯 말꼬리를 흐리는 장하영을 보며 탄식했다. 흑염룡이랑만 대화한 게 아닌 모양이군. 그나저나 불사지체라면 '파천검성'의 것인데…….

"모두 쳐라! 투사부터 죽여!"

오스테온 후작이 지원 병력을 향해 소리쳤다. 남은 처형관 네 명과 더불어 몰려온 귀족들이 우리를 포위했다. 백작 셋에 남작 다섯. 여기 처음 온 날에 본 남작 멜렌이라는 녀석도 보였다.

"저기다! 혁명가님을 구해라!"

격앙된 공민들도 우리를 구하기 위해 멀리서 달려왔으나 아직 숫자가 부족했다. 흉흉한 병장기를 꺼내 드는 귀족들을 보며 안색이 창백해진 장하영이 물었다.

"방법 없어? 난 쟤들은 못 죽여."

투사는 처형관 상대로는 최강이지만 다른 모든 포지션에 취약하다. 결국 나머지는 내가 상대해야 한다.

"너는 처형관만 처리해."

나는 장하영을 노리는 다른 귀족을 막아섰다. 무수한 창칼이 나를 노리고 날아들었으나 피하지 않았다.

[현재 당신은 시나리오의 보호를 받고 있습니다.]

나는 경호를 받고 있으니 결코 죽지 않는다. 무리하지 않고 하나씩 차분히 처리해가면 된다. 하지만 내 생각을 읽었는지 허공에서 메시지가 들려왔다.

['독재자'가 강제로 '밤'을 회수했습니다.]

독재자. 이 공단의 주인인 공작을 일컫는 포지션.

[오늘 밤에는 아무도 죽지 않았습니다.]

밤의 시간은 끝났지만 여전히 싸움은 계속되고 있었다.

아니, 오히려 지금이 시작이었다.

[당신을 보호하던 시나리오의 힘이 사라집니다.]

"놈의 경호가 풀렸다! 죽여버려!"

"굉장한 설화를 가진 놈이다!"

미리 예상했다는 듯 달려드는 귀족들을 보며 쓴웃음을 지었다.

"머리 좀 쓰긴 했는데, 그거 실수야."

밤이 사라진 이상 처형관은 힘을 쓸 수 없다. 그리고 공단을 이끄는 핵심 전력인 두 후작은 이곳에 있다.

내가 오래도록 기다려온 상황이었다.

"설화를 개방한다."

화신체가 불안정해 스킬을 쓸 수는 없다. 그렇다고 해서 싸울 방법이 없는 것은 아니다.

[설화, '벌레 학살'이 이야기를 시작합니다.]

지금 상태로 전설급 이상 설화를 깨우는 것은 무리다. 하지만 이런 녀석들을 상대로 '전설급' 설화는 쓸 필요도 없었다.

가진 격의 힘을 최고조로 활용하는 설화. 암흑성에서 텐타치오라는 악마 귀족이 사용한 설화였다.

천천히 눈을 깜빡이자 눈앞 귀족들이 작아지는 듯한 느낌이 들었다.

수만 명의 약자를 학살한 대가로 얻는 설화, 「벌레 학살」. 강자를 만나면 형편없이 취약해지지만 약자를 상대할 때는 다르다.

[당신보다 격이 낮은 모든 존재에게 절대적인 힘을 가집니다.]
[해당 설화는 일정 수준 이하의 격을 가진 존재에게만 통용됩니다.]

내 전신에서 배어나오는 무시무시한 기류에 다가오던 귀족들의 안색이 파랗게 질렸다.

"마, 말도 안 되는……!"

하지만 후회는 이미 늦었다.

퍼거거걱! 검을 쓸 필요도 없었다. 나는 전신의 근육을 순식간에 팽창시킨 뒤, 오직 주먹만으로 귀족을 모조리 때려잡기 시작했다.

"끄아아아악!"

말 그대로 '학살'이었다.

[역사급 설화를 획득했습니다.]
[역사급 설화를 획득했습니다.]

귀족이 가지고 있던 설화도 하나둘 내 손에 들어왔다.

[당신의 화신체가 빠르게 붕괴하고 있습니다!]

나는 순식간에 남작들 몸에 바람구멍을 낸 후, 백작들 머리
채를 끌어당겨 터트렸다. 순식간에 전황이 뒤바뀌자 귀족들이
등을 돌려 달아나기 시작했다.

"도망쳐라! 상대할 수 있는 놈이 아니다! 빨리—!"

몇몇은 놓쳤다. 하지만 중요한 녀석은 놓치지 않았다.

"끄아아아악!"

내게 뒷덜미를 붙잡힌 쿠아르테토와 오스테온 후작이 발버
둥을 쳤다. 설화를 끌어 올리려는 기미가 보여서, 나는 망설이
지 않고 두 녀석의 머리를 맞부딪힌 후 양손으로 각각 심장을
꿰뚫었다.

"끄으어어어억……."

더 본격적으로 반항했다면 상황은 좀 달랐을 것이다. 하지
만 이미 내 격에 꺾여버린 두 후작은 아무런 반항도 못 한 채
절명하고 말았다.

[새로운 설화를 다수 획득했습니다!]

[악마 후작 '쿠아르테토'를 처치했습니다!]

[악마 후작 '오스테온'을 처치했습니다!]

[새로운 업적을 달성했습니다!]

[후작 살해로 인해 마계에 당신의 악명이 퍼집니다!]

[마계의 고위 귀족들이 당신에게 두려움을 느낍니다.]
[업적 보상으로 50,000코인을 획득했습니다.]

같은 후작이어도 확실히 급 차이가 있는 모양이다. 라인하이트는 이 녀석 둘을 합친 것보다 강했던 것 같은데.

주변을 돌아보니 장하영과 나머지 공민들도 상황을 정리해 가는 중이었다. 살아남은 처형관과 귀족들이 공장 쪽으로 진을 친 채 조금씩 물러나고 있었다.

[당신의 화신체가 한계점에 도달했습니다.]
[설화, '벌레 학살'이 강제로 종료됩니다.]

순간 현기증이 찾아와 몸이 휘청했다.

나는 공장 쪽으로 달아나는 잔당을 향해 외쳤다.

"남작 기라트, 남작 사라보스, 백작 모크바!"

살아남은 처형관들 이름이었다. 스파이 한명오에게 미리 전해 들은 이름. 어차피 지금은 장하영도 나도 체력이 많이 떨어져서 녀석들을 쫓거나 상대할 수 없었다.

그렇기에 나는 녀석들 이름을 불렀다.

일종의 경고였다.

나는 너희 정체를 모두 알고 있다.

네가 누구고 어떤 포지션인지.

그러니 너희는 언제든지 죽을 수 있다.

살아생전 처음으로 협박을 당한 처형관들이 몸을 떨었다.
나는 말을 이었다.
"공작에게 전해라."
시간이 많이 흘렀는지 마계 하늘에 새벽빛이 감돌기 시작
했다. 희미하게 너울지는 그림자 속에서 나는 천천히 말을 맺
었다.
"'낮'을 두려워하는 법을 배우라고."
설화 붕괴로 당장이라도 쓰러질 것 같았지만, 귀족 잔당이
공장 쪽으로 완전히 사라질 때까지 의식을 놓지 않았다.
누군가가 중얼거렸다.
"혀, 혁명이다……."
그 말을 시작으로, 사람들이 하나둘 혁명을 외치기 시작했
다. 함성을 들으며 '혁명가' 파트에서 내가 제일 좋아하던 문
장을 떠올렸다.

「밝아오는 새벽빛 속에서, 비로소 멈춰 있던 공단의 시간이 흐르고
있었다.」

오랫동안 '밤'에 잠들어 있던 사람들의 분노와 절규.
너무 오랫동안 잠들어 있었기에, 그것이 존재하는지조차 몰
랐던 감정들이 하나둘 깨어나고 있었다.

"혁명가! 혁명가!"

"유중혁! 유중혁!"

[당신의 영향력이 '진짜 혁명가'의 영향력을 넘어섰습니다.]

[설화 생성 조건을 만족하여 설화를 획득합니다.]

[새로운 설화, '은막의 혁명가'가 시작됩니다!]

비형이랑 성좌 녀석들이 이 광경을 봤어야 하는데, 아깝다. 그랬더라면 코인을 한 다발로 받았을 텐데.

그런데 그 순간, 기다렸다는 듯 메시지가 들려왔다.

[당신의 설화에 '도깨비의 알'이 반응합니다.]

['도깨비의 알'이 당신의 이야기를 기록하기 시작합니다.]

품속의 진농이 강해진다 싶더니, 이윽고 늘려오는 메시지.

[알의 부화가 임박했습니다.]

쩌저저적, 하고 갈라지는 소리를 들으며 나는 때가 왔음을 알았다.

하긴 이 무대에 다른 도깨비는 필요 없다. 이 무대를 이야기할 도깨비는 정해져 있으니까.

[마계에 임시 채널이 생성됩니다.]

마계 시나리오는 이제 시작이다.

[성좌, '구원의 마왕'이 임시 채널에 입장했습니다.]

2

갑자기 숨이 확 트이는 느낌이 들었다. 누군가가 지금껏 테이프로 내 입을 막아놓았다가 쭉 뜯어낸 기분이랄까.

[성좌, '구원의 마왕'이 '세이스비츠 공단'을 바라봅니다.]

시야가 넓어지며 화신체로는 볼 수 없던 것들이 보이기 시작했다.

높은 곳에서 본 공단은 돔을 닮아 있었다. 핵심부에 위치한 공장을 둘러싸고 구축된 원형 도시. 도시의 화신들이 일제히 하늘을 올려다보았다.

"이, 이건······!"

"채널이다! 채널이 열렸어!"

임시 채널의 개방 메시지가 그들에게도 들어간 모양이었다.

"도깨비들이 왔다! 드디어 우리 마계도 주목받는 거야!"

감격한 듯한 얼굴. 그럴 법도 했다. 이곳은 시나리오에서 외면당한 사람이 모이는 곳이니까. 한때 성좌와 코인을 증오하던 화신들은 마계에 온 뒤 누구보다도 그것을 그리워하는 존재가 되었다.

"야! 괜찮아? 너도 방금 메시지 들었어?"

나는 장하영의 부축을 받으며 간신히 자리에 섰다.

[임시 채널 입장으로 인해 일시적으로 화신체 붕괴가 지연됩니다.]

안도의 한숨이 나왔다. 채널은 이야기의 핵심을 구성하는 중요한 장치다.

실제로 채널 입장만으로도 전신의 설화들이 조금씩 안정을 되찾고 있었다. 물론 추방자 신세를 완전히 면한 것은 아니었지만…… 이걸로 어느 정도 시간은 벌 수 있겠지.

[설화 붕괴를 막기 위해 메인 시나리오에 진입하세요.]

추방자인 내가 메인 시나리오에 진입하기 위해서는 결국 '진짜 혁명가'를 죽여야만 한다. 나는 시험 삼아 부서지던 팔과 다리를 매만져보았다. 다행히 아직 핵심 설화는 무사한 듯했다. 망가진 부분이야 어떻게든 수선하면 된다.

[현재 화신체의 설화 훼손이 심각합니다.]

[수선을 위해 새로운 설화가 필요합니다.]

아직 목록은 제대로 확인하지 못했지만 귀족들에게서 빼앗은 설화가 다수 있었다. 대부분 역사급이고, 전설급도 하나쯤 있는 듯한데. 어쨌거나 임시 채널이 닫히기 전에 빠르게 움직여야 한다.

나는 멀리서 다가온 아일렌을 향해 물었다.

"다친 사람은?"

"생각보다 많아요."

아일렌의 표정이 어두웠다. 얼핏 둘러봐도 바닥에 드러누운 사람이 수십을 넘었다. 치명상인 이도 많아 상당수는 오늘을 넘기기 힘들어 보였다.

"도깨비 보따리."

내 말과 함께 허공에 익숙한 홀로그램 창이 떠올랐다.

이게 없어서 얼마나 답답했는지 모른다. 돈이 있는데 못 쓰는 부자의 심정이 이렇겠지. 나는 그간 쓸 만한 물건이 들어왔는지 간단히 점검한 뒤 3만 코인 정도를 지출해 '엘라인 숲의 정기'를 다량 구입했다.

"사람들한테 나눠줘."

"이, 이건…… 이걸 대체 어떻게 구했어요?"

"자세한 건 묻지 말고."

깜짝 놀란 아일렌이 눈을 동그랗게 뜬 채 아이템을 받아들었다.

놀랍겠지. '엘라인 숲의 정기'는 도깨비 보따리로만 구할 수 있으니까. 채널이 없는 마계에서는 귀품일 수밖에 없다.

[임시 채널의 지속 시간이 얼마 남지 않았습니다.]

품에서 '도깨비의 알'을 꺼냈다. 표면에 실금이 가 있었다.

부화의 징후. 임시 채널은 아기 도깨비에게 일종의 태동胎動 같은 것이다. 말하자면 숨 쉬기 연습이랄까.

가볍게 알을 쓰다듬자 안쪽에서 약한 진동이 느껴졌다.

[곧 '도깨비의 알'이 부화합니다!]
[건강한 설화를 섭취시키세요.]

나는 재빨리 설화 파편을 몇 개 꺼내 알에 가져다댔다. 알이 부르르 떨며 뀨륵, 하는 소리를 토했다.

['도깨비의 알'이 만족합니다.]
['도깨비의 알'이 부모의 온기를 원합니다.]

정말 까다로운 녀석이다. 그러고 보니 비형이 당부한 말이 있었다.

―혹시 알이 부화할 때를 대비해 말해주는 건데, 부화 직전이 되면 꼭 알을 품어야 해.

―뭐? 왜?

―나도 확실히는 몰라. 근데 그렇게 해야 건강한 도깨비가 태어난다는 이야기가 있어. 그래서 우리도 다 그렇게 해.

도깨비가 그런 미신을 믿는다니 이상했지만, 다시 생각해보면 이 세계에 '미신'이라는 게 존재나 할까 싶었다. 모든 설화가 현실이 되는 세계니까.

나는 멀찍이 떨어진 공장 쪽을 바라보았다.

후작이 두 명이나 죽었으니 세이스비츠 공단은 이제 완전히 혁명 노선으로 접어들었다. 양팔을 꺾어놓은 데다 마지막에 경고도 제대로 해뒀으므로 공장 쪽에서도 경거망동하지는 못할 것이다.

나도 어차피 지금 몸 상태로는 녀석들과 대적하기 무리니까…… 뭐 이 정도면 며칠은 버티겠지.

"아일렌. 지금부터 공민가를 폐쇄해."

"네?"

"어차피 당분간 귀족들은 움직이지 않을 거야. 그러니 이쪽도 쉬면서 준비를 좀 해보자고."

나는 점점 태동이 심해지는 알을 내려다보며 말했다. 지금부터는 공작만이 문제가 아니다. 채널이 열리면 진짜 괴물들이 나타날 테니까.

그때까지 몇 가지 준비를 해두어야만 한다.

¤ ¤ ¤

나는 일행의 도움을 받아 의원실 안에 적당한 온도와 습도를 유지할 수 있는 공간을 마련했다. 내 몸을 점검하던 아일렌이 한숨을 푹푹 내쉬며 말했다.

"오늘 하루는 움직이지 마세요. 상태가 말이 아니니까."

"알았어."

"건성으로 말하지 마세요. 당신 정말 죽을 뻔했다고요. 역사급 설화를 다섯 개나 수선용으로 쓰다니, 이런 경우는 처음인데……."

정말 가성비가 좋지 않은 몸이다. 설화를 덕지덕지 발라야 간신히 살아날 수 있다니. 그래도 죽는 것보다는 낫다.

"아직 전설급도 하나 있으니 괜찮아."

나는 아까 후작을 죽이고 획득한 전설급 설화를 확인했다.

[전설급 설화, '주사위의 신'을 보유 중입니다.]

전설급 설화 「주사위의 신」. 참고로, 멸살법에 따르면 이 설화는 대충 이런 느낌이다.

「'도박의 제왕'이 가지고 있던 설화 중 하나. 이 설화의 주인은 처음 던지는 주사위의 눈금을 마음대로 정할 수 있었다고 한다.」

가끔 왜 전설급 설화가 됐는지 알 수 없는 녀석들이 있다. 전설급 안에서도 격이 나뉜다 해도 어떻게 이런 설화가 내 「왕이 없는 세계의 왕」과 동급이라는 건지…….

아일렌이 어이없다는 얼굴로 입을 열었다.

"지금 전설급을 수선용 파편으로 쓰겠다는 거예요? 그게 얼마나 큰 가치를 지녔는지는 알아요?"

"……."

"아니, 대체 지금까지 어떻게 살아 있었던 거예요? 말로만 듣던 '이야기의 가호'가 따르기라도 하는 건지……."

이야기의 가호라. 도깨비들이 자주 쓰는 인사말이었지.

"잔소리 그만. 어차피 이 녀석 때문에 오늘은 못 움직이니까."

나는 품속 알을 매만지며 말했다. 앞으로의 모든 계획은 이 녀석이 잘 부화해야 실행할 수 있다. 내 품속을 유심히 바라보던 장하영이 물었다.

"그거 뭔데?"

"알이야."

"알? 무슨 알?"

"도깨비 알."

"뭐? 진짜?"

나는 고개를 끄덕이며 알을 내려다보았다.

웅웅.

알에서 간간이 태동이 발생할 때마다 '임시 채널'이 열렸다 닫히기를 반복하고 있었다.

[현재 채널에 입장한 성좌 수: 1]

지금은 외로운 숫자지만 얼마 지나지 않아 이 채널은 포화 상태가 될 것이다. 내가 반드시 그렇게 만들 것이다.

"잠깐만! 진짜 도깨비 알이라고? 농담 아니고?"

"농담으로 보여?"

"……혹시 채널이 열린 것도 이 녀석 때문이야?"

"그래."

어안이 벙벙해져서 입만 뻐끔거리는 장하영과 달리, 아일렌은 심각한 표정을 짓고 있었다.

"잠깐만요. 이게 정말 도깨비라면……."

"마계에도 기회를 주려는 것뿐이야. 언제까지 공단의 노예로 머물 수는 없잖아."

슬그머니 깨문 아일렌의 입술에서 오기가 느껴졌다. 사실 그녀도 알고 있을 것이다. 나는 구태여 그 마음을 지적했다.

"혹시 다음 시나리오가 두려운 거야?"

시나리오 다음에는 언제나 또 시나리오가 기다리고 있다. 이보다 나을지 아니면 더 나쁠지 알 수 없는 시나리오가.

아일렌은 인정하기 싫다는 투로 말했다.

"최선이 없는 세상이니까요."

"불확실한 차악만을 택하는 삶이 최악 아닐까 생각해볼 필요가 있다고 보는데."

"혁명을 일으켜준 건 무척 고맙게 생각해요. 하지만—"

아일렌은 순간 말을 멈춘 채 내 눈을 바라보았다. 그 짧은 마주침에서 그녀가 무엇을 보고 느꼈는지는 모르겠다.

"……당신은 대체 뭘 위해 이렇게까지 하는 거죠?"

다만 그녀는 그렇게 물었고.

"어떤 이야기의 결말을 보고 싶어서."

나는 언제나처럼 대답했다.

"그건…… 시나리오의 끝에 도달하겠다는 이야기인가요?"

"비슷해."

그러자 아일렌이 중얼거렸다.

"종말의 구도자……."

"……?"

"고향 행성의 성좌들에게 그런 이야기를 들은 적 있어요. 스타 스트림에는 모든 이야기의 '마지막'을 추구하는 존재들이 있다고."

'종말의 구도자'라. 그러고 보니 그런 녀석들이 있었지.

아직 본격적으로 움직일 시기가 아닌데, 아일렌의 고향에서는 벌써 이야기가 돌고 있던 모양이다. 무슨 생각을 하는지 아일렌은 조용해졌다. 그사이 신기하다는 듯 알을 매만지던 장하영이 물었다.

"근데 얘도 '도깨비'면 결국 우리가 아는 그 녀석들처럼 되어버리는 거 아냐?"

"그렇게 내버려두지 않을 거야. 도깨비라고 모두 똑같은 이야기꾼이 되는 건 아니니까."

"하긴 그건 사람도 마찬가지지. 근데 이 알은 어떻게 구했어? 혹부리도 이런 걸 갖고 있다는 얘기는 들어본 적 없는데."

"그건……."

어떻게 설명해야 할까 망설이다가 문득 곁을 보니 한명오가 묘한 눈빛으로 나와 알을 번갈아 보고 있었다.

"말 못 할 고충이 있었나 보군. 출산은 괴로운 일이지."

"……뭔가 오해하는 것 같아서 말해두는데, 내가 낳은 게 아닙니다."

"이해하네."

아무래도 불편한 공감대가 형성된 것 같았다. 나는 마왕의 저주 따위 받은 적 없다고 설명하려는데, 갑자기 품속에서 벗어난 알이 허공으로 두둥실 떠올랐다.

토도돗.

알의 균열이 심해지며 희미한 빛이 새어나오기 시작했다.

['도깨비의 알' 부화가 임박했습니다.]

드디어 기다리던 순간이 찾아온 것이다.

[<스타 스트림>이 새로운 이야기꾼의 탄생을 지켜봅니다.]

그 순간만큼은 한명오도, 마르크도, 장하영도, 아일렌도, 그
리고 나도 똑같은 마음이었다. 탄생에는 그처럼 경이로운 데
가 있다.

부서지는 껍데기 사이로 슬그머니 보이는 조그만 등. 새하
얀 솜털로 덮인 그 등을 보며, 장하영이 어쩔 줄 모르겠다는
표정을 지었다.

"……나 도깨비 진짜 싫어하는데. 이렇게 보니까 또 느낌이
다르네."

하지만 이 탄생은 그렇게 축복할 만한 일은 아니었다. 태어
난 도깨비는 얼굴을 일그러뜨리며 울었다. 마치 자신이 이곳
에 존재하는 것 자체가 괴롭다는 듯이.

난 언젠가 멸살법에서 '도깨비 왕'이 말한 구절을 떠올렸다.

「"들어라. 탄생과 함께 운명을 부여받아, 어쩔 수 없이 '이야기'를
사랑하며 살아가야만 하는 가엾은 존재들아."」

막 태어난 도깨비가 울고 있었다.

이런 세상에 태어나야 했고, 이런 세상에도 이야기가 있고,
자신은 그것을 사랑하며 살아가야만 하므로.

그래, 내가 너를 그렇게 만들었어.

그러니 나를 원망해.

[아기 도깨비가 당신을 바라봅니다.]
[아기 도깨비가 당신을 부모로 인식합니다.]
[아기 도깨비의 영혼이 당신과 교감합니다.]

그리고, 목소리가 들려왔다.

─오래 기다렸어, 아저씨.

시공간의 흐름이 이상해지고 있었다. 장하영의 입술이 아주 천천히 움직였고, 목소리는 심하게 분절되어 정상적인 형태로 들려오지 않았다.

세상 전체가 슬로모션으로 움직이는 듯한 광경.

「김독자는 깨달았다. 이것이 '도깨비'의 시간이구나.」

수많은 채널을 동시에 관리하고 판단하기 위해, 도깨비의 인지 속도는 다른 생명체에 비해 월등히 빠르다.

나는 허공을 올려다보았다.

보송보송한 털이 자라난 아기 도깨비 위로, 희끄무레한 빛의 구체가 떠 있었다. 일전에 본 적 있는 구체. 신유승의 영혼이었다.

'오랜만이다, 유승아.'

구체 속에서 반투명한 빛이 일렁이더니 언뜻 사람의 실루

엣 같은 것이 비쳤다. 세계를 구하겠다는 마음, 유중혁에 대한 신의로 먼 차원을 건너온 존재. 41회차의 신유승이 내 눈앞에 있었다.

[믿을 수 없는 업적을 달성했습니다!]
[당신은 도깨비의 알을 품은 최초의 인간이 됐습니다.]
[새로운 설화를 획득했습니다!]
[설화, '도깨비의 아버지'를 획득했습니다.]

내 표정을 읽었는지 신유승이 말했다.
—사과하지 마. 내가 선택한 거잖아.
'그래도 미안해.'
—아저씨 대단하더라. 41회차의 대장도 아저씨 정도는 아니었어.
'아직 약과야. 해야 할 일도 많이 남았고.'
—내 도움이 필요하지?
고개를 끄덕이자 신유승이 옅게 웃었다.
—내가 잘할 수 있을까?
'잘할 수 있을 거야. 내가 도와줄게.'
시나리오의 맨 밑바닥에 도달해본 자만이 시나리오의 무게를 안다.
내가 41회차의 신유승을 믿는 것은 그 때문이었다. 물론 그 것이 신유승이 나를 믿어야 하는 이유가 되지는 않는다.

―41회차의 대장은 실패했어.

신유승의 목소리가 가늘게 떨렸다.

―앞으로 더 끔찍한 일을 겪게 될 거야.

'그렇겠지.'

―지금까지 아저씨가 상상하지도 못한 것들이 기다릴 거라고.

'천천히 나아가면 돼. 어려운 책도 몇 번이고 반복해서 읽다 보면 다 이해가 가잖아? 이것도 마찬가지야.'

―아저씨는 정말…….

신유승은 내 말의 의미를 헤아리는 것 같기도 했고, 지난 세월을 어림하는 것 같기도 했다. 몇 번이고 반복해서 읽는다고 반드시 책을 이해할 수 있는 것은 아니다. 어떤 책은 너무 어려워서 수백 수천 번을 읽어도 이해할 수 없다. 그럼에도 나는 말했다. 나는 이렇게밖에 말할 수 없는 사람이기 때문이다.

'너랑 내가 같이 해내면 돼.'

―……나, 완전히 태어나고 나면 곧바로 아저씨를 떠올리진 못할 거야.

'알아.'

―멍청하게 굴어도 너무 놀리지 마.

'노력할게.'

피식 웃는 음색이 곱다. 잔잔한 음악 같은 침묵 속에, 신유승이 계속해서 이야기했다.

―시나리오에 대해 좋은 기억은 거의 없어.

무심했지만, 무심했기에 진심이 담긴 말.

나는 멸살법의 이야기들을 떠올렸다. 내가 아는 신유승의 이야기들. 백 개의, 천 개의 문장이 더 있더라도 온전히 설명될 수 없던 설화들.

—그래도 내가 아직 뭔가를 더 이야기해야 한다면…….

그 말을 하기 위해 고민해야 했을 시간을 나는 모른다.

아무리 멸살법을 많이 읽었어도, 설령 [전지적 독자 시점]으로 속내를 읽을 수 있다 해도, 난 41회차의 신유승이 겪어 온 시간과 그 시간으로 인해 감당해야 할 고통을 알지 못한다.

—이번에는 아저씨를 위해 이야기할게.

그렇기에 그녀의 대답에 내가 바칠 수 있는 것은 보잘것없는 경외뿐이다.

'고맙다.'

환하게 빛나며 떠오르는 문자열과 함께, 인지 시간의 흐름이 점차 원래대로 돌아왔다.

[73번째 마계 최초의 채널이 열렸습니다.]

[채널명: #BI-90594]

분절된 소리들이 다시 들러붙으며 장하영의 목소리가 들려왔다.

"애 이름은 뭐라고 지을 거야?"

……무슨 말을 하나 싶었는데 그거였나. 안 그래도 이름 때

문에 많이 고민했다. 아기 도깨비가 나를 올려다보고 있었다.

나는 그 눈을 들여다보며 조용히 말했다.

[채널 관리자: 비유譬喻]

자신의 이름을 듣기라도 한 걸까.

아기 도깨비가 나를 향해 손을 뻗었다. 솜털 돋은 작은 손에 내 손가락을 쥐여주자, 잠시 옴지락대던 아기 도깨비가 이내 배시시 웃어 보였다.

✲ ✲ ✲

신유승은 울고 있었다.

서울 돔에서 탈출한 후 종종 있는 일이었다. 고단한 하루가 끝나고 잠에 빠져들 때나, 멍하니 특성창을 열어놓고 자신의 배후성 칸을 바라볼 때도. 알게 모르게 자꾸 눈물이 나왔다. 그런 신유승에게 핀잔을 퍼붓는 것은 언제나 이길영이었다.

"야. 또 왜 울어. 독자 형은 어른스러운 거 좋아한다고."

신유승이 붉어진 눈으로 노려보았다.

"저리 꺼져!"

"형 금방 돌아올 거야. 너도 봤지? 나한테 인사 남긴 거. '살아남아라, 이길영.'"

"아저씨는 그런 말 한 적 없거든?"

"나한테 했어! 분명 들었다니까?"

뒤쪽에서 이야기를 듣던 이지혜가 피식거리자 이길영이 눈을 가늘게 떴다.

"뭘 웃어요?"

"그냥, 귀여워서."

신유승과 이길영, 그리고 이지혜는 12번째 시나리오의 재앙으로 출현한 괴수들을 해치우고 약속 장소로 향하는 길이었다.

일행들과 다시 만나기로 한 장소는 성남시. 이 부근에서 재회하기로 했으니 곧 다들 모여들 것이다.

이지혜와 이길영이 티격대는 사이, 신유승은 자신의 특성창을 또 열어보았다.

[배후성과의 연결이 끊겼습니다.]

서울 돔에서 벗어난 직후 신유승의 특성창에는 계속 그런 메시지가 떠올라 있었다. 신유승의 침울한 얼굴이 마음에 들지 않았는지 이길영이 또 한마디 했다.

"야, 이 동전 잘 봐."

"뭔데?"

"던져서 앞면 나오면 독자 형 살아 있는 거다."

이길영이 꺼내 든 100원짜리 동전을 보며 신유승이 입을 내밀었다.

"그거 전에도 했잖아."

"그래도 또 해보자는 거지."

"……하면 뭐 해. 앞면 나온다고 아저씨가 돌아오는 것도 아닌데."

동전 던지기.

신유승과 이길영이 불안해질 때마다 하는 놀이였다.

"지금까지 독자 형이 몇 번 죽었지?"

"……마흔한 번."

"살았던 건?"

"쉰아홉 번."

동전 앞면이 나오면 김독자는 살아 돌아올 것이고, 뒷면이 나오면 김독자는 죽을 것이다. 이야기를 듣던 이지혜가 어이없다는 투로 물었다.

"너희 진짜 아저씨가 살아 있길 바라는 거 맞아?"

이길영이 허공으로 동전을 튕겼다.

거의 동시에 세 사람의 시선이 동전을 따라 움직였다. 핀잔을 주던 이지혜도 어느새 집중해서 동전을 바라보았다.

땡그랑, 하고 바닥에 떨어진 동전이 팽그르르 돌았다.

세 사람은 숨을 죽인 채 동전을 노려보았다.

앞면, 뒷면, 앞면, 뒷면. 그리고…….

"앞면이다! 거봐, 내가 뭐랬어?"

자신만만한 이길영의 목소리와 함께, 동전은 이순신 장군 초상이 그려진 면을 보인 채 멈췄다. 별생각 없던 이지혜조차 그 결과에 미미하게 기분이 좋아졌다. 하지만 저 결과가 확률 탓이 아니라는 사실을 알고 있었다.

[성좌, '해상전신'이 개연성을 소모합니다.]

이지혜가 쓴웃음을 지었다. 어쩐지 최근에 배후성이 말이 없다 싶더니, 이런 데 개연성을 낭비한 모양이다. 하지만 뭐라고 할 수도 없었다.

[성좌, '해상전신'이 안타까운 눈으로 아이들을 바라봅니다.]

희망을 가지고 싶은 것은 어쩌면 성좌들도 마찬가지일 테니까.

그렇게 되고 보니 이지혜는 문득 이 장난에 어울려주고 싶어졌다. 떨어진 동전을 주우며 입을 열었다.

"아저씨 살아 있는 건 알았으니까, 다른 거 걸고 해보자."

"응? 뭐요."

끼어든 게 못마땅한지 이길영이 데면데면한 목소리를 냈다. 그러거나 말거나 이지혜는 계속해서 말했다.

"독자 아저씨는 널 더 좋아할까, 유승이를 더 좋아할까?"

"당연히 나지!"

"뭐래. '은밀한 취향의 날' 잊었어? 내 호감도가 더 높았다고."

"야! 그건……."

뒤쪽에서 날카로운 목소리가 들려온 것은 그때였다.

"열다섯 살 여중생이야!"

그 목소리의 주인은 신유승도, 이지혜도, 당연하지만 이길영도 아니었다.

멀리서 다가오는 두 여자가 보였다. 과천의 괴수종을 퇴치하고 돌아오는 한수영과 유상아였다. 이지혜는 목소리의 주인을 바라보았다.

"열다섯 살 여중생이라고. 그 자식이 내 흑염룡한데 그딴 소리를 하고 스킬을 뜯어 갔단 말이야!"

이지혜와 아이들이 그쪽으로 다가가려는 순간, 수원 방향에서도 한 여인이 나타났다. 장도를 등에 멘 호리호리한 여자.

"그게 무슨 얘기예요?"

수원 쪽 정리를 맡았던 멸악의 심판자 정희원이었다.

"희원 언니!"

이지혜가 반색하며 정희원을 향해 달려갔다. 그런데 정희원의 상태가 좋지 않았다. 입고 있던 방어구는 상당 부분 파손되었고, 허벅지와 팔뚝에도 자상이 가득했다. 정희원의 전투력을 생각하면 있을 수 없는 상처였다. 이번 괴수종은 그렇게 강한 편이 아니었으니까.

"엇, 괜찮아요? 우리 쪽이랑은 다른 괴수가 나왔나?"

"그건 아니고, 성혼에 문제가 좀 생기는 바람에."

"성혼요?"

뭔가 설명하려던 정희원은 가볍게 도리질을 했다. 그 대신 다시 한수영을 보며 채근하듯 물었다.

"그보다 한수영 씨, 방금 얘기 좀 계속해보세요. 그게 무슨 말이에요?"

정희원의 관심이 달가웠는지 한수영은 곧장 있었던 일을 이야기하기 시작했다. 가만히 이야기를 듣던 이지혜가 상황을 정리했다.

"무슨 얘긴지 잘 모르겠는데…… 누가 여중생인데요?"

"그러니까, 김독자가."

"……독자 아저씨가?"

"아니, 그게 아니고."

사람들의 시선이 한수영에게 쏠렸다. 묘하게 들뜬 표정으로 횡설수설하던 한수영은 이내 한숨을 쉬는 듯한 목소리로 선언했다.

"김독자, 살아 있어."

"뭔 결론이 그래요? 그러니까 왜……."

누가 들어도 한수영의 이번 추론은 비상식적인 데가 있었다. 그때 정희원이 말꼬리를 빼앗았다.

"여중생과 독자 씨가 무슨 연관이 있는지 모르겠지만…… 아주 터무니없는 이야기는 아닐 수도 있겠네요."

이지혜가 황당하다는 듯 물었다.

"언니, 지금 저 사람 말 이해한 거예요? 새로운 스킬이라도 배웠어요?"

"그건 아닌데, 내 생각에도 독자 씨가 살아 있는 것 같아서 그래."

정희원 말에 일행이 동시에 숨을 삼켰다.

김독자가 정말로 살아 있다고?

정희원은 상처가 고통스러운지 호흡을 가다듬으며 말을 이었다.

"저, 갑자기 성흔을 쓸 수 없게 됐어요."

"네?"

이건 또 무슨 소리인가 싶었다. 성흔을 쓸 수 없는 것과 김독자의 생사가 무슨 상관이란 말인가? 정희원이 곧바로 그 의문에 대답했다.

"내 배후성이 갑자기 사라졌거든요."

"배후성이요?"

정희원은 고개를 끄덕이고는 자신의 특성창을 바라보았다.

[배후성과의 연결이 끊겼습니다.]

생전 처음 보는 메시지. 그 덕분에 배후성의 힘을 빌릴 수 없는 처지가 되어버렸다. 그런데 메시지는 그게 전부가 아니었다.

─찾았다, 김독자.

※ ※ ※

그 시각, 73번째 마계에 한 남자가 도착했다.

[16번째 개인 시나리오 지역에 도착했습니다!]
[해당 시나리오에는 시간제한이 설정되어 있습니다!]
[정해진 시간 안에 반드시 메인 시나리오 지역으로 복귀하세요!]

포털을 넘어 발을 내딛는 순간, 황량한 설화 파편의 쓰레기장이 그를 맞았다. 잠시 눈살을 찌푸린 채 그 광경을 보던 유중혁이 물었다.

"……진짜 여기가 맞는 건가?"

그러자 그의 어깨에 매달려 있던 조그만 천사 인형이 머리를 꼼지락거렸다.

"꼭 이딴 장난감으로 대답해야 하나?"

[성좌, '악마 같은 불의 심판자'가 아직 여기는 채널이 없어서 어쩔 수 없다고 말합니다.]

3

조그만 상징체로 잘도 종알대는 우리엘의 모습에, 유중혁의 미간 주름이 한층 짙어졌다.

"……채널이 없는데 어떻게 간접 메시지를 보내는 거지?"

[성좌, '악마 같은 불의 심판자'가 상징체가 화신과 접촉해 있으면 가능하다고 말합니다.]

우리엘의 인형 상징체는 유중혁 어깨 위에 찰싹 매달려 있었다. 유중혁은 손가락으로 상징체를 슬쩍 밀어내며 물었다.

"이런 짓을 해도 괜찮은 건가?"

[성좌, '악마 같은 불의 심판자'가 도깨비에게 들키지만 않으면 괜찮

다고 말합니다.]

"아니, 도깨비 말고 네놈 말이다."

우리엘은 일순 그게 무슨 말인지 이해하지 못하는 듯했다. 유중혁은 말없이 인형의 곁을 가리켰다.

츠츠츠츳.

조그만 고개를 갸웃하던 인형이, 그제야 깜찍하게 눈을 뜨더니 양손으로 자기 입을 폭 막았다.

[성좌, '악마 같은 불의 심판자'가 화신 '유중혁'의 마음씨에 크게 감동합니다!]

[성좌, '악마 같은 불의 심판자'가 실은 조금 괴롭다고 말합니다.]

아까부터 상징체 위에 미약한 스파크가 흐르고 있었다. 그도 그럴 것이, 마계는 대천사에게 금역인 마왕의 영토다.

적진에 진입하는 위험을 감수하는 만큼 우리엘도 개연성 소진이 부담스러울 수밖에 없었다. 팔뚝에 찰싹 들러붙은 우리엘을 다시 떼어내며 유중혁이 물었다.

"너는 왜 이렇게까지 김독자를 찾는 거냐?"

[성좌, '악마 같은 불의 심판자'가 그러는 너도 마찬가지 아니냐고 묻습니다.]

"뭔가 오해를 하는 것 같은데, 나는……."

본래대로라면 마계는 지금 시점에 절대 오지 않았을 장소였다.

이곳의 난이도는 같은 차수의 다른 시나리오와 비교도 안 되니까.

그나마 기성 마계가 아니라 신생인 73번째 마계라는 점이 위안이었다. 마왕이 없는 땅이니 이곳 지배자는 기껏해야 공작일 것이다. 그 정도라면 해볼 만했다. 무엇보다 지금의 그는 이전 회차의 동시기보다 훨씬 강하니까.

"나를 사칭하는 녀석이 있다는 게 마음에 안 들 뿐이야. 그게 김독자인지 아닌지는 중요하지 않다."

[성좌, '악마 같은 불의 심판자'가 히죽 웃습니다.]

"그리고 마계에는 쓸 만한 아이템도 많고……."

[성좌, '악마 같은 불의 심판자'가 히죽히죽 웃습니다.]

"한 번만 더 히죽거리면 몸통을 찢어버리겠다."

우리엘이 입을 다물자 유중혁은 이야기의 지평선 너머로 펼쳐진 드넓은 마계를 응시했다. 이 황량한 세계 어딘가에 놈도 있을 것이다. 유중혁은 풍경 전체를 베어버릴 듯 한동안 칼자루를 매만지다가 이윽고 발걸음을 옮기기 시작했다.

❅ ❅ ❅

세이스비츠의 공장.

평소보다 스산한 분위기가 감도는 공작 집무실에서, 백작 시로크는 식은땀을 흘리며 보고를 이어가는 중이었다.

"……그래서 혁명으로 인한 소요 탓에, 당분간 공단 내외 출입을 통제할 계획입니다."

길로바트 측 사절의 얼굴이 일그러지는 것을 코앞에서 보며, 시로크는 몇 번이나 가슴이 내려앉았다. 말이 길로바트 사절이지 사실 눈앞의 악마는 사절 단장이나 맡고 있을 급이 아니었다.

폭렬의 옴브로스.

길로바트 공단의 후작이자, 73번째 마계에서 다음 공작 후보로 유력하게 손꼽히는 존재. 옴브로스의 눈에서 이글거리는 화마火魔를 감지한 시로크가 숨을 히끅거렸다. 집무실 창가에 서서 한가롭게 밖을 보는 세이스비츠 공작이 없었다면, 시로크의 목은 진즉에 달아났을지 모른다.

"하여, 길로바트 사절들께 한동안 이곳에 머물러주시기를 간곡히 청하는 바입니다."

"할 말은 끝났나?"

"예, 옙! 저, 저는 그럼 이만……."

시로크가 황급히 집무실 문을 열고 달아난 뒤, 옴브로스 후작은 불편한 심기를 삼키듯 한동안 숨을 몰아쉬었다. 하지만 그 이상은 내색하지 못했다. 창가에 서 있는 악마 때문이었다.

한동안 창밖을 내다보던 세이스비츠 공작이 능글맞게 웃으며 입을 열었다.

"들었지? 그렇게 됐다는군."

"저더러 어쩌란 말입니까?"

"안됐지만 자넨 못 나가겠네. 당분간 세이스비츠에 머무르며 상황을 지켜보게."

그 말에 결국 옴브로스가 눈썹을 꿈틀거렸다.

"지금 그 발언은 외교 문제로 번질 수 있습니다만?"

"너무 예민하군. 동맹 공단의 사절을 보호하려는 조치일 뿐이야."

"그깟 혁명가 하나 때문에 말입니까?"

"처형관 일곱이 죽고 후작 둘이 죽었네. '그깟'이라고 말하시기는 지난 셈이지."

혁명가 시나리오는 공단 내 모든 처형관이 사망하는 순간 마지막 페이즈로 돌입한다. 그러니 엄밀히 따지면 지금 세이스비츠 공작은 위기에 처한 셈이었다. 하지만 그의 표정에서 별다른 위기감이 느껴지지 않았다. 그 모순이 마음에 들지 않아 옴브로스가 투덜거렸다.

"하필 이런 시기에 혁명가가 나타나다니…… 조금 체면이 구겨지셨군요, 공작님."

"글쎄, 나는 재미있다고 생각하는데. 세이스비츠에서 혁명가가 나온 건 삼십 년 만이거든. 가끔 이런 이벤트라도 있지 않으면 살아갈 수가 없어."

"성좌나 할 법한 말씀을 하십니다."

"그러면 안 되나? 설화는 성좌만의 것이 아닐세."

보통의 화신이 그런 말을 했다면 옴브로스는 코웃음 쳤을 것이다. 하지만 세이스비츠 공작은 그럴 자격이 있었다. 저 드높은 하늘의 설화급 성좌에 비할 바는 아니겠지만, 세이스비츠는 무려 사백 년이나 73번째 마계에서 설화를 쌓은 괴물이었다.

"마왕 선발전이 시작되기 전까지는 최대한 설화를 많이 쌓아두는 게 좋아. 강력한 혁명가가 나타날수록 내게는 기꺼운 일이지."

혹시나 자신이 혁명에 당할 거라는 생각은 추호도 하지 않는다.

"그렇게 자신만만하신 분이 왜 저를 못 가게 막으십니까?"

"왜라고 생각하나?"

은근한 시선을 받은 옴브로스가 침음했다. 뻔한 이야기였다. 세이스비츠는 이번 사태로 후작을 두 명 잃었다.

"전 '길로바트'를 배신할 생각이 없습니다."

"하하, 누가 뭐라고 했나?"

"노파심에 드리는 말씀입니다."

"나도 노파심에 조언 하나 하지. 자네는 길로바트 공작이 마왕이 될 수 있을 거라 생각하나?"

훅 치고 들어온 질문에 옴브로스는 조금 당황했다. 세이스비츠는 쉴 틈을 주지 않았다.

"아니면 멜레돈이나 베르칸이 새로운 마왕이 될 거라고 생각하나?"

"제가 답할 수 없는 질문이군요."

"아니, 자넨 답할 수 있어. 73번째 마계의 4공작 중 최강이 누구인지는 다들 아니까."

옴브로스가 침을 삼켰다. 저렇듯 담담한 선언이 무섭게 들릴 수 있다니 새삼스러웠다. 역시 73번째 마계에서 '가장 오래된 공작'의 연륜은 무시할 수 없다.

"쉽지 않으실 겁니다. 멜레돈이 〈베다〉와 손잡았다는 이야기가 있습니다."

"성좌의 힘을 빌릴 수 있는 건 그쪽만이 아니지."

"그 말씀은 설마……."

세이스비츠 공작은 대답 대신 창밖 하늘을 보며 물었다.

"곧 도깨비들이 올 걸세. 그럼 또 뭐가 오겠나?"

아직은 새카맣게 물들어 있는 밤하늘이다.

하지만 곧 저 밤하늘 위에 수많은 별들이 몰려들 것이다. 그리고 성좌 출현에 반응한 다른 마계의 마왕들도 속속 모습을 드러내겠지.

후작인 옴브로스조차 심장 떨리는 일이었다.

드디어 73번째 마계도 제대로 된 시나리오의 전장이 되는 것이다.

"채널 섭외는 끝내셨습니까?"

"관리국에 기별은 넣어놨네."

순간 옴브로스는 세이스비츠가 구태여 후원자를 구하지 않는 이유를 깨달았다. 어차피 도깨비가 나타나고 시나리오가 본격적으로 시작되면, 성좌는 더 커다란 사건이 터지는 쪽으로 모여들 것이다.

어떤 생각이 퍼뜩 머릿속을 스치고 지나갔다.

"본격적인 마왕 선발전이 시작되기 전 작은 여흥으로는 나쁘지 않을 거야. 성좌는 학살을 좋아하니까."

"설마 혁명을 내버려두신 게 그런 이유입니까?"

세이스비츠가 묘한 미소를 지으며 연초의 연기를 뿜었다. 옴브로스가 옅게 탄식했다.

"당신은 정말 타고난 악마군요."

이 세계에서 모든 갈등은 곧 상품이다. 세이스비츠는 공단에 있는 수많은 공민의 목숨을 팔아 성좌의 관심을 사려는 것이었다.

"칭찬 고맙네."

옴브로스가 질렸다는 듯 고개를 흔들었다. 이만한 쇼를 계획할 정도라면, 세이스비츠 공작은 분명 굉장한 연출을 준비하고 있으리라. 그리고 이 공단에서 그게 무엇일지 예측하기란 어렵지 않았다.

"오랜만에 공작님의 '공장'이 움직이는 모습을 보겠군요."

공작들이 가진 최강의 설화병기說話兵器, 공장.

세이스비츠 공작이 고개를 끄덕였다.

"이미 준비 기동 조치를 내렸으니 조만간 볼 수 있을 걸세."

옴브로스의 눈에 기대감이 어렸다. 무려 73번째 마계 최강자의 설화. 그것을 볼 기회는 그리 흔하지 않았다.

그런데 그때.

['세이스비츠 공단' 지역에 #BI-90594 채널이 생성됐습니다.]

들려온 메시지에, 옴브로스가 깜짝 놀라 자리에서 일어섰다.

"벌써 도깨비를 부르셨습니까?"

그러나 세이스비츠 공작의 표정을 보는 순간, 옴브로스는 공작의 계획이 아니라는 사실을 깨달았다. 거의 동시에 집무실 문이 벌컥 열리며 누가 뛰어 들어왔다.

"공작님! 죄송합니다만 급한 보고가—"

아까 쩔쩔매며 자리를 피한 백작 시로크였다. 빠르게 표정 관리를 마친 세이스비츠가 대답했다.

"말해라."

이런 타이밍에 나타났으니, 저 보고는 필시 새로운 채널 출현과 관계된 것일 터. 그런데 시로크의 입에서는 전혀 뜻밖의 말이 나왔다.

"공장의 가동 설득력이 부족합니다."

세이스비츠 공작의 표정이 당혹감으로 물들었다.

"그게 무슨 소리지? 분명 예비 설득력을 보충해두라고 했을 텐데?"

"그게…… 아무래도 노역 온 공민놈들이 설화 파편을 빼돌린 모양입니다."

상황이 어떻게 돌아가는지 눈치챈 옴브로스가 말했다.

"제법 머리를 쓰는 놈이 혁명가가 됐나 보군요. 혹시 그놈 때문에 도깨비가 먼저 움직인 건……."

"그럴 리 없어. 아직 관리국과 혹부리 측 협상은 끝나지 않았으니까."

뜻밖의 상황에 슬그머니 눈살을 찌푸린 세이스비츠 공작이 곧장 지시를 내렸다.

"감독관과 노예를 지평선으로 보내라. 설화 파편이야 다시 끌어모으면 그만이다."

"실은 벌써 보내놨습니다. 그런데……."

떨어질 공작의 엄명이 두려웠는지 백작 시로크가 어깨를 움츠린 채 말을 이었다.

"방금 수거를 나간 감독관이 연락이 끊겼습니다."

✿ ✿ ✿

세이스비츠 공단 인근 지평선. 죽은 감독관 시체를 발로 툭툭 건드려보던 장하영이 말했다.

"공작이 꽤 대대적으로 준비하던 모양이네. 이 정도 규모 수거는 나도 처음 봐."

무려 천여 명의 수거 노예가 동원된 초대형 수거.

상황은 잘 풀렸지만, 조금만 판단이 늦었어도 위험할 뻔했다.

아직 내 화신체가 온전하지 않은 상황에서 공작과 전면전을 펼칠 수는 없었다. 만약 이 수거품이 고스란히 공장으로 들어갔다면 상황은 최악으로 흘러갔을 것이다.

"잘된 것 같군요."

나는 한명오 쪽을 흘끗 보며 말했다.

공작이 이런 식으로 움직일 줄은 알고 있었다. 하지만 스파이 한명오가 없었다면 이 계획을 실행에 옮길 정확한 타이밍을 가늠하지 못했을 것이다. 내 칭찬에 의기양양해진 한명오가 샐쭉 웃었다.

"어험, 내가 누군가? 이래 봬도 '미노 소프트의 브레인' 아닌가?"

"혹시라도 나중에 성좌가 되면 그걸 수식언으로 쓰시죠."

처음에는 이 인간과 같은 편을 먹는다는 게 썩 마음에 들지 않았지만, 이렇게 되고 보니 그리 나쁜 선택이 아니라는 생각이 들었다.

"노예들 이쪽으로 데리고 오세요! 정신이 멀쩡한 친구부터 수선 시작할 거니까."

이제부터는 제대로 된 전쟁이라 마음먹었는지, 아일렌과 공민들 표정에서도 이전과 다른 비장함이 느껴졌다. 그들을 보며 나 역시 마음을 다잡았다. 내 어깨에 보송한 솜사탕처럼 앉아 있던 비유가 소리를 냈다.

"바앗!"

아직 기억은 회복되지 않은 듯했지만, 모든 도깨비에게는 이야기꾼 본능이 있다. 이야기가 있어야 할 곳에 시나리오를 채워 넣는 것.

[새로운 서브 시나리오가 도착했습니다!]
[서브 시나리오 - '노예 해방'이 시작됩니다.]

"고맙다."

내가 가볍게 머리를 쓰다듬자 비유가 자그마한 양손을 번쩍 들며 외쳤다.

"다앗!"

당장 메인 시나리오 진입은 불가능하다 해도, 비유의 도움만 있다면 계기가 생길 때마다 '서브 시나리오'를 받을 수 있다. 임시방편이지만 이런 식으로 차분히 서브 시나리오를 쌓아간다면, 공작과 부딪히기 전까지 충분한 수준으로 화신체를 회복할 수 있을 것이다.

「김독자는 생각했다. 급할 건 없다. 어차피 시간은 이쪽 편이니까. 마계 시나리오를 무사히 넘기기 위해서는 지금부터 철저히 준비해나가야 한다.」

실제로 나는 그렇게 생각하고 있었다. 예상치 못한 메시지가 들려오기 전까지는.

[새로운 성좌가 #BI-90594 채널에 입장했습니다.]

4

……새로운 성좌라고? 벌써? 예상보다 이른 타이밍이었다. 적어도 지금보다는 사건이 좀 진행된 후에 구독좌가 생길 거라 생각했는데…….

[수식언을 밝히지 않은 한 성좌가 화신들을 바라봅니다.]

내가 이미 만나본 성좌는 아닌 듯했다. 조금 아쉬웠다. '은밀한 모략가'나 '심연의 흑염룡'이 아닐까 기대했는데.

"바, 방금 메시지 들었나?"

"무슨 메시지?"

"나한테 간접 메시지가 들렸다고!"

꽤 코인이 넉넉한 녀석인지, 새로 온 성좌는 처음부터 간접 메시지를 뿌려댔다. 곁에 있던 비유가 바앗, 하고 소리를 냈다. 아마 지금 비유에게는 코인이 마구 들어오고 있을 것이다. 신기하기도 하겠지. 도깨비가 어떤 식으로 코인을 벌어들이는지 이제 알았을 테니까.

「김독자는 생각했다. 괜찮은 녀석이어야 할 텐데.」

초기 구독좌 성향은 채널 성격을 결정한다.

채널 주력이 '화신 찾기'인지 '유희 찾기'인지부터, 서브 시나리오의 자극성과 난이도까지.

도깨비가 결정할 수 있는 디테일은 결국 구독좌의 욕망에 반응해 만들어진다. 나는 그 점이 가장 걱정이었다.

41회차의 신유승은 이미 도깨비의 농간으로 무수히 상처를 받아왔다. 시나리오를 이어나가기 위해, 앞으로도 비유는 성좌의 욕망과 끊임없이 맞서야만 할 것이다.

"바앗?"

나는 비유 머리에 가만히 손을 얹었다.

[수식언을 밝히지 않은 성좌가 수식언을 드러냅니다.]
[성좌, '뱀 머리 졸부'가 이곳 화신들을 못마땅하게 생각합니다.]

뒤이어 들려온 메시지에 인상이 찌푸려졌다.

……시작이 안 좋은데.

'뱀 머리 졸부'라면 멸살법에서 읽은 기억이 난다.

[성좌, '뱀 머리 졸부'가 시나리오 전개를 지루해합니다.]
[성좌, '뱀 머리 졸부'가 도깨비의 어리숙한 진행에 불만을 갖습니다.]

'뱀 머리 졸부'. 자기보다 약하고 코인 적은 성좌가 구독하는 채널에 들어가 시나리오를 망쳐놓는 게 취미인 녀석.

[성좌, '뱀 머리 졸부'가 자극을 원합니다.]

저놈 때문에 구독이 줄어 쫄딱 망한 채널이 몇 개나 된다는 설명을 멸살법에서 읽었다. 그냥 지나가듯 언급되던 녀석인데 설마 여기서 직접 마주칠 줄이야.

[성좌, '뱀 머리 졸부'가 '수거 노예'의 생존을 원하시 않습니다!]
[성좌, '뱀 머리 졸부'가 적에게 협력한 이는 모두 죽여야 한다고 말합니다!]
[성좌, '뱀 머리 졸부'가 누구든 '수거 노예'를 죽이는 공민에게 코인을 후원하겠다 선언합니다.]

그 메시지에 공민들이 주변을 둘러보기 시작했다.
누군가는 저게 무슨 말인가 싶은 표정이었고, 누군가는 머뭇거리는 얼굴이었다. 좋지 않은 트라우마가 떠올랐는지 패닉에 빠진 이도 보였다. 그러나 몇몇은 슬그머니 눈치를 보다가 허리춤에서 몰래 병장기를 꺼내 들었다. 장하영이 소리를 질렀다.

"잠깐만! 거기 지금 뭐 하는 거야?"

한발 늦은 제지였다. 누군가가 스타트를 끊자 공민들의 행동은 더욱 빨라졌다. 하나, 둘, 셋. 늘어가는 병장기 숫자.

"이보게, 진심인가? 이건 아니지 않나!"

실성한 노예에게 다가가던 공민을 마르크가 붙잡았다.

"수거 노예가 되었다고 모두 이지를 잃은 건 아니야. 제정신이 남아 있는 이도 분명 있네!"

"대부분은 공작한테 영혼을 팔아넘긴 녀석들이야!"

"전부 그런 건 아닐세! 자네도 알지 않나."

"어차피 죽은 거나 마찬가지인 놈들이잖아? 이거 놔!"

코인에 눈이 먼 공민이 마르크를 밀치고 칼을 뽑았다.

[성좌, '뱀 머리 졸부'가 격화된 갈등에 흥분합니다.]
[성좌, '뱀 머리 졸부'가 '수거 노예'를 가장 많이 죽인 화신에게 3,000코인을 후원하겠다 선언합니다.]

3,000코인.

코인이 귀한 공단 안에서는 한동안 사치를 누릴 수 있는 액수였다.

"그, 그냥 죽입시다. 우리라도 살아야지……!"

"옳소! 의장, 그냥 다 죽여버리고 돌아갑시다!"

목소리의 균형이 급격하게 기울었다. 병장기를 빼 드는 공민이 늘어났다. 번지는 탐욕에 마르크가 다시금 외쳤다.

"한때 같은 공민이던 사람들이야! 그런 식으로 행동하면 귀족과 뭐가 다른가!"

"비켜 주인장! 당장 안 비키면―"

[성좌, '뱀 머리 졸부'가 공민의 분쟁을 즐깁니다.]

다툼에 밀려난 마르크가 엉덩방아를 찧는 순간, 또 다른 메시지가 이어졌다.

[성좌, '뱀 머리 졸부'가 같은 '공민'을 죽인 화신에게는 두당 300코인을 후원하겠다 선언합니다.]

공민들이 순간 망연한 얼굴을 했다.

뒤이어 서로 본 공민들이 황급히 거리를 벌리며 물러났다.

"웃……."

"자, 잠깐만!"

무슨 생각을 하는지 알 것 같았다.

「맞아, 시나리오는 원래 이런 것이었지.」

언젠가 이곳 공민들도 '첫 번째 시나리오'를 수행한 적이 있다. 서로 칼을 겨누고, 살아남기 위해 생명체를 살해해야 했던 기억.

"으, 으으……."

병장기를 꺼내 든 채 주춤대며 서로 바라보는 공민들. 고작 성좌의 몇 마디로 '혁명'이라는 기치 아래 뭉친 공민의 유대가 조금씩 희미해졌다.

[성좌, '뱀 머리 졸부'가 화신들 반응에 즐거워합니다.]

예전이라면 나 역시 저 공민들과 마찬가지였을지 모른다. 코인 한두 푼에 일희일비하고, 성좌가 원하는 이야기에 장단을 맞추고, 자신에게 환멸을 느끼면서도 '이건 어쩔 수 없는 일'이라고 자위하기 바빴겠지.

「김독자는 생각했다.」

어쩔 수 없는 일.

「어쩔 수 없는 일은 없다.」

콰앙, 하고 내디딘 발걸음에 뒤쪽 바닥이 깊게 파였다. 나는 그 추진력을 이용해 공민들 틈바구니로 뛰어들었다. 그리고 마르크를 밀친 공민의 멱살을 아주 강하게 틀어쥐었다.

"컥, 커헉!"

"이 몸뚱이 하나에 300코인……."

"크윽…… 혀, 혁명가님?"

"코인 좋지. 근데 너무 푼돈이라고 생각하지 않아?"

멱살을 잡힌 공민이 반항했지만, 나는 풀어주는 대신 숨통을 더 조여갔다. 이윽고 안색이 새파래진 공민이 병장기를 떨어뜨리자 주변 공민들이 작게 비명을 질렀다.

눈이 반쯤 돌아간 공민이 질식하기 직전, 그를 거칠게 바닥에 내려놓았다. 나를 보는 겁에 질린 눈동자들이 느껴졌다.

"한 사람당 300코인이니까…… 여기 다 죽이면 대충 1만코인 정도인가?"

"으, 으으……."

"거기다 수거 노예를 많이 죽이면 3,000코인을 준다고 했으니 다 합치면 1만 3,000코인…… 뭐 그 정도면 무시하기 힘들수도 있겠네."

1만 3,000코인.

이곳 공민 대부분은 만져본 적 없는 거금이리라.

"근데 당신들 1만 3,000코인으로 대체 뭘 어쩔 건데? 고작해야 어정쩡한 스킬 몇 개 사고, 어중간한 장비 몇 개 사면 동난다고."

공민들 눈동자에 동요가 번졌다.

'도깨비 보따리'를 한 번도 사용해본 적 없는 그들은 모를 것이다. 1만 3,000코인이라는 금액이 저 드높은 성좌들에게는 얼마나 푼돈인지. 이 세계에서 그 돈으로 할 수 있는 일이란 얼마나 초라한 것인지.

나는 바닥에 쓰러진 공민을 내려다보았다.

"그래서, 이다음엔 어쩌려고 했어?"

"예, 예?"

"다 죽이고 얻은 1만 3,000코인으로 뭐 하려 했냐고."

공민의 표정 위로 천천히 어떤 감정이 물들어간다. 공포, 두려움, 그리고…….

"저, 저는…….”

나락으로 떨어지는 듯한 목소리로 공민이 말했다.

"아무것도…….”

황망히 중얼거리는 그 얼굴을 가만히 들여다보았다.

사실 나도 알고 있었다.

무슨 뚜렷한 목적을 가지고 이런 짓을 저지르지 않았다는 것을.

어쩌면 공민들 자신도 무엇을 위해 코인을 모으려 했는지 이해할 수 없을 것이다.

살아남기 위해 성좌들에게 장단을 맞추고, 다른 화신보다 더 많은 코인을 모아야 한다는 강박.

시나리오는 그렇게 화신을 이야기의 노예로 만든다.

누구도 입을 열지 않는 무거운 침묵 속에, 이내 자신이 무슨 짓을 하려 했는지 깨달은 공민이 끅끅 울음을 터뜨렸다.

"혀, 혁명가님. 저는……."

나는 그의 시선을 외면하며 자리에서 일어났다. 그리고 무심히 말했다.

"채널이 열렸으니 성좌는 앞으로 얼마든지 들어올 거야."

나를 보는 공민들 눈이 제가기 다른 빛으로 떨렸다.

"고작 코인 한두 푼에 자신의 이야기를 팔아치우지 마. 꼭 팔고 싶다면 제대로 된 값을 받아."

내 말이 공민들에게 얼마나 전달되었을지는 알 수 없었다. 나는 말주변이 그다지 좋은 편도 아니니까. 그럼에도 이게 내가 해줄 수 있는 이야기의 전부였다.

침통한 얼굴로 입술을 깨문 공민들이 이내 뭔가 결심한 듯 하나둘 무기를 집어넣기 시작했다. 누구도 입을 열지 않았지만 내게는 그 모습이 하나의 대답이었다.

하지만 모두 내 말에 동의한 것은 아니었다.

[성좌, '뱀 머리 졸부'가 당신을 노려봅니다.]

[성좌, '뱀 머리 졸부'가 당신에게 강력한 분노를 표출합니다.]

[성좌, '뱀 머리 졸부'가 '현상금 시나리오'를 요청했습니다!]

현상금 시나리오. 그래, 그런 것도 있었지.

오직 성좌의 요청으로만 발동하는 저 망할 시나리오가.

"……혁명가님?"

놀란 공민들이 두려운 얼굴로 나를 바라보았다.

지금 시점에 현상금 시나리오가 발동한다면 목표물이 누구일지는 뻔했다. 그때 내 머리 위에 앉아 있던 비유가 두둥실 허공으로 떠올랐다.

[바앗.]

다른 도깨비였다면 흔쾌히 현상금 시나리오를 수락했겠지만 비유가 그런 짓을 할 턱이 없었다. 요청을 거부하려는 듯 비유가 몸을 도톰하게 부풀렸다.

[……바앗?]

그런데 비유의 작은 몸통 위로 희미하게 스파크가 흐르기 시작했다.

[바, 바앗. 바아아앗……!]

순간 나는 무슨 일이 일어났는지 깨달았다.

[성좌, '뱀 머리 졸부'가 '현상금 시나리오'를 요청했습니다!]
[성좌, '뱀 머리 졸부'가 '현상금 시나리오'를 요청했습니다!]

비유는 지금 본능과 싸우고 있다.

「일반적인 오해와 달리 도깨비는 일부러 자극적인 장면을 연출하는 것이 아니다.」

채널을 구독하는 성좌의 요구에 응하고 싶은 본능.

「타고난 이야기꾼일수록 본능은 더욱 강력하게 발동한다. 더 많은 존재가 욕망하는 시나리오를 만들고 싶다는 본능. 모든 도깨비는 그런 본능으로 살아간다.」

아직 아기 도깨비인 비유는 본능을 이겨내기가 더욱 어렵겠지. 나는 손을 뻗어 가볍게 비유를 끌어당겼다.

"괜찮아."

츠츠츠츠춧!

"이 채널 구독좌는 '하나'가 아니니까."

[성좌, '구원의 마왕'이 '현상금 시나리오'의 발동에 동의하지 않습니다.]

허공에서 한바탕 몰아치던 스파크가 내 손끝에서 순식간에 흩어졌다.

['현상금 시나리오' 요청이 거부됩니다.]
[성좌, '뱀 머리 졸부'가 경악합니다.]

나는 허공을 향해 고개를 들었다.

"뱀 대가리. 네가 원하는 '이야기'는 여기에 없다."

검푸른 밤하늘 위, 희미하게 빛나는 별자리. 그 별자리를 노려보며 나는 무심한 목소리로 말했다.

"바쁘니까 그만 꺼져라."

41
Episode

진짜 혁명가

1

순간, 조금 과했나 싶은 생각이 들었다. 비슷한 말을 하려 한 건 맞지만 이 정도로 도발할 생각은 아니었는데.

성좌를 의식해 '사이다'를 선사하는 연출에 너무 익숙해져 있었는지도 모르겠다. 우스운 노릇이었다. 나는 유중혁도 아니고, 심지어 지금은 코인을 주는 녀석들도 없는데.

"방금 들었어? 구원의 마왕이래!"

장하영이 곁에서 방방 뛰며 말했다.

"지구에 있던 그 성좌가 우리 채널에 왔나 봐!"

내가 바로 구원의 마왕이라고 말해주려다가, 문득 얼마 전 기억이 떠올랐다.

─아, 이미 여자친구 있으려나.

……안 되겠다.

그 대신 아까부터 빛이 번쩍이는 하늘을 올려다보았다.

[성좌, '뱀 머리 졸부'가 길길이 날뜁니다.]

자식, 열 좀 받은 모양인데.

하지만 그래봤자다. 기껏해야 하위 격 성좌인 '뱀 머리 졸부'에게는 마계에 현신할 배짱도, 그것을 감당할 만한 개연성도 없으니까.

[성좌, '뱀 머리 졸부'가 고작 화신 따위가 자신을 능멸한 데 격노합니다!]

그나저나 원작에서 저 녀석을 누가 죽였더라?

일단 유중혁은 아니고…….

[성좌, '뱀 머리 졸부'가 듣도 보도 못한 성좌가 자신의 뜻에 반대했다는 데 분개합니다!]

[성좌, '뱀 머리 졸부'가 '구원의 마왕'을 찾아 두리번거립니다.]

심지어 이 녀석은 내가 구원의 마왕과 동일 인물이라는 것도 모르는 눈치였다. 뭐 아무려나 상관은 없다. 어쨌든 놈이 구원의 마왕을 신경 쓰기만 하면 목적이 절반은 달성되니까.

「김독자는 생각했다. 슬슬 채널에 성좌를 불러 모아야 한다. 그래야 '혁명가 시나리오' 후에 이어질 '마왕 선발전'에서 우세를 점할 수 있다.」

군이 녀석에게 수식언을 밝힌 이유는 채널에 관해 입소문 낼 존재가 필요했기 때문이다. 하지만 무턱대고 성좌를 모집하는 건 또 위험했다. 처음부터 너무 강력한 녀석들이 몰려오면 비유도 힘들고 나도 곤란해질 수 있다.

그런데 때마침 채널에 '뱀 머리 졸부'가 나타났다.

[성좌, '뱀 머리 졸부'가 인근 성좌들에게 '구원의 마왕'에 관해 수소문을 시작합니다.]
[성좌, '뱀 머리 졸부'가 '구원의 마왕'에 관한 소문을 듣고 깜짝 놀랍니다.]

놈은 위인급 중에서도 잡스럽고 저급한 녀석이었다.

[성좌, '뱀 머리 졸부'가 자기가 '구원의 마왕'을 봤다고 주장합니다.]
[성좌, '뱀 머리 졸부'가 쏟아지는 성좌들의 비난에 억울함을 호소합니다.]
[성좌, '뱀 머리 졸부'가 정말로 '구원의 마왕'을 봤다고 주장합니다!]

그러니 고고한 설화급 성좌들은 녀석의 말을 믿지 않는다. 녀석의 끈이 닿는 것은 고만고만한 하위 격 성좌뿐이라는 이야기. 즉 '뱀 머리 졸부'는 같은 하위 격 성좌를 모으기에 딱 적합했다.

[성좌, '뱀 머리 졸부'가 패거리를 불러 모읍니다.]

역시나.

[새로운 성좌들이 #BI-90594 채널에 입장했습니다.]

아쉽다. '은밀한 모략가'가 같은 채널에 있다면 분명 계략에 감탄했느니 어쩌니 하는 메시지를 띄워줬을 텐데.

[새로 입장한 성좌들이 자신의 수식언을 드러냅니다.]
[성좌, '손톱을 먹는 쥐'가 떨어진 화신들의 손톱을 찾습니다.]
[성좌, '불길에 몸을 던진 개'가 채널의 화신들에게 호기심을 보입니다.]

수식언이 죄다 동물 시리즈인 걸 보니 제 친구를 불러온 모양이었다.

'손톱을 먹는 쥐'에 '불길에 몸을 던진 개'라니…… 딱히 멸살법을 떠올리지 않아도 누군지 다 알겠다. 저런 녀석들도 성좌가 되는구나.

[성좌, '뱀 머리 졸부'가 '구원의 마왕'에게 경고합니다.]
[성좌, '뱀 머리 졸부'가 해당 채널은 성운 '십이지+二支'가 접수한다고 선언합니다.]

……얼씨구?

십이지라면 멸살법에서 지나가듯 본 적이 있다. 성운의 이름을 표방하지만 그다지 결속력은 없는 녀석들이었다. 게다가 구성원 대다수는 하위 격 성좌. 적대하더라도 딱히 문제는 없을 것이다.

「김독자는 생각했다. 일단 구독좌는 늘었고, 이 다음은 구색 맞추기인가.」

채널이 커지면 물을 흐리는 미꾸라지도 많아진다.

지금 나는 격 활용이 자유롭지 않으니, 채널 수질 관리를 대신 담당할 성좌가 필요했다.

강력한 힘이 있으면서도 적당히 점잖고, 저런 녀석들을 깔아뭉갤 수 있는 성좌…… 어디서 그런 녀석을 구하지?

사실 답은 이미 나와 있었다.

"장하영, 뭐 해?"

허공을 향해 열심히 뭔가 입력하던 장하영이 흠칫 놀라며 내 쪽을 보았다.

['정체불명의 벽'이 흠칫 놀랍니다.]

그새 하는 짓도 비슷해졌군. 나는 눈을 가늘게 뜨며 말했다.

"너 다른 성좌들한테 구원의 마왕 얘기하면 죽는다."

"그냥 메시지 들었다고 자랑만 살짝……."

"그러다 천벌받아. 구원의 마왕, 아주 무서운 사람이거든."

내 말을 어떻게 받아들였는지 장하영은 하늘을 흠칫 올려다보았다. 혹시 어딘가에서 구원의 마왕이 자기를 보고 있을지 모른다고 생각한 모양이었다.

다행히 비유의 채널에 별다른 기척은 없었다. 장하영이 아직 헛소리를 떠들지는 않은 듯했다. 눈치를 보던 장하영이 물었다.

"너 구원의 마왕에 대해 잘 알아?"

"그냥 조금 알아."

"친해?"

친하다고 해야 할지 아니라고 해야 할지…….

"네가 헛짓거릴 하면 일러바칠 정도는 돼."

"……이를 거야?"

"너 하는 거 봐서."

말 나온 김에 차라리 잘됐다 싶었다. 어차피 지금부터는 이 녀석의 힘을 이용해야만 하니까.

¤ ¤ ¤

[성좌, '뱀 머리 졸부'가 분통을 풀 곳을 찾습니다.]
[성좌, '손톱을 먹는 쥐'가 당신에게 호기심을 보입니다.]

허공에서 연이어 들려오는 간접 메시지. 얼마간 그 메시지를 가만히 듣고 있던 세이스비츠 공작이 인상을 찌푸린 채 입을 열었다.

"밤이 되면 귀족을 모두 집결시켜라."

"예? 하지만…… 아, 알겠습니다!"

공작의 표정에 질겁한 담당관이 집무실에서 빠져나간 후, 세이스비츠 공작은 연초를 꺼내 입에 물었다.

'……기별도 없이 채널이 열렸다고.'

대체 어떤 도깨비 짓인지는 모른다. 하지만 이 기회를 그냥 보낼 수는 없었다. 누가 어떤 목적으로 연 채널이든 간에 이 상황을 잘 이용한다면 '73번째 마계'의 가장 유리한 고지에서 선발전을 시작할 수 있었다. 아직 물밑 교섭이 덜 끝난 다른 공작들은 성류 방송을 송출할 채널을 얻지 못했을 테니까.

[성좌, '손톱을 먹는 쥐'가 당신이 얼마나 강한지 궁금해합니다.]

뱀이니 쥐니 하는 수식언이 좀 걸리지만 어쨌거나 저 녀석들도 성좌다. 자세한 전후 사정은 몰라도 이 상황은 그가 마왕이 될 절호의 기회임이 틀림없었다.

상황을 지켜보던 옴브로스 후작이 물었다.

"설마 '공장'도 가동할 수 없는 상황에서 혁명가와 맞설 생각이십니까?"

"……."

"남은 처형관이 모두 죽으면 혁명가는 당신을 죽일 힘을 얻게 될 겁니다."

추종자를 모두 잃은 독재자는 사형장의 이슬이 된다. 그것이 이 혁명가 시나리오의 예정된 전개였다. 하지만 세이스비츠 공작은 눈 하나 깜짝하지 않았다.

"물론 그렇겠지. 지금 나타난 저놈이 '진짜 혁명가'라면 말이야."

"그게 무슨……."

"그건 그렇고, 자넨 어느 편이 될지 정했나?"

"예?"

옴브로스가 놀란 눈을 끔뻑였다.

"저는 길로바트의 후작……."

가만히 웃는 세이스비츠 공작을 보며 옴브로스는 '편'의 의미를 퍼뜩 깨달았다.

"정했나?"

송골송골 맺힌 식은땀이 옴브로스의 등을 적셨다.

아주 짧은 갈등이 머릿속을 스쳤다.

이 전쟁에서 가장 먼저 채널을 얻은 공작은 마왕 선발전에서 압도적으로 유리해진다. 곧 수많은 성좌가 이 채널로 몰려들겠지. 게다가 세이스비츠는 이미 73번째 마계에서 가장 강력한 설화를 가지고 있다……

옴브로스의 고민은 길지 않았다.

"마계의 새로운 마왕을 뵙습니다."

'악마종'다운 판단이었다. 천천히 무릎을 꿇는 옴브로스를 보며, 세이스비츠 공작이 고개를 끄덕였다.

☒ ☒ ☒

나는 아일렌과 마르크에게 수거 노예를 맡긴 뒤, 비유에게 부탁해 잠시 방송 채널을 교란시켰다. 혹시나 생길 수 있는 문제를 대비하기 위해서였다. 지금부터 하는 얘기는 동물 친구들이 들어서 좋을 게 없으니까.

"장하영, 지금 몇 명이랑 얘기하고 있어?"

장하영은 내 눈치를 살피더니 대답했다.

"세 명 정도?"

"하나는 흑염룡일 테고. 나머지 둘은 누구야?"

"음…… 사실은 다섯 명일지도."

"다섯 명?"

"정확히 말하면 아홉 명 정도지만……"

"……아홉 명?"

"답장 텀이 좀 긴 녀석까지 합치면 열다섯 명인가……?"

[정체불명의 벽]에는 특징적인 기능이 몇 가지 있다. 그중 하나가 바로 얼마 전 장하영이 오픈한 일대일 채팅이었다.

스타 스트림의 시나리오 속, 수식언을 가진 어떤 존재에게 든 메시지를 보낼 수 있는 엄청난 능력. 하지만 능력이 있다고 해서 다 장하영처럼 할 수 있는 것은 아니었다.

"그 짧은 시간 동안 열다섯 명이랑 얘기했다고?"

"뭐 그렇게 어렵진 않던데?"

그새 열다섯 명이나 되는 성좌와 초월좌가 이 녀석과 말을 텄다. 그 자존심 강한 녀석들이…… 난 한 사람이랑 얘기하기도 힘든데, 정말이지 대단한 멀티태스킹 솜씨다.

어떻게 가능할까 싶지만 그게 바로 장하영의 진짜 능력이었다. 그 능력 덕분에 훗날 장하영이 초월좌의 세력을 꾸릴 수 있기도 하고.

내 얼굴을 살피던 장하영이 물었다.

"근데 왜?"

이번 선택은 매우 중요했다. 여기서 내가 그릇된 선택을 하면 힘들게 얻은 채널이 순식간에 망가질 수도 있었다.

나는 잠시 생각하다가 천천히 입을 열었다.

"누굴 좀 불렀으면 싶은데 말이야."

"응? 누구?"

그러나 막상 말하려고 보니 망설임이 커졌다. 내 선택이 옳

은지 확신이 들지 않았다.

「김독자는 생각했다. 이제 부를 녀석들은 지금 내 힘으로는 통제할
수 없다.」

여기 오기까지 정말 힘들었다.

빌어먹을 시나리오도 시나리오지만, 사실 나를 제일 괴롭힌
것은 성좌였다. 걸핏하면 현상금 시나리오를 거는 정도는 약
과다. 생각해보면 내가 마계에 오게 된 것도 놈들이 내건 '운
명' 때문이니까. 지금도 그때를 생각하면 치가 떨리고 잠이 안
온다.

어쨌거나 각고의 노력 끝에 외진 무대까지 와서 새 채널을
개설했다. 그런데 이제 와서 그중 하나를 다시 부른다……?

"……왜 말이 없어?"

분명 세상에는 좋은 성좌도 있을 것이다.

내가 멸살법을 통해 읽어온 성좌들. 혹은 멸살법이 현실이
된 뒤, 조금이지만 재평가하게 된 성좌들. 하지만 어떻게 보인
다 한들, 녀석들의 본질이 '성좌'라는 사실은 변하지 않는다.

내 표정이 어떻게 보였는지 장하영이 걱정 어린 눈빛이 되
었다.

"혹시 내가 뭐 잘못 말했나?"

"아니, 그런 건 아냐."

"그럼 무슨 고민이라도 있어?"

어쩐지 말하기 껄끄러워서 가볍게 고개를 내젓는데, 장하영이 내 눈을 똑바로 바라보며 말했다.

"난 얘기 듣는 거 좋아해."

어딘가 익숙한 그 말에 피식 웃음이 나왔다.

나는 새삼 장하영의 얼굴을 유심히 들여다보았다. 새하얀 피부에 오뚝한 코. 부드러운 선을 그리는 눈썹과 맑고 깊은 눈동자…….

희미한 죄책감 같은 것이 가슴속에 조금씩 응어리졌다.

―이야기를 좋아하는 애가 좋겠어요.

―유중혁은 잘나가는 놈이니까, 애는 적당히 현실의 쓴맛을 본 애로…….

―중혁이가 사람 말 잘 안 듣잖아요. 그러니까 애는 남 얘기를 잘 들어주는 녀석이면 어떨까요.

내가 끄적인 댓글의 결과가 지금 눈앞에 있었다. 세상의 별들을 볼 수 있는 눈, 그들의 이야기를 들을 귀를 가지고 태어난 인물.

죄책감 때문일까. 나도 모르게 첫 마디가 나왔다.

"나쁘다고 생각한 사람들이 있었어."

"사람들?"

"대체로 질 나쁜 사람들이었어. 남을 괴롭히거나 험담하는 놈도 있었고, 심지어 정말 끔찍한 짓거리를 저지르는 녀석도 있었지."

가만히 이야기를 듣던 장하영이 물었다.

"말하는 거 보니 그 사람들 어지간히 싫어했나 보네."

"……그렇다고 생각했는데, 지금은 잘 모르겠어."

무심코 진심이 나왔는지도 모르겠다.

"생각보다 좋은 녀석도 있고, 알던 것과는 다르게 행동하는 녀석도 있었어."

지금껏 읽어온 멸살법의 무수한 텍스트가 무심히 머릿속을 흘러갔다.

"어떤 게 녀석들의 진짜인지. 어느 쪽이 현실이고 어디까지가 가짜인지. 알 수 없어졌어."

내 불확실한 표현에도 장하영은 묵묵히 내 말을 들어주었다. 그리고 얼마나 시간이 지났을까. 뭔가 곰곰이 생각하던 장하영이 물었다.

"정확히 무슨 고민인지 이해하긴 어렵지만…… 그러니까 그 사람들에 관해 더 자세히 알고 싶다는 말이지?"

"뭐?"

"나쁜 사람들 같았는데, 실은 좋은 사람도 있을지 모른다. 뭐 그런 기대를 하게 됐다는 거잖아. 아냐?"

그렇게 낭만적으로 들렸나? 나는 쓴웃음을 지으며 미간을 짚었다. 어쩌면 장하영 말이 맞을지도 모른다. 폭력적으로 요약되기는 했으나, 내 고민을 가장 정확하게 표현한 말이기도 했다.

장하영이 고개를 끄덕이며 말했다.

"그럴 땐 역시 이야기해보는 수밖에 없어. 그 사람들이랑 말해봐. 계속 얘기하다 보면 좋은 사람인지 아닌지 알게 될지도 모르잖아."

"이야기해봐야 소용없을 거야."

"왜?"

아이처럼 순수한 장하영의 얼굴 앞에, 나는 잠시 머뭇거리다가 이상한 소리를 했다.

"그냥…… 나는 모두에게 거대한 벽이 있다고 생각하니까."

아차 싶었지만 이미 엎질러진 물이었다. 거대한 벽이라니. 멸살법을 열심히 읽던 열다섯 살의 김독자나 할 소리였다. 그러나 내가 간과한 것은.

"벽?"

내 말을 들어주는 녀석 또한 액면가는 열다섯 살이라는 점이었다.

"재밌는 소릴 하네. 계속해봐."

나는 한숨을 내쉬며 잠시 열다섯 살 흑염룡이 되어보기로 했다.

"너랑 나랑 이렇게 말하고 있지만…… 실은 너도 알잖아? 서로 나눌 수 있는 이야기는 아주 일부분이라는 거."

사실 성좌에 관해 더 이야기하고 싶지 않아서 늘어놓은 얘기지만, 그렇다고 아무렇게나 지어낸 말은 아니었다.

['제4의 벽'이 당신을 바라봅니다.]

「김독자는 생각했다. 어쩌면 현실이든 소설이든, 모두 마찬가지일지 모른다.」
「그렇게 오랫동안 읽어왔어도 여전히 알지 못하는 것이라면.」
「영영 모르는 것은 아닐까.」

조금씩 사위가 멀어지는 느낌이 들었다. 서로 뭔가 말하는 화신들의 모습. 허공에서 날아드는 무의미한 간접 메시지들. 주변이 조금씩 일그러지며 모든 것이 활자로 변하는 듯한 착시가 일었다. 이 또한 [제4의 벽]이 보여주는 풍경일까.

무수한 활자들이 흘러가고, 벽에 부딪힌 말들은 힘을 잃고 바닥을 나뒹굴었다. 설화가 되지 못한 낱말들. 그 순간, 내 바로 앞의 작은 입술이 뭔가 열심히 말하고 있음을 깨달았다.

"……벽 같은 거라도 있지 않으면 다들 견딜 수가 없는 거겠지."

"뭐?"

"모든 걸 이야기했다가 이해받지 못하면 정말 슬플 테니까. 누구에게나 벽이 있다, 소통은 불가능하다…… 뻔한 얘기야."

장하영의 눈동자가 허공 어딘가를 헤맸다. 어디를 보는지 알 수 없었다. 하지만 왠지 녀석이 보는 풍경을 알 것 같은 기분이었다.

[정체불명의 벽'이 '제4의 벽'을 흘깃 바라봅니다.]

장하영이 가만히 웃으며 말을 덧붙였다.

"그래도 뭐든 이야기는 해봐야지. 어쨌든 그 벽 너머에 상대방이 있다는 거니까."

"벽이 있는데 무슨 얘기를 해?"

"벽에다 쓰면 돼."

뻔뻔한 말에 조금 맥이 풀렸다.

"똥을 칠하든 오줌을 갈기든, 벽에 뭔가를 남겨. 상대방이 알아볼 수 있게."

똥오줌으로는 관계가 더 나빠지지 않겠느냐고 대거리하고 싶은 것을 꾹 참으며 물었다.

"그게 무슨 의미가 있어?"

"딱히 의미는 없어."

"그럼?"

"그냥 네가 뭔가 남겼다는 사실이 중요한 거야."

"어차피 벽 너머에서 벌어지는 일을 상대방은 모를 텐데?"

"적어도 그 벽은 바뀌었잖아."

나는 잠시 말을 잃었다. 장하영이 단호하지만 따뜻한 목소리로 말했다.

"그럼 언젠가 누군가 읽을지도 몰라."

장하영을 가만히 바라보았다.

내 욕심으로 이 세상에 태어난 장하영은, 나로 인해 태어났지만 나와는 관계없는 삶을 살고 있었다.

그리고 지금은 나와 마주 보며 이야기하고 있었다.

왠지 간절한 심정이 되었지만, 애써 마음을 추스르며 말했다. 그리고 그 짧은 순간 장하영이 말한 벽에 대해 생각했다.

"궁금한 게 하나 있는데."

"……응?"

"너 성좌들도 이런 식으로 상담해줬냐?"

"어? 그게……."

머뭇거리는 투를 보아하니 정답인 모양이었다. 왜인지 장하영에게 마음을 연 성좌들이 조금은 이해가 갔다.

이 우주에서 가장 지고하지만, 동시에 외로운 존재들.

이야기를 보는 것만큼이나 자신이 할 말도 많은 작자들.

장하영은 아마 내게 했듯이 그들의 말도 들어주었으리라.

[성좌, '뱀 머리 졸부'가 건방진 화신을 찾아 두리번거립니다!]

나와 장하영이 동시에 허공을 올려다보았다.

비유의 채널 교란 덕분에 '뱀 머리 졸부'는 당분간 내가 있는 곳을 찾아내지 못할 것이다. 물론 이것도 그리 오래가지는 않겠지만.

장하영이 불안한 목소리로 물었다.

"……저 자식 계속 여기 머무를 생각일까?"

"아마도."

채널에서 망신을 당했으니 단단히 벼르고 있겠지.

나는 잠시 고민하다가 결국 결정을 내렸다. 장하영 말이 옳다. 벽이 있으면 그 벽에 뭔가 써야 한다. 그것이 원래 쓰여 있던 이야기를 바꾸더라도…….

이제 그냥 읽기만 하는 사람이 되고 싶지는 않았다.

"장하영, 혹시 이 녀석한테 좀 연락해줄 수 있어?"

생각해보니 지금까지도 줄곧 그렇게 행동해왔다. 내가 원하는 결말을 보기 위해 새로운 이야기를 만들어왔으니까. 따지고 보면 나는 이미 뭔가 신나게 휘갈기고 있었던 셈이다.

그걸 누가 읽게 될지 아직 모르겠지만.

"누군데?"

이 성좌가 내 제안에 응해줄지는 모르겠다.

하지만 이제 채널도 열렸겠다…… 녀석만 도와준다면 남은 혁명가 시나리오는 무난히 끝나게 될 것이다.

그런데 갑자기 허공에서 메시지가 들려왔다.

['다섯 번째 밤'이 찾아왔습니다.]

불길한 피리 소리. 부지중에 공단 쪽을 돌아보았다. 피어오르는 화마 속에서 사람들이 비명을 질렀다. 나는 주변에 흩어져 있던 아일렌과 마르크를 향해 굳어진 얼굴로 말했다.

"공민들 전부 모이라고 해."

공작은 궁지에 몰렸다. '네 번째 밤'이 그냥 넘어간 것만 봐도 확실했다. 수거 노예를 납치해 공장의 가동 전력을 차단했으니, 제아무리 공작이라도 간이 배 밖으로 나오지 않은 이상 당분간 경거망동할 수 없을 것이었다.

그런데 공작이 제 발로 귀족을 이끌고 '밤'으로 나왔다.

「김독자는 생각했다. 대체 무슨 속셈이지?」

새로운 성좌라는 변수가 개입한 상황이다 보니 마음이 조금 심란했다. 게다가 아직 이쪽 편이 되어줄 성좌도 부르지 못한 상황.

「됐어. 좋게 생각하자. 차라리 기회일 수도 있어.」

그래, 약한 마음 가질 필요 없다. 나도 이제 오롯한 성좌니까. 지금까지 잘 해냈으니 앞으로도 아무 문제 없을 것이다.

"장하영, 처형관 맡아! 다른 귀족은 절대로 상대하지 말고!"

"알았어!"

나는 [바람의 길]로 허공을 내달려 불길이 가장 크게 타오르는 거리에 도달했다. 부서진 종탑 위에 선 악마종 하나가 눈에 들어왔다. 악마종도 거의 동시에 나를 발견했다.

"네가 혁명가인가?"

붉은 화염에 휩싸인, 긴 머리의 악마종.

녀석의 전신에서 피어오르는 열기에 얼굴이 따가웠다. 호쾌한 폭염의 기운. 노랗게 뭉그러지는 불길의 형태를 보니 대강 감이 왔다. 73번째 마계에 이런 종류의 설화를 사용하는 녀석은 하나뿐이다.

"후작 옴보로스."

73번째 마계에서는 공작 다음으로 강력한 악마종. 내가 성좌가 되기 전이었다면 부딪히기를 망설였을 녀석이었다.

그런데 옴보로스의 표정이 묘했다.

"옴보로스가 아니라 옴브로스다."

아하, 이름을 틀렸군. 내가 아무리 김독자라도 엑스트라 이름까지 다 외우고 있지는 않다고. 자존심이 상했는지 옴보로스가 계속해서 중얼거렸다.

"나를 알면서도 도망가지 않다니. 명이 긴 녀석일 줄 알았는데 생각보다 머리가 나쁘구나."

"질 것 같으면 도망갔겠지. 옴보포로스."

"옴브로스라고 했……!"

나는 대답하는 대신 체내의 마력을 끌어올렸다.

지난번에는 성좌의 격을 이용해 싸웠다. 그때는 상대가 만만한 녀석들이었지만, 옴보포로스 수준이면 격을 발출하는 정도로는 틈을 만들 수 없었다.

그러니 이번에는 전면전이다.

[5번 책갈피, '키리오스 로드그라임'이 활성화됩니다!]

[전용 스킬, '소형화 Lv.3'를 발동합니다!]

[전용 스킬, '전인화 Lv.11(+1)'가 활성화됐습니다.]

옴보포로스가 말아 쥔 주먹에서 노란 폭염이 터졌다.

녀석의 주특기 설화인 '폭렬환爆裂煥'이었다. 73번째 마계에서는 손에 꼽는 폭발계 기술. 위력은 강한 편이지만 그다지 피하기 어렵지는 않았다. 폭발 범위가 큰 만큼 타격점이 성긴 공격이기 때문이다.

"쥐새끼 같은……!"

[성좌, '손톱을 먹는 쥐'가 악마종 옴브로스의 발언을 혐오합니다.]

폭렬환만으로는 작아진 나를 상대하기 어렵다고 느꼈는지 옴보포로스가 작전을 바꾸었다. 양손에서 피어오른 폭염이 급격하게 수축하더니, 이내 작은 공처럼 변하기 시작했다. 아무래도 면적을 줄인 후 힘으로 나를 밀어붙일 셈인가 본데…….

좋은 작전이지만 이번에는 상대가 틀렸다. 그런 건 평범한 화신한테 썼어야지.

"그만 죽어라!"

탄환처럼 쏟아지는 폭렬환을 보며 나는 망설임 없이 주먹을 내뻗었다.

마력을 한껏 쏟아부은 백청의 일격에 폭렬환의 중심부가 깊숙이 뚫려 나갔다. 순간적으로 귀가 윙윙거렸고, 폭발에 휘말린 파편이 허공으로 비산하며 장관을 이루었다.

콰콰콰콰콰!

주변을 덮친 화마가 모조리 쓸려나가며 불길이 꺼지고 있었다. 사방을 가득 메운 것은 오직 백청의 힘이 담긴 전격뿐. 으어어어― 하는 소리가 들리는가 싶더니 시야가 하얗게 깜빡였다.

[성좌, '뱀 머리 졸부'가 당신의 힘에 경악합니다.]

백청의 전격이 휩쓸고 간 자리에 옴보포로스는 보이지 않았다. 멀리 날아가버렸을 수도 있고…… 어쩌면 죽었을 수도 있겠다.

무참하게 파괴된 공단의 정경. 내 힘을 확인한 몇몇 공민이 질린 듯 무릎을 꿇었다.

"맙소사……."

이쯤 되니 나도 지금 내가 어느 정도로 싸울 수 있는지 정확히 감이 오지 않았다. 시나리오에 제대로 복귀만 하면, 어지간한 성좌랑은 일대일로 붙어도 이길 수 있는 거 아닐까?

[화신체가 감당할 수 없는 수준의 힘을 사용했습니다.]
[당신의 화신체가 상당 부분 손상됐습니다!]

……젠장, 또 시작이군.

그래도 괜찮다. 너덜너덜한 화신체로 지내는 것도 곧 끝날 테니까.

"우와아아아아!"

상황에 고무되었는지 하나둘 일어난 주변 공민들이 일제히 함성을 질렀다.

"혁명가! 혁명가!"

[채널에 새로운 성좌들이 입장합니다!]

성좌 수가 늘어나는 소리.

비형의 채널을 키울 때와는 또 다른 기분이었다.

아무래도 이건 '내 채널'이라는 생각 때문이겠지.

나는 전열 선두로 나가서 다가오는 귀족을 마구잡이로 베 었다.

"와아아아아!"

'공장'도 없이 기어 나오다니. 공작은 이 시나리오의 끝을 자초한 셈이었다. 분노한 공민의 파도 속에 귀족 세력은 조금 씩 갈려나갔다.

그리고 얼마나 지났을까.

마침내 공장 정문이 보이기 시작했다. 선두에 선 공민이 외 쳤다.

"혁명이 코앞이다! 조금만 더 가면……!"

다음 순간, 땅속 깊은 곳에서 지진이 일어났다. 당황한 공민들이 비명을 지르며 주저앉았다. 눈앞에서 뭔가 일어서기 시작했다. 늙은 짐승처럼 고요히 잠들어 있던 거대한 건물이 몸을 일으키고 있었다.

부우우우우.

증기기관을 연상시키는 엔진 소리. 하늘을 까맣게 메우는 매연과 귀청을 찢는 경적. 심장이 딜컥 내려앉았다.

……'공장'이 가동됐다고? 어떻게?

생각할 여유는 없었다. 미처 대비할 새도 없이, 거대한 주먹 같은 것이 나를 후려쳤다. 나는 건물 몇 개를 반파시킨 뒤 무너진 철골에 깔렸다. 순간적으로 의식이 끊어졌다가 돌아왔다.

[화신체의 설화가 심각하게 손상됐습니다!]

[새로운 설화를 섭취하거나 메인 시나리오에 진입하세요!]

화신체에서 울컥 피가 쏟아져나왔고, 전신의 설화가 불균형하게 흔들렸다.

제기랄, 머릿속이 너무 복잡해서 방심한 모양이었다. 이런 실책을 하다니…… 하지만 아무리 생각해도 이해되지 않는다.

대체 어떻게 '공장'이 가동됐지?

[성좌, '뱀 머리 졸부'가 당신의 꼴을 보며 즐거워합니다.]

[성좌, '손톱을 먹는 쥐'가 당신의 시련을 즐깁니다.]
[극소수의 성좌가 당신이 고통 속에서 더욱 괴롭게 발버둥 치기를 원합니다.]

빌어먹을.
기껏 채널이 열렸는데 성좌 중 내 편은 하나도 없다니.
이를 갈며 몸을 일으키는 순간, 익숙한 이름이 들려왔다.

[성좌, '긴고아의 죄수'가 머리털을 쥔 채 당신을 유심히 바라봅니다.]

2

……뭐?

[성좌, '긴고아의 죄수'가 당신의 얼굴을 유심히 바라봅니다.]

잠깐만. 진짜로 제천대성이 왔다고?

[성좌, '긴고아의 죄수'가 당신의 옷차림에 눈을 가늘게 뜹니다.]

오랜만에 느껴지는 시선에 묘한 안정감이 찾아왔다. 누군가가 바라보는 것으로 심신이 편안해지다니, 정말 이상한 기분이다.
"긴고아의 죄수."

[성좌, '긴고아의 죄수'가 당신을 바라봅니다.]

제천대성은 아직 긴가민가하는 눈치였다. 내가 김독자인지 아닌지 확신하지 못 하는 느낌이랄까. 얼굴에 설화를 뒤집어썼기 때문인지도 모르겠다. 잠시 생각하던 나는 확신을 주기로 했다.

"저 맞습니다."

일순 허공에 정적이 맴돌았다. 하늘이 텁, 하고 숨을 들이켠 듯한 침묵이었다. 그리고 잠시 후.

[성좌, '긴고아의 죄수'가 당신의 정체에 경악합니다!]
[성좌, '긴고아의 죄수'가 대체 어떻게 살아 있었느냐고 묻습니다.]
[성좌, '긴고아의 죄수'가 당신이 왜 이런 곳에 있는지를 궁금해합니다.]

마치 하늘을 뒤덮듯 내게만 날아오는 메시지.

「제천대성. 절대악도 절대선도 아닌 중립 계통의 성좌. 장난기가 많으나 한편으로는 무심하고, 타고난 반골 기질 때문에 어떤 성좌와도 쉽사리 엮이지 못하는 존재…….」

내가 멸살법에서 만난 제천대성은 그런 존재였다.

작품 말미에서 무수한 성좌와 맞서 싸우며 말도 안 되는 신화급 설화를 쌓게 되는, 명실공히 멸살법 최강의 성좌 중 하나. 그럼에도 최후까지 어떤 인물과도 깊은 유대를 쌓지 못한 채 고독히 죽어간 존재.

[성좌, '긴고아의 죄수'가······.]

들려오는 제천대성의 메시지를 들으며 나는 천천히 눈을 감았다 떴다.

내가 아는 정보를 신뢰하는 것은 중요하다. 하지만.

"제천대성."

츠츠츠츳.

"······다시 만나서 기쁩니다."

제천대성은 꽤 오래도록 말이 없었다. 같은 성좌가 되었는데 여전히 보이지도 않고 잡을 수도 없는 존재. 그럼에도 그 순간, 나는 제천대성이 바로 앞에 있는 듯한 느낌을 받았다.

[성좌, '긴고아의 죄수'가 한참이나 입술을 달싹거립니다.]
[성좌, '긴고아의 죄수'가 자신의 머리털을 쥐었다 놓기를 반복합니다.]

다음 순간, 허공에서 하늘하늘 뭔가가 떨어졌다.

무심결에 붙잡은 그것은, 무려 '제천대성의 머리털'이었다.

슬그머니 웃음이 나온다. 아마도 이게 제천대성이 누군가를 신뢰하는 방식이리라.

[등장인물, '긴고아의 죄수'에 대한 이해도가 미미하게 상승합니다.]

나는 제천대성을 향해 입을 열었다.
"제가 여기 있는 건 비밀입니다. 아시죠?"

[성좌, '긴고아의 죄수'가 고개를 끄덕입니다.]

생각보다 입이 무거운 성좌니까 비밀은 잘 지켜줄 것이다.
"그나저나 여긴 어떻게……."
내 말이 채 끝나기도 전에, 무너진 건물의 한쪽 벽면이 기울어지며 누군가가 난입했다. 부스스 떨어지는 흙먼지와 함께 나타난 이는 장하영이었다. 다행히 무사했던 모양이다.
"유중혁! 괜찮아?"

[성좌, '긴고아의 죄수'가 의아한 표정을 짓습니다.]

그러고 보니 나는 아직 유중혁 이름을 파는 중이었지. 장하영한테도 슬슬 내 진짜 이름을 알려줄 때가 되긴 했는데…….
나는 일단 바깥 상황을 물었다.
"바깥은 어때?"

"별로 안 좋아."

사실 들려오는 소리만으로도 뭐가 어떻게 돌아가는지 알 것 같았다. 공단 전체를 뒤흔드는 지진. 곳곳에서 들려오는 공민들의 신음에 장하영의 안색이 더욱 굳어졌다.

"공단을 쑥대밭으로 만들면서 널 찾고 있어."

쑥대밭이 되지 않는 게 이상하다. 현시점에서 공작이 '공장'을 가동했다면 막을 방법은 없으니까. 그렇다고 이제 와 포기할 수는 없는 노릇이다.

"처형관은 어떻게 됐어?"

"이제 하나 남았어. 워낙 잘 도망가서……."

투사의 아우라를 덮어쓴 장하영의 뺨에 악마종의 피가 묻어 있었다. 그래도 그 짧은 사이 둘이나 해치우다니 괄목할 만한 성과다.

"나머지 하나도 부탁해. 그래야 공작을……."

말을 잇는데, 얼굴 표면에서 옅은 스파크가 튀었다.

순간적으로 무릎에 힘이 빠졌다.

"야! 너……."

놀라서 달려온 장하영이 내 어깨를 붙잡았다.

쩌저적, 하고 갈라지는 피부.

[파손된 설화가 붕괴합니다.]

['추방자 페널티'가 다시 시작됩니다.]

[화신체의 내구도가 위험한 수준입니다!]

……하여간 이 망할 화신체는 걸핏하면. 이제 개복치란 별명은 유중혁이 아니라 나한테 더 어울릴지도 모르겠다.

"비유."

[바잇!]

내가 부르자마자 허공에서 나타난 비유가 손가락을 꿈틀거렸다.

시나리오 메시지가 떠올랐다.

[새로운 서브 시나리오가 도착했습니다!]

〈서브 시나리오 - 설화 수선〉

분류: 서브

난이도: D

클리어 조건: 손상된 화신체의 내구도를 일정 이상으로 회복하시오.

제한 시간: 없음

보상: 없음

실패 시: ―

이럴 때를 대비해 미리 비유에게 부탁해둔 시나리오였다.

본래라면 서브 시나리오의 개인적 유용은 있을 수 없는 일이었다. 관리국 정식 채널이라면 절대 허락되지 않았겠지.

[서브 시나리오 활동으로 인해 추방자 페널티가 완화됩니다.]

비유가 내준 시나리오 덕에 화신체의 고통을 한결 덜었다.

[성좌, '긴고아의 죄수'가 당신의 시나리오 사용 방식에 흥미를 갖습니다.]
[800코인을 후원받았습니다.]

보통이라면 다른 성좌의 질타를 받았겠지만, 이번 경우는 딱히 보상 내역이 없기 때문에 시비를 거는 성좌도 없었다. 어쨌든 지금은 추방자 신세니까, 지속적으로 시나리오를 받아야만 한다. 메인 시나리오에 진입할 때까지는 이렇게 버티는 수밖에 없다.

[서브 시나리오 획득으로 인해 화신체의 붕괴가 지연됩니다.]

간신히 한숨을 돌렸다. 허공에서 걱정스럽게 나를 내려다보는 비유와 눈이 마주쳤다. 나는 일부러 빙긋 웃어주었다.

난 괜찮으니까 걱정 마.

조그맣게 고개를 움직인 비유는 다시 허공에서 사라졌다. 공단 전체의 시나리오를 관리해야 하는 만큼, 비유도 지금 정신이 없을 것이다.

내 몸을 감싸던 스파크가 좀 잠잠해지자 장하영이 물었다.

"좀 괜찮아?"

"버틸 정도는 돼. 아일렌은 어딨어?"

"마르크랑 같이. 공민들 대피시키고 있을 거야."

현명한 선택이었다.

어차피 공장이 가동된 이상 공민들만의 힘으로 대적하기는 무리였다. 어딘가 숨어 있는 '진짜 혁명가'가 나타난다면 모르겠지만······.

비척거리며 밖으로 나가자 먼지로 새카맣게 물든 하늘이 보였다. 쓰러진 귀족들, 그리고 공민의 시체들.

"······이대로 끝나는 거야?"

멀리서 움지럭거리는 공장의 그림자를 보며 장하영이 입술을 꾹 깨물었다. 변형된 공장은 거인을 닮은 모습이었다. 머리 쪽에 있는 굴뚝에서 매연을 뿜어대는 늙은 거인. 그 거인의 손이 인근 건물 사이를 헤집어 무언가 끄집어냈다.

"끄아아아악!"

죽어가던 귀족이 공장의 손에 붙잡힌 채 몸부림쳤다. 자세히 보니 아까 나와 싸우던 그 후작 같았다.

"공작! 공자아아악!"

고통스럽게 울부짖던 후작은 쩌억 벌어진 공장의 연료 기관 속으로 으깨져 들어갔다.

톱니가 갈리는 듯한 파쇄음. 만족했다는 듯, 공장의 동력 기관 쪽에서 거센 불길이 타올랐다. 그제야 나는 공작이 어떻게 공장을 가동했는지 알 수 있었다. 장하영이 진력이 난 투로 말했다.

"자기 부하들을 동력원으로 쓰고 있었어…… 어떻게 저런 짓을."

"이제 공단 같은 건 신경 쓰지 않겠다는 뜻이겠지."

"……왜? 자기 공단이잖아?"

나는 그 의문에 대답하는 대신 '라마르크의 기린'을 사용했다. 설화 파편을 임시로 수복하여 화신체를 회복시키기 위해서였다.

「김독자는 생각했다. 저 녀석은 '마왕'이 되기로 한 것이다.」

밤하늘에 도전하듯, 고개를 든 공장의 울림통에서 커다란 목소리가 터져나왔다.

[보라, 성좌들이여! 바로 그대들이 원하던 것이다!]

자신이 만들어가는 이야기에 완전히 심취해버린 모습. 몇 살을 먹고 얼마나 긴 세월을 살아가든, 모든 존재는 이야기 앞에서는 그저 어린아이인지도 모른다.

공작이 폭주하는 동안 비유의 채널에도 조금씩 성좌가 늘고 있었다.

[극소수의 성좌가 '세이스비츠 공작'의 행동을 흥미롭게 여깁니다.]

혹시 나도 저런 모습이었을까. 새삼스럽게 돌아보게 된다.

「"성좌들의 관심을 끄는 건 쉽다. 하지만 좋은 시나리오를 만드는 건 어려운 일이다."」

언젠가 멸살법의 도깨비 왕이 그런 말을 했다.

그 말이 맞다고 생각한다. 하지만 한편으로는 이런 생각도 든다.

좋은 시나리오란 대체 뭘까. 그런 것이 있기는 할까.

"저대로 두면……!"

"조금만 기다려봐."

나는 장하영을 만류하며 '공장'의 동태를 살폈다.

공장을 비롯한 설화병기는 기존의 개연성이 용납하지 않을 정도로 비정상적인 힘을 생산한다. 바꾸어 말하면, 어중간한 시나리오에서 잘못 쓰다간 자멸하기 딱 좋다는 뜻이다.

츠츠츠츳!

역시나. 마구잡이로 운용되는 공장의 관절부에서 스파크가 터지고 있었다. 놀란 장하영에게 내가 설명했다.

"아마 '설득력'이 부족해서일 거야. 저렇게 귀족 몇 갈아 넣는 방식으로는 오래 못 가."

공장의 연료인 설득력은 무수한 설화 파편을 쏟아부어 만든 것이다. 모든 설화병기는 설득력을 소모해 작동하며, 일시적으로 개연성을 극복한다. 쉽게 말해 저 공장은 지금 내 화신체와 흡사한 상태다.

그러니 저런 식으로 움직이다간 곧 후폭풍에 휘말릴 가능성이……

츠츠츳!

그런데 내 생각과 달리 공장의 움직임은 둔해지지 않았다.

[성좌, '뱀 머리 졸부'가 흐뭇한 눈으로 '세이스비츠 공작'을 바라봅니다.]

[성좌, '손톱을 먹는 쥐'가 '세이스비츠 공작'의 파괴 행각에 기뻐합니다.]

[극소수의 성좌가 기꺼이 개연성을 지불합니다.]

……젠장, 그렇구만. 개연성을 지불하는 녀석들이 있었다.

[혁명가는 어디 숨어 있느냐!]

다시 한번 거대한 지진이 울려 퍼지고, 공민들이 끔찍한 비명을 질렀다. 잠시 건물에 기대어 있던 나는, 천천히 몸을 세워 앞으로 걸어나갔다. 놀란 장하영이 내 팔을 붙잡았다.

"지금 가면 죽어! 저거 보면 모르겠어?"

화신체의 내구도를 가늠해본다.

「저 녀석을 처치할 만큼의 힘이 남아 있을까?」

모르겠다.

「전인화나 바람의 길을 쓴다면, 녀석을 처치할 수 있을까?」

그것도 모르겠다.

"장하영, 마지막 처형관을 죽여. 나머지는 내가 어떻게든 할게."

내 말을 들은 장하영이 더듬거리며 물었다.

"왜, 왜 그렇게까지 해? 도망가도 되잖아! 넌 진짜 혁명가도 아니잖아!"

"나는 저런 이야기가 싫어."

"뭐?"

"너무 뻔하잖아."

나는 '공장'을 향해 달려갔다. 한산한 공단 거리가 한눈에 들어왔다. 이 사달이 났는데도, 여전히 공민은 대부분 집 안에 틀어박혀 숨을 죽이고 있었다. 그 광경을 보며 유중혁의 111회차를 떠올렸다.

「공단의 '마지막 밤'이 찾아오도록, 혁명가는 나타나지 않았다.」

……그래, 그러니 이렇게 될 거라 예상은 했다.

「그래도 조금은 다른 이야기가 되었으면 했는데.」

간간이 벽에 기댄 채 피를 흘리는 공민들이 나를 향해 손을 뻗었다.

"혁, 명가님……."

혁명이 뭐라고. 이게 다 뭐라고, 이렇게 많은 사람이 죽어야 하는지.

어째서 이런 시나리오가 존재해야만 하는지.

[성좌, '뱀 머리 졸부'가 당신을 노려봅니다.]
[성좌, '손톱을 먹는 쥐'가 당신을 향해 고함을 지릅니다.]
[성좌, '불길에 몸을 던진 개'가 당신의 파멸을 원합니다.]

성좌들이 나를 향해 메시지를 쏟아붓는다. 그런 메시지를 내게 전송해야만 하는 비유가, 허공에서 이를 바득바득 갈고 있었다.

나는 괜찮다는 듯 손을 흔들어주었다.

솔직히 아까는 괜찮지 않았는데 이제는 정말로 괜찮다.

[성좌, '긴고아의 죄수'가 당신을 바라봅니다.]

적어도 이제 내 편이 하나는 있으니까.

[성좌, '긴고아의 죄수'가 당신이 저 망할 고철덩이를 부숴버리기를 원합니다.]

나는 허공을 향해 날아올랐다.

3

쿠궁. 쿠궁.

공장 접합부에 설치된 실린더에서 피스톤들이 격렬하게 움직이자, 집채만 한 연마기가 굉음을 내며 회전했다. 다 소화되지 못한 설화 파편들이 부실한 겉면을 타고 나사처럼 튀어나왔다.

아직 이 공장이 완제품이 아니라는 증거였다.

공작은 불안하게 쩔그렁대는 공장의 외연을 보며 살짝 인상을 찌푸렸다.

'아직 탐탁지 않은 수준이지만 이 정도면 나쁘지 않다.'

공장. 마계의 어지간한 대공급 인사라면 누구나 이와 비슷한 설화병기를 가지고 있다. 물론 공장마다 위력은 천차만별이지만, 개중에서도 세이스비츠의 공장은 특이한 편이었다.

'명계에 다녀온 보람이 있었군.'

무려 40미터에 달하는 체고. 거인상巨人像을 닮은 이 공장은 명계의 거신병을 모티프로 만든 것이었다. 명계 심판관 중 하나를 꼬드겨서 간신히 외관만 구경할 수 있었던 병기.

물론 공작의 공장은 거신병에 비하면 턱없이 출력이 떨어지는 복제품에 불과했다.

'이 정도에서 만족할 수는 없지만……'

공작에게 섭섭하다는 듯 공장이 거친 신음을 토했다.

쿠드드드드!

그라인더의 날이 바닥을 통째로 뒤집었다. 일대를 희뿌옇게 뒤덮는 먼지 속에서 공민가 건물 십여 채가 동시에 무너졌다. 어린아이가 공들여 만든 장난감을 부수듯, 공작은 집요한 움직임으로 그것들을 파괴했다.

[극소수의 성좌가 통쾌한 파괴 행각에 즐거워합니다!]
[몇몇 성좌가 달아난 공민들을 손가락으로 가리킵니다!]

오랫동안 쌓아온 이야기였다.

무수한 세월에 걸쳐 집적된 세이스비츠 공단의 역사.

하지만 공작의 행동에는 망설임이 없었다.

"끄아아아악!"

연마기에 터져나가는 설화를 주워 담으며 공작은 무심히 생각했다.

'더 커다란 이야기로 나아갈 제물일 뿐이다.'

사백 년. 어지간한 왕조가 태어나고 몰락하는 시간.

그 시간 동안 그는 이곳의 독재자였다. 한때는 이 공단의 모든 것을 사랑했다. 때로는 성군이었고 때로는 폭군이었다. 온화한 통치로 공민의 행복지수를 높이려 한 적도 있었고, 거센 탄압과 폭정을 통해 학살한 적도 있었다.

기쁘거나 슬펐고, 가끔은 재미있었다.

그러던 어느 날 공작에게 남은 감정은 단 하나뿐이었다.

'질렸다.'

〈올림포스〉의 명계에 견학을 다녀온 후, 그 생각은 한층 더 짙어졌다.

'내가 왜 이런 이야기나 먹어치우고 있어야 하지?'

명계 여왕의 식탁에 올라온 호화로운 만찬을, 그는 잊지 못했다.

이계의 소드 마스터, 대현자, 9서클의 대마도사…… 곱게 요리된 설화 조각을 보며 세이스비츠는 진심으로 감탄했다.

세상에. 이런 요리가 있구나.

완전히 혼이 빠진 얼굴로, 입속에서 터져나가는 그 맛을 음미했다.

―식성이 꽤 좋은 편인가 보군요.

정신을 차렸을 때, 페르세포네가 눈앞 요리에 전혀 손을 대지 않았다는 사실을 깨달았다. 페르세포네는 공작의 접시 위에 게걸스럽게 흩어진 설화를, 마치 불량 식품이라도 되는 양 바라보고 있었다.

그때 느낀 모멸감을 세이스비츠 공작은 잊을 수 없었다.

'나는 다음 시나리오로 간다.'

더 커다란 이야기. 더 커다란 자극.

그리고 더 커다란 힘을 손에 넣을 것이다.

'마왕이 될 것이다. 그 빌어먹을 놈들과 비교도 안 되는, 어마어마한 설화를 먹어치우며 살아갈 것이다.'

그걸 위해서라면, 이런 하찮은 공단 하나쯤 내버려도 아무렇지 않다.

[……뭐가 '혁명'이냐?]

쩌렁쩌렁 울리는 그의 목소리에 공단 전체가 옅은 전율에 휩싸였다.

[보아라, 혁명 같은 건 없다! 그딴 건 전부 시나리오의 역할극일 뿐이야! 사백 년 동안 무수히 반복되어온 하찮은 유희에 불과하단 말이다. 너희는 그런 허망한 것을 위해 싸우고 있다!]

자신 역시 줄곧 그 시나리오의 일부였음에도 세이스비츠는 그렇게 외쳤다. 그래야만 다음이 있을 것 같았다.

'이제 갈 수 있다.'

실제로 그 외침은 어느 정도 성공하는 듯했다.

자신이 한 말에 스스로 큰 위안을 받으며, 세이스비츠 공작은 쏟아지는 수많은 성좌의 시선 속에서 해방감을 느꼈다. 자기 자신을 부정하면서 얻어낸 말초적인 쾌감. 세이스비츠는 오랜만에 세상의 중심이 된 듯한 느낌을 받았다. 그런데.

"좋냐?"

누군가가, 그렇게 반문했다.

¤ ¤ ¤

그것은 나였다.

「너는…….」

……젠장. 속마음이 너무 잘 들려도 문제다.

[등장인물 '악마 공작 세이스비츠'의 망상이 폭주합니다.]

[전용 스킬, '전지적 독자 시점' 2단계가 강하게 활성화됩니다!]

공작의 안에서 사념이 마구잡이로 흘러넘쳤다. 지켜보는 사람이 안쓰럽게 느낄 정도로 노골적이고 음습한 자아가 사방팔방으로 비산하는 듯했다. 어느 정도냐 하면, [전지적 독자 시점]을 쓸 수 없는 녀석들도 그걸 느낄 수 있을 정도였다.

[성좌, '손톱을 먹는 쥐'가 공작의 언행에 손발을 웅크립니다.]

[성좌, '뱀 머리 졸부'가 자신은 손발이 없으니 괜찮다고 말합니다.]

오죽하면 저 녀석들조차 저럴까. 상황을 전혀 모르는 공작이 나를 향해 웃었다.

[가짜 혁명가로군.]

"누가 가짜야?"

나는 [책갈피]로 [바람의 길]을 전개해 공단을 내달렸다. 등줄기를 아슬아슬하게 훑고 지나가는 거격鉅擊. 연마기가 지나간 자리에는 폭탄이 터진 듯한 크레이터만 남았다.

……이 정도면 급 낮은 위인급 성좌 정도는 씹어 먹겠는데?

지금 상태의 화신체로는 도저히 견딜 수 없는 위력이었다.

설화병기의 힘이었다. 성좌가 아닌 존재를 성좌에 준하게 만들어주는 병기.

게다가 세이스비츠 공작은 성좌는 아니지만, 밑바닥 위인급 성좌와 견줄 정도의 역사급 설화를 비축한 악마종이었다.

콰아아아아앙!

연마기 안쪽에서 굴러나온 폭탄들이 시가지를 화마로 뒤덮었다. 집을 잃은 공민이 뛰쳐나와 울부짖었다. 고향을 잃고 마계에 와, 힘겹게 살아가다 여기서 생을 마감하는 존재들. 일터를 잃은 공민들은 검댕 묻은 얼굴로 나를 올려다보고 있었다.

나는 그런 공민들을 보며 생각했다.

나 역시 시나리오가 싫기는 마찬가지라고.

하지만…… 빌어먹을.

「김독자는 생각했다. 인정하기 싫지만.」

나는 왜 이 시나리오가 존재하는지 조금은 알 것 같았다.

공기의 결을 헤집고 [바람의 길]이 길을 뚫었다. 순식간에 몸을 날려 공장의 머리 부위에 당도한 나는, 다시 한번 [전인화]를 발동했다.

[화신체의 내구도가 위험합니다!]

아까 잠깐 기절하는 바람에 [책갈피]의 지속 시간을 헛되이 날렸다.

내게 주어진 여유는 이십 분 정도.

파츠츠츠촷!

오른손에서 들끓는 백청의 전격이, 공장의 머리에 작렬했다. 반탄력과 함께 외피가 살짝 우그러들었다.

[큭······?]

역시 타격력이 부족했다. 지금의 화신체로는 본래 화력의 사분의 일도 채 낼 수 없다.

[제법이구나.]

더군다나 지속력도 길지 않다. 그래도 여기서는 맞서 싸워야 한다.

내 손으로 직접 이 녀석을 해치워야만 한다.

[성좌의 격을 개방합니다!]

[당신의 화신체가 크게 손상되어 극히 일부의 기운만 방출됩니다.]

아주 잠깐이지만 격의 일부가 개방되자 공장 작동이 일시적으로 멈췄다. 나는 그 틈을 놓치지 않고 두 주먹에 마력을 집중했다.

[이 기운은? 너는, 설마……!]

콰앙! 콰아앙!

['어린 골드 드래곤의 망가진 심장'이 발동합니다!]

마력이 급격하게 줄어들 때마다, 심장 어귀에서 팽팽하게 돌아가는 골드 드래곤의 심장이 마력을 재충전해주었다. 이어지는 연타에 공장의 단단한 외피도 조금씩 벗겨지기 시작했다. 나사가 튀어 오르고, 소화되지 않은 설화 파편이 틈새로 흘러나왔다.

「김독자는 생각했다. 화신체만 멀쩡했더라도 해볼 만한 싸움이었을 텐데.」

[성좌, '긴고아의 죄수'가 초조한 마음으로 당신을 지켜봅니다.]

그 시선을 꿋꿋이 받으며, 전인화의 힘이 담긴 주먹으로 공장의 갑피를 내리치고 또 내리쳤다. 이렇게 처절하게 싸울 줄 알았으면 키리오스한테 좀 더 열심히 배워둘 걸 그랬다.

뭐, 그래봤자 난 재능이 없으니 무리였겠지만.

[화신체의 내구도가 한계에 도달합니다.]

[전투를 당장 중지하지 않으면, 화신체 붕괴가 재시작됩니다.]

숨이 점점 가빠지면서 내리치는 주먹도 조금씩 느려졌다. 그만한 타격에도 공장은 여전히 건재한 상태였다. 공작이 기쁜 듯이 말했다.

[덕분에 이 공단의 마지막 시나리오가 무척 감미로워지겠구나.]

내가 이길 수 없다는 건 알고 있었다. 애초에 내가 이기기 위해서 싸우는 게 아니었으니까.

「김독자는 공단 아래쪽에서 이쪽을 바라보는 공민들을 내려다보았다.」

사람들이 나를 보고 있었다. 누군가는 입을 반쯤 벌린 채, 또 누군가는 두 손을 간절히 모은 채.

아일렌과 마르크의 모습도 보였다.

각자 생김새는 다르지만 모두 비슷한 눈빛을 하고 있었다.

「혁명가가 싸우고 있다.」

그저 그렇게 생각해주는 것만으로도 충분하다.

「혁명은 있다.」

그것이 진짜인지 가짜인지는 중요하지 않다.
일단 문장으로 쓰인 것.
그리하여 많은 사람이 믿게 된 것은 반드시 힘을 갖는다.
마치 설화가 현실이 된 것처럼.

[해당 시나리오에 대한 당신의 영향력이 더욱 공고해집니다.]

하지만 다음 순간, 공장의 거대한 팔이 내 공격을 받아냈다.
투쾅, 하는 충격파와 함께 나는 공장에서 튕겨나갔다.
　[투지는 훌륭하지만 너는 이길 수 없다. 너는 '가짜'니까.]
　나는 너부러진 바닥에서 몸을 일으키며 말했다.
　"네 말대로 나는 혁명가가 아냐. 하지만 혁명은 있다."
　[그런 건 존재하지 않는다.]
　"왜 그렇게 생각하지? 당신도 처음에는 '혁명가'였으니까?"
　[……!]
　"결국 혁명이 일어나도, 끝없는 지배구조의 순환이 반복될
뿐이니까?"

세이스비츠 공작의 심경을 전혀 이해하지 못하는 것은 아니었다. '혁명가 시나리오'의 비극에 대해서는 나도 잘 아니까.

「혁명을 일으킨 혁명가는 무엇이 되는가?」

"네가 실패했다고 모두가 실패하는 건 아냐."
끔찍한 시나리오가 있다. 비극적인 시나리오가 있다.
하지만.
"의미 없는 시나리오는 없어."
아무리 쓰레기 같은 시나리오라도, 그 시나리오를 살아가는 것은 결국 사람들이다.
기뻐하거나, 슬퍼하면서.
맞서 싸우고, 불가능과 투쟁하면서.
누군가는 죽어가지만, 또 누군가는 서로 구원하면서.

그것이 내가 아는 멸살법의 시나리오다.
그랬기에 나는 그 긴 멸살법을 다 읽을 수 있었다.

운신이 점점 힘들어졌다. 원작대로 행동했다면 이런 고생은 하지 않았겠지.

「유중혁은 생각했다. 혁명가가 누구인지 모른다면, 놈이 나올 때까지 다 죽여버리면 되겠지.」

결국 111회차의 유중혁은 최악의 선택을 했다.

하지만 나는 그러고 싶지 않았다.

그렇기에 이 빌어먹을 싸움을 계속하고 있는 것이다.

콰아아앙!

다시 한번 내리친 공작의 일격에 힘없이 등허리가 꺾였다. 나가떨어진 나를 향해, 공장의 거대한 손이 다가왔다.

[네 이야기는 꽤 구미가 당기는군. 너를 먹겠다.]

이미 명계에 가서 설화의 맛에 눈을 뜬 녀석이다. 당연히 나를 보고 환장할 수밖에 없겠지. 그런데 녀석의 거대한 손아귀가 나를 감싸 쥐려는 순간, 누군가가 전력을 다해 달려와 내 몸을 안고 나뒹굴었다.

뿌연 흙먼지가 흩날리는 자리에 익숙한 여인이 서 있었다.

"무슨 짓이야?"

공민회 의장, 아일렌이었다.

나는 인상을 찌푸린 채 벽을 짚고 자리에서 일어났다.

"비켜."

"당신은 할 만큼 했어요."

아일렌은 전혀 비킬 기세가 아니었다. 결연한 의지가 떠오른 그 표정을 보는 순간, 가슴속 한구석이 서늘해졌다.

잠깐만, 설마 혁명가는······.

[하하하! 어디에 숨었느냐. 자칭 혁명가여!]

공작의 목소리에 아일렌이 등을 돌렸다. 나는 그녀가 무엇을 하려는지 깨닫고 황급히 뒤를 쫓았다.

그런데 그녀가 공작 앞에 서기 직전, 누군가가 외쳤다.

"혁명가는 여기 있다!"

처음 보는 사람이 자신을 가리키며 외치고 있었다.

[누군가가 '혁명가 선언'을 했습니다!]

공민회 소속원일 수도 있고, 아니면 지금까지 숨어 있던 공민일 수도 있었다. 내가 이름도 얼굴도 모르는, 멸살법에서조차 언급되지 않은 그저 지나가는 엑스트라.

[무슨⋯⋯?]

"아니, 내가 혁명가다!"

이번에는 여자 목소리였다. 역시나 모르는 얼굴. 애처롭게 어깨를 떨며 두 다리로 굳건히 바닥을 디딘 채 그렇게 외쳤다.

그것을 시작으로 곳곳에서 목소리가 터져나왔다.

[누군가가 '혁명가 선언'을 했습니다!]
[누군가가 '혁명가 선언'을 했습니다!]

아일렌과 마르크, 공민회 공민뿐만 아니라 지금껏 거리에 숨어 있던 화신들까지 밖으로 나와 외쳤다. 수수한 병장기를 들고, 저항할 수조차 없는 몸뚱어리로 외치고 있었다.

"내가 혁명가다! 나를 죽여라!"

하나밖에 없는 패를 내보인 공민들의 결의는 처절했다.

수많은 공민이 제각기 병기를 들고 밀물처럼 공장을 향해 진격하고 있었다. 나 역시 고무될 것만 같은 열기가 공단에 들불처럼 번져갔다.

「그것은, 유중혁이 살았던 '멸살법'에는 나오지 않는 광경이었다.」

문득 아쉽다는 생각이 들었다.

111회차의 유중혁에게도 이 광경을 보여주고 싶었는데. 녀석도 이 광경을 봤다면 분명히 다른 선택을 했을 텐데.

그런데 그때.

"내가 바로 혁명가 유중혁이다!"

누군가가 외쳤다.

"내가 유중혁이다!"

"아니다, 나다!"

⋯⋯뭐? 아니 잠깐만.

"무슨 소리야! 내가 바로 유중혁이다!"

대체 무슨 생각인지 사람들이 '혁명가'가 아닌 '이름'을 외쳐댔다.

공단의 무수한 '유중혁'이 들고일어나고 있었다.

[누군가가 '유중혁 선언'을 했습니다!]

아니 이거…… 잠깐만.

[<스타 스트림>의 업적 시스템에 혼란이 발생했습니다.]

¤ ¤ ¤

그리고 그 시각.

검은색 코트를 입은 한 사내와, 사내의 어깨에 앉은 작은 인형이 공단에 도착했다.

"정말 이곳에 김독자가 있는 건가?"

[성좌, '악마 같은 불의 심판자'가 힘차게 고개를 끄덕입니다.]

4

유중혁은 경지에 오른 [은밀 기동]과 [은신 장막]을 사용해 아주 간단하게 공단에 침입했다.

[새로운 메인 시나리오 지역에 입장했습니다.]

마계의 공단. 2회차 때 잠깐 마계를 방문한 적은 있지만 이 시기에 온 것은 처음이었다.

천천히 주변을 훑자 공민가 주변을 거니는 화신들 모습이 보였다. 시나리오를 포기하고 세계에 절망한 얼굴들. 그들의 표정이야말로 유중혁이 좀처럼 인연을 만들지 않는 이유 중 하나였다.

회귀자에게 가장 독이 되는 감정이 바로 저런 것이니까.

'예상보다 조용하군. 김독자가 나타났다면 난리통일 거라 생각했는데.'

주변 어디를 둘러봐도 김독자로 보이는 존재는 없었다. 그 유난스러운 행동거지라면 어딜 가나 쉽게 눈에 띌 텐데…….

정말 놈이 살아 있는 게 맞는지 의심이 들 정도였다.

"……귀찮군. 너무 넓어."

[성좌, '악마 같은 불의 심판자'가 당신이 불필요한 희생을 일으키지 않기를 바랍니다.]

어깨 위에서 우리엘 인형이 볼을 부풀리고 있었다. 작게 한숨을 내쉰 유중혁이 안력을 집중해 주변을 살폈다. 하필 대천사의 화신체와 함께 오는 바람에, 행동에 제약이 생겼다.

'공민 하나를 붙잡고 물어보면 되겠지만…….'

감각을 집중하자 공민 사이에 숨어 있는 시커먼 기운들이 느껴졌다.

악마종 특유의 기척. 다른 존재도 아니고 악마종이라면, 대천사도 뭐라고 하지 않을 것이다.

'정보를 많이 가진 녀석을 족치는 게 빠르겠지.'

물론 악마종은 강하다. 하지만 유중혁은 초월좌다.

배후성 권위를 빌리지 않고도 스스로 '좌座'의 위상에 오른 존재.

성좌에 준하는 적이라면 모를까, 필멸자 중에서 유중혁을 위협할 만한 존재는 거의 없었다.

'저 녀석이 좋겠군.'

물 흐르듯 움직인 유중혁의 그림자가, 순식간에 목표물의 배후를 점했다. 깜짝 놀란 악마 백작이 소리를 지르기도 전에, 유중혁은 스킬을 발동했다.

[전용 스킬, '음파 차단 Lv.10'을 발동합니다!]

순식간에 목덜미를 잡혀 대롱대롱 들린 악마 백작이 발버둥 쳤다.

그러거나 말거나 유중혁은 입을 열었다.

"지금부터 내 질문에 순순히 대답하면 살려주지."

당연히 살려줄 생각 따위는 없지만, 그래도 그렇게 말했다. 경험상 이쪽이 더 효과적이라는 것을 알고 있었기 때문이다. 당황한 악마 백작이 소리쳤다.

"무, 무슨, 네놈은! 끄억! 이, 이런 짓을……."

무차별로 쏟아진 폭행에 악마 백작의 몸은 순식간에 걸레짝처럼 변했다.

검은색 피를 한 사발이나 토해내고, 온갖 욕을 주절대던 악마 백작은 오 분도 채 지나지 않아 비굴한 목소리를 냈다.

"무, 물어보십시오! 뭐든 물어보십시오!"

그제야 유중혁은 입을 열었다.

"김독자는……."

거기까지 말하던 유중혁이 퍼뜩 뭔가 떠올렸다. 그가 아는 '김독자'라면, 당연하게도 이곳에서 자기 이름을 밝히고 활동하지 않았을 것이다.

유중혁은 질문을 바꿨다.

"'유중혁'은 어디 있지?"

¤ ¤ ¤

[누군가가 '유중혁 선언'을 했습니다!]
[누군가가 '유중혁 선언'을 했습니다!]

수많은 공민이 유중혁의 이름을 외치는 정경. 마치 공단 전체가 유중혁이 된 것 같았다. 정신을 차렸을 때 나는 그 무수한 유중혁에게 휩쓸려 공장을 향해 진격하고 있었다.

"나도 유중혁이다!"

"내가 진짜 유중혁이다!"

물론 나도 사이에서 한 손을 거들고 있었다.

"유중혁이다! 와아아!"

유중혁 자식이 이 광경을 봤어야 하는데…….

그놈이 있었다면 대체 무슨 표정을 지을지 궁금하다.

[73번째 마계에 '혁명가 유중혁'의 이름이 널리 울려 퍼집니다.]

스타 스트림은 곧 설화의 세계.

이렇게나 많은 공민이 유중혁을 호명했으니, 녀석은 분명 상당한 수준의 설화를 획득했을 것이다. 부러운 자식. 어디서 뭘 하는지는 모르겠지만 잘 받아 처먹어라.

이상한 메시지가 들려온 것은 그때였다.

[당신의 유명세가 상승합니다.]

응?

[73번째 마계에서 '김독자'의 명성이 급격하게 높아지고 있습니다.]

메시지는 계속해서 들려왔다.

……이건 대체 뭔 상황이지? 난 이름을 밝힌 적이 없는데?

어쨌거나 상황 자체는 나쁘지 않았다.

[건방진……!]

당황한 세이스비츠 공작이 비척거리며 병기를 무르고 있었다. 저토록 거대한 설화병기를 탔지만 밀려드는 공민의 기세에는 압도당할 수밖에 없는 것이다.

[마지막 처형관이 사망했습니다.]

[세이스비츠 공작의 '독재자 효과'가 해제됩니다.]

그리고 마침내 장하영이 임무를 완수했다.

[공단의 모든 처형관이 사망했습니다.]
[공단의 모든 존재가 '독재자'에 대한 '처형권'을 손에 넣습니다.]
[지금부터 1시간 동안, '혁명의 밤'이 시작됩니다!]

혁명의 밤.
태어나서 처음으로 찾아온 시간에 공민들은 흥분했다.
공작에 대한 처형권.
그들의 손으로 직접 독재자를 처단할 수 있는 힘.
"우와아아아! 가자아아아아!"
파도가 단단한 암초에 가서 부딪히듯 공민들은 공장으로
몰려갔다. 공민가가 피로 물들고, 무수한 공민이 공장에 짓밟
히는 와중에도 오히려 의지를 더욱 불태웠다.
"다 부숴버려!"
공민들은 생각하고 있었다. 저 커다란 고철덩이만 부수면
된다.
저 철벽만 넘어서면 공작의 연약한 육편을 갈기갈기 찢을
수 있다.

「하지만 공민들은 알지 못했다. 이 혁명의 가장 큰 고비는, 바로 지
금부터라는 사실을.」

거대한 연마기가 회전을 시작하자, 공민들이 순식간에 썰려 나가기 시작했다.

"우와아아아악!"

"물러서!"

혁명가 시나리오에서 '혁명의 밤'은 공작이 가장 취약한 시간이다. 공단의 모든 공민이 공작을 죽일 자격을 얻게 되기 때문이다.

하지만 여기에는 조건이 있었다. 바로 공작이 공장 밖으로 나와야만 한다는 것이었다.

"제기랄! 너무 단단해!"

아무리 내리쳐도 부서지지 않는 공장의 외피.

공작이 웃었다.

[어리석은 것들.]

한때는 그 역시 혁명가였다. 그러니 이날을 생각하지 않았을 턱이 없었다. 혁명의 밤은 공작에게 가장 위험한 시간. 하지만 공장 밖으로 나가지만 않으면 절대적으로 안전하다.

[이 '공장'을 무너뜨릴 수 있는 건 없다.]

그래서 공작은 자신의 공장을 세상에서 가장 단단한 형태로 제작했다.

명계의 거신병을 토대로 만들어진 공장. 당연히 공민의 힘으로 무시무시한 설화병기를 부수는 것은 불가능했다.

퍼거거거걱!

공작의 움직임에는 자비가 없었다.

연삭기와 연마기가 반복해서 움직일 때마다 공민들 몸이 고기 조각으로 갈려나갔다. 공민들의 피와 함께 하늘에서 간접 메시지가 비처럼 쏟아졌다.

[성좌, '뱀 머리 졸부'가 피의 전장에 취합니다!]
[성좌, '손톱을 먹는 쥐'가 인간 학살에 흥겨워합니다.]

쏟아지는 코인 메시지와 함께 공민들의 대열이 망가져갔다.
"아아아악!"
부술 수 없는 단단한 외벽 앞에 혁명은 속절없이 무너지고 있었다.
"아일렌. 다 됐어?"
"임시 조치는 끝났어요. 하지만 전투는……."
"됐어. 한 번만 움직일 수 있으면 돼."
나는 대충 대답한 후 자리에 우뚝 섰다. 설화 수선으로 때울 수 있는 것도 이번이 한계겠지.
[어디에 숨어 있느냐? 또 그 잘난 혁명을 읊어보아라!]
공작의 목소리를 들으며 나는 가볍게 숨을 골랐다. '부러지지 않는 신념'을 굳게 쥐고, 한 걸음 한 걸음 앞으로 걸어갔다.
<u>츠츠츠츠……!</u>
과도한 개연성을 사용한 공장의 외피에서 연이어 스파크가 터졌다. 저 공장은 명백히 시나리오 외부의 힘이다. 놈을 후원하는 성좌들이 이 불공정함을 감당하고 있겠지.

「김독자는 생각했다. 놈이 시나리오 바깥의 힘으로 공민을 깔아뭉 갠다면, 이쪽에서도 똑같이 해주는 수밖에 없다.」

"비유."

허공에 몸을 숨기고 있던 비유가 "바앗" 하고 모습을 드러 냈다.

"명계까지 채널 대역폭을 늘려줘."

지금의 비유에게는 힘든 일일지 모른다. 그러나 이렇게 하 지 않으면 이 방법은 쓸 수 없다.

"할 수 있겠어?"

비유는 힘겨워 보였지만 애써 고개를 끄덕였다.

[바앗.]

이 방법은 내가 가진 최후의 수단이었다.

나는 언젠가 두 번째로 명계에 갔던 기억을 떠올렸다.

―이게 거신병을 만드는 핵심이야. 알겠지?

―오호, 이런 식이었다 이거지…… 이야, 진짜 고마워!

―뭐, 정 고마우면 끝나고 나서 제작자란에 내 이름도 넣어 주든가.

지금까지는 쭉 쓰지 않고 있었다. 왜냐하면 이 설화병기는 그야말로 엄청난 개연성을 소모하니까.

소환하는 것만으로도 개연성 후폭풍을 일으키는 병기.

이 병기는 성좌들의 대전쟁인 '기간토마키아'급 시나리오가 아니면 무지막지한 개연성의 제약을 받는다. 애초에 나 혼자서는 소환조차 불가능하므로 최강의 칼을 가지고 있어도 뽑지 못하는 셈이었다.

"긴고아의 죄수."

하지만 혼자가 아니라면 이야기는 좀 달라진다.

[성좌, '긴고아의 죄수'가 당신을 바라봅니다.]

"도와주십시오."

물론 제천대성이 도와주더라도 고작해야 소환이 전부겠지. 그러나 소환만 가능해도 이 싸움은 내가 이긴다.

[성좌, '긴고아의 죄수'가 그것은 시나리오의 형평성에 어긋난다고 말합니다.]

"나는 이 시나리오를 바꾸고 싶습니다."

나는 스파크가 튀는 공장 쪽을 흘끗 보았다.

처형권이라는 시나리오의 버프를 받았음에도 공민들은 공작에게 손가락 하나 대지 못하고 있었다. 이대로라면 앞으로 몇십 분도 지나지 않아 공단의 모든 인구가 절멸할 것이다.

"그리고 형평성이라면 이미 오래전에 어긋난 것 아닙니까?"

[성좌, '긴고아의 죄수'가 귀찮아합니다.]

젠장, 조금 친해졌나 싶었더니 역시나인가.

본래 제천대성은 이런 일에 쉽게 엮이는 타입이 아니다. 어쩌면 이렇듯 내 말을 들어주는 것만으로도 기적일지 모른다.

"이대로 저놈들을 그냥 두실 겁니까? 개연성을 먼저 침탈한 건 저쪽입니다."

[성좌, '뱀 머리 졸부'가 난장판에 즐거워합니다.]

"이곳에는 녀석들을 제지할 도깨비도 없단 말입니다."

제천대성은 말이 없었다. 생각해보면 「왕이 없는 세계의 왕」 때도, 그는 나에게 개연성을 빌려주지 않았다.

결국 나는 금기를 범해야만 했다.

"혹시 얼마 전에 이상한 메시지를 받으신 적 없습니까?"

[성좌, '긴고아의 죄수'가 그게 무슨 소리냐고 묻습니다.]

"자세한 내용은 모르겠지만, 빠진 머리털에 대한—"

쿠구구궁, 하늘에서 우레의 기운이 느껴졌다. 제천대성이 분노하고 있었다. 나는 그 분노에 화답하듯 외쳤다.

"맞습니다. 그게 바로 저놈들입니다."

[성좌, '뱀 머리 졸부'가 경악하며 당신을 바라봅니다.]

[성좌, '손톱을 먹는 쥐'가 예기치 못한 상황에 자신의 손톱을 물어뜯습니다.]

[성좌, '긴고아의 죄수'가 격노합니다!]

주머니 속에 넣어둔 '제천대성의 머리털'이 허공으로 떠올랐다.

나는 그제야 한숨을 돌리며 답했다.

"……잘 쓰겠습니다."

머리털을 손에 꾹 쥐는 순간, 응축된 설화의 힘이 느껴졌다.

고작해야 머리털 한 올에 이만한 에너지라니…… 제천대성의 전력은 대체 어느 정도일지 지금의 나는 헤아리기조차 어려웠다.

그나저나 여기부터가 문제인데.

나는 잠시 망설이다가 하늘을 보며 시동어始動語를 외웠다.

"……자, 잠자는 거신을 베기 위해 버려진 검이여."

창피한 첫 마디를 읊조리자 하늘의 색이 변하기 시작했다. 구름이 이상 징후를 보였고, 새카맣고 불길한 아우라가 밤하늘을 가득 채웠다.

[명계의 성좌들이 당신의 존재를 눈치챘습니다!]

그래, 이건 들킬 수밖에 없지. 들키지 않는 게 이상하다. 하지만 들켜도 어쩔 수 없다. 페르세포네와 하데스가 나를 예쁘게 봐주기를 바라는 수밖에.

"지금, 이곳에 강림하라."

간명한 맺음과 함께, 변색된 하늘이 반으로 갈라졌다. 갈라진 틈새로 두 개의 거대한 눈이 나를 바라보고 있었다.

['거신병 플루토'가 당신의 부름에 응답합니다.]

가공할 개연성의 스파크가 내 몸을 뒤흔들었다. 전기뱀장어라도 된 양 온몸이 저리고, 두 눈에서 흘러내린 피로 시야가 붉게 물들었다. 비명을 지르고 싶지만 비명조차 허락하지 않는 고통이었다.

[성좌, '긴고아의 죄수'가 당신의 개연성을 함께 부담합니다.]

이미 넝마가 된 화신체가 당장 영멸하지 않는 것은 제천대성의 가호가 있기 때문이었다.

[인근 마계의 마왕들이 가공할 개연성의 폭풍에 깜짝 놀랍니다!]
[극소수의 성좌가 시나리오의 이상 징후에 경악합니다!]

새카만 밤하늘에 거대한 그림자가 밀려오고 있었다. 몇몇 공민이 하늘을 쳐다보았다. 이윽고 천천히 커지는 눈동자.

"재, 재앙이다⋯⋯."

뒤늦게 뭔가 눈치챈 공작도 하늘을 올려다보았다.

쿠구구구구구!

갈라진 하늘의 틈새로 검은색 기체가 드러나고 있었다. 블랙 드래곤의 비늘처럼 섬뜩한 광택을 자랑하는 외피. 공작이 경악성을 터트렸다.

[저건⋯⋯ 어, 어떻게⋯⋯!]

놀라 뒤집어질 법도 하다.

[아직 미완성이라고 들었는데!]

한때는 그랬겠지.

정확히는 내가 명계에 방문하기 전까지는 그랬을 것이다.

「명왕의 비밀병기, '거신병 플루토'.」

30미터에 달하는 체고를 가진 거대한 기갑병기가 하늘에서 낙하했다.

5

굉음과 함께 착륙한 거무튀튀한 거신병의 몸체.

본래는 명왕의 무기였지만 후반 회차부터는 유중혁이 본격적으로 사용하게 된 병기. 신화 속에서 거신을 때려잡던 궁극의 병기가, 지금 나와 제천대성의 개연성으로 눈앞에 소환되고 있었다.

한바탕 피를 게워낸 나는 엉망으로 흔들리는 시야 속 플루토를 올려다보았다.

[당신의 화신체가 한계에 도달했습니다!]
[당신의 화신체가 한계에 도달했습니다!]

시끄러워. 아직은 의식을 유지해야 한다.

적어도 녀석에게 명령을 내릴 때까지는.

[뭐야? 여긴 어디야?]

그리고 목소리가 들려왔다. 언젠가 들은 적 있는 목소리였다. 역시 이 녀석, 마지막 재료로 '자신의 영혼'을 사용했구나.

나는 녀석의 이름을 불렀다.

"김남운."

그러자 플루토의 둔중한 몸체가 이쪽을 돌아보았다.

[……지하철 메뚜기남?]

"……맞아."

그제야 모든 것을 깨달았다는 듯 김남운이 웃었다.

[하하하하! 뭐야, 진짜 그 시동어 쓴 거야?]

거신병을 소환하는 시동어는 김남운이 내게 직접 알려준 것이었다.

―알겠어? 시동어를 이걸로 할 테니까 잘 기억해두라고. 제대로 부르면 한 번은 도와줄지도 모르지.

설마 정말로 그 말을 시동어로 할 줄은 몰랐지만.

하긴 죽었다고 해서 특성이 바뀌지는 않을 테니까.

"역시 네가 직접 들어갔구나."

[하하하, 당연하지! 기분 째진다고 이거!]

본래 거신병에는 메인 시스템을 총괄할 영혼을 심는다. 김남운은 자기 영혼을 거신병의 소프트웨어로 심은 것이었다.

[좋아, 특별 서비스다. 타봐, 아저씨. 내가 좋은 구경 시켜줄 테니.]

"미안하지만 지금은 그럴 기운 없어……."

[뭐야? 왜 그 꼴인데?]

나는 힘없이 손가락을 들어 어딘가를 가리켰다. 플루토가 손끝을 따라 시선을 옮기더니 입가가 기묘하게 절그럭거렸다. 나는 짓씹듯 입을 열었다.

"끝내버려."

할당받은 개연성으로 거신병을 소환할 수 있는 시간은 일 분도 채 되지 않는다. 이미 삼십 초도 남지 않았을지 모른다.

두려움에 질린 공작이 공장을 끌고 이쪽으로 달려오고 있었다.

[그럴 리가 없다! 어째서, 어째서 진짜 거신병이……!]

맹렬하게 회전하는 연마기가 플루토의 외갑을 노리고 날아들었다.

[뭐야, 이 허접한 장난감은?]

쉬익— 쩌저적.

간단히 손을 내젓자 공작이 자랑하던 연마기와 연삭기가 한꺼번에 터져나갔다. 종잇장을 찢듯 싱거운 손동작이었다.

[겨우 이런 거 부수라고 부른 거야? 진짜 너무하네.]

……소환 해제까지 앞으로 이십오 초.

[존나 짜증 나게.]

불평을 이어가면서도 플루토는 착실히 움직였다.

이십 초.

간단히 내뻗은 주먹으로 공장의 양팔을 박살 냈고.

십오 초.

수도手刀로 공장의 활동부를 완전히 마비시켰으며.

십 초.

간단히 차올린 니킥으로, 공장의 주요 동력장치를 분쇄해버렸다.

그 무시무시하던 공장이 엄청난 양의 설화를 토하며 자리에 주저앉았다. 안쪽의 공작은 어떻게 되었는지 이미 생사를 알 수 없었다.

플루토의 몸체가 내 쪽을 돌아보았다.

[이제 끝났지? 하하, 그럼 이제 뭐 하지?]

"……."

[아저씨. 지금 나랑 붙어볼…….]

엄청난 개연성의 후폭풍이 플루토를 휘감았다. 일대의 시공간이 찢어지는 듯한 굉음에 김남운의 목소리가 묻혀갔다.

거신병 플루토의 몸체가 마치 기화氣化라도 하듯 가루로 흩어져 사라지고 있었다. 할당된 개연성을 모두 소진해 강제 귀환 조치가 이루어진 것이다.

……일 초.

[젠장. 명계에서, 만, 나…….]

빌어먹을 자식. 거긴 다시 안 간다, 멍청아.

['거신병 플루토'의 소환이 해제됐습니다.]

허공에서 거신병의 모습이 사라진 후에도, 사람들은 한동안 정신을 차리지 못했다. 공민 다수가 충격을 견디지 못해 기절해 있고, 간신히 눈을 뜨고 있는 사람들은 이미 제정신이 아니었다.

그럴 법도 했다. 지금 이곳 화신들은 세상에서 가장 커다란 사신死神을 목격한 셈이니까.

나는 고개를 돌려 완파된 공장을 올려다보았다.

내 [전인화]로도 찢을 수 없던 외피가 흉포한 맹수에게 물어뜯긴 듯 엉망진창이었다. 관절부가 모조리 꺾이고 동력부도 파괴된 공장은 움직임이 없었다.

고작 삼십 초도 되지 않는 시간 동안 거신병이 저지른 일이었다.

나는 천천히 공장을 기어 올라가 콕핏에 앉아 있는 존재를 찾아냈다.

빠드득.

금이 간 콕핏 뚜껑을 열어젖히자 피범벅이 된 늙은 악마종이 그곳에 있었다.

"쿨럭, 쿨럭!"

세이스비츠 공작이었다. 공작은 불신 가득한 눈으로 나를 올려다보았다.

"네놈. 네놈은 대체……."

'공장'은 공작의 주력 설화.

그 설화가 박살 났으니 공작이라고 무사할 턱이 없었다.

나는 '부러지지 않는 신념'을 뽑아 녀석을 겨눴다.

공작이 입을 열었다.

"흑부리들에게 네놈 이야기를 들었다."

이미 최후를 예감했는지 공작은 아무 말이나 지껄이기 시작했다.

"불행한 성좌여, 나를 죽여도 너는 결코 살아남지 못할 것이다…… 왜냐하면 네놈은ㅡ"

나는 망설이지 않고 녀석의 심장에 검을 꽂았다. 그러나 남은 기력이 없었던 까닭에, 검을 꽂은 자세 그대로 녀석의 몸과 함께 공장 아래쪽으로 추락하고 말았다. 끔찍한 통증이 밀려왔고, 나는 숨을 헐떡거리며 하늘을 올려다보았다. 달려온 아일렌이 나를 붙잡아 일으켰다.

"……공작은?"

"죽었어요."

말하기 무섭게 시스템 메시지가 떠올랐다.

[악마 공작 세이스비츠를 처치했습니다.]

[200,000코인을 획득했습니다!]

나는 희미하게 웃었다. 아직 안심할 때는 아니었다.

[당신은 공단의 '독재자'를 처치했습니다.]

[당신은 '혁명가'가 아닙니다.]

[정상적인 시나리오 진행 루트를 밟지 않아, '독재자' 계승이 취소됩니다.]

[현재 해당 시나리오에서 가장 명성이 높은 존재에게 자동으로 계승권이 이양됩니다.]

[현재 '히든 시나리오'가 진행 중입니다.]

[메인 시나리오에 돌입하기 위해 '진짜 혁명가'를 죽이세요.]

……역시나. 공작을 죽인다고 해서 시나리오로 진입할 수는 없었다.

내가 유중혁의 이름을 팔고 있으니 어쩌면 유중혁에게 공단 계승권이 갔을지도 모르겠다.

"내 상태는 어때?"

정신없이 설화를 수선하던 아일렌이 입술을 꾹 깨물었다.

"괜찮아요. 내가 고쳐줄게요."

"……나한테 남은 시간이 얼마나 돼?"

아일렌은 대답하지 않았다.

"빨리 말해줘."

"십 분, 아니…… 오 분."

진즉부터 오감은 마비되고 있었다. 입술이 말을 듣지 않고, 손끝 감각마저 점차 희미해졌다. 화신체가 수복할 수 없을 만큼 망가졌는지 시스템 메시지도 더 이상 들려오지 않았다.

왜 마계까지 와서도 이런 꼴을 당하는지 모르겠다.

아일렌이 떨리는 목소리로 물었다.

"당신은 혁명가를 찾는다고 했죠……."

"그래."

"왜죠?"

"그 녀석을 죽여야 내가 메인 시나리오로 진입하니까."

어차피 이제 숨길 이유도 없기에 솔직하게 대답했다.

그러자 아일렌이 나를 보았다.

"그렇군요……."

굳은 결심을 한 듯 아일렌이 말을 이었다.

"당신, 살 수 있어요. 왜냐하면 내가……."

"혁명가 녀석, 아까 그 대열 어딘가에 있었겠지. 안 그래?"

힘겹게 토해낸 목소리에 아일렌의 말이 끊겼다.

"많이 숨고 싶었을 텐데, 실은 도망가고 싶었을 텐데."

"……."

"그래도, 나와서 열심히 싸웠을 거야, 분명히."

아일렌은 나를 좀 더 바라보다가 고개를 돌렸다. 꼭 보지 않아도 그녀가 무슨 표정을 짓는지 알 수 있었다.

"울지 마. 나 안 죽을 거니까."

나는 힘없이 웃었다.

「김독자는 생각했다. 만약 여기서 혁명가를 죽이면 지금껏 내가 쌓아온 이야기는 의미가 없다.」

혁명가가 되지 못해도 방법은 있을 것이다.

지금까지도 늘 그래왔듯이.

"아일렌. 지난번에 부탁한 거 있지? 내가 만들어달라고 한 거……."

아일렌이 퍼뜩 품속에서 뭔가 꺼냈다. 패널을 장착한 직사각형 통신기기. 제작을 부탁한 스마트폰이었다.

"좀 켜줘……."

패널에 불이 들어오자 바탕화면에 자동으로 메시지가 떠올랐다.

[새로운 기기를 획득하였습니다. 동기화가 시작됩니다.]

메시지와 함께 동기화가 끝나자, 예상대로 바탕화면에 파일 하나가 만들어져 있었다. 눈가가 자꾸만 흐려져서 잘 보이지 않지만 분명 멸살법 파일이었다.

「김독자는 생각했다. 나는 '독자'다. 모든 답은 이곳에 있어.」

나는 어떻게든 눈을 떠 소설을 들여다보았다.

하지만 시야가 자꾸 흩어져서 글자가 읽히질 않았다.

멸살법을 읽어야 이 상황을 타개할 방법을 찾을 텐데, 우습게도 읽을 수가 없었다.

「김독자는 처음으로 생각했다.」

……빌어먹을.

「이대로 끝인가.」

마침내 아일렌의 얼굴마저 희미해져갔다.
그리고.

[히든 시나리오 – '자칭 혁명가'를 클리어했습니다.]

환청이 들려왔다.

[당신은 '혁명가'가 됐습니다.]

틀림없이 환청이라고 생각했다.

[축하합니다. 당신은 정식으로 메인 시나리오에 진입했습니다!]
['추방자 페널티'가 종료됐습니다.]
[당신의 화신체가 자동으로 수복되기 시작합니다.]
[붕괴 중이던 당신의 설화가 회복세에 접어듭니다.]

있을 수 없는 일이었다.

멀어지던 오감이 되돌아오고, 희뿌옇게 물들었던 시야가 다시 보이기 시작했다. 허겁지겁 눈을 크게 떠 곁을 돌아보았다. 아일렌은 무사했다. 장하영도, 마르크도. 죽은 사람은 없었다. 그런데 왜……?

메시지는 거기서 끝이 아니었다.

[73번째 마계에서 '김독자'의 이름이 널리 울려 퍼집니다!]
[길로바트 공단의 모든 악마종이 당신의 이름을 두려워합니다.]
[길로바트 공단의 공민들이 당신의 '혁명'에 동참합니다.]

나는 잠깐 잘못 들었나 싶었다.
……길로바트 공단?
여긴 세이스비츠 공단인데?

['길로바트 공단'에서 '김독자'를 영웅시하는 무리가 나타났습니다.]

길로바트 공단은 세이스비츠에서 꽤 떨어진 곳이었다. 그러니 내 이름이 울려 퍼질 턱이 없었다. 그럼에도 폭발적으로 들려오는 메시지를 들으며, 나는 어떤 희미한 가능성에 대해 생각했다.

하지만 너무나 희미한 가능성이었다.

[누군가가 '길로바트 공단'의 '독재자'를 처치했습니다!]

[현재 당신은 '길로바트 공단'에서 가장 명성이 높은 존재입니다.]

[시나리오 개연성에 의해서 당신은 '길로바트 공단'의 주인이 됐습니다.]

불가능한 일이라고 해서 일어날 수 없는 일은 아니었다.

"하하……."

허탈한 웃음과 함께 마음속 깊은 곳에서 안도감이 퍼져나갔다.

왜일까.

나는 그 순간 아일렌의 손목시계를 보고 있었다.

거꾸로 돌아가지 않고, 앞으로 향하는 시계.

어디로도 되감기지 않고, 착실하게 나아가는 그 시간.

얼마든지 되돌아갈 수 있으나, 이번만큼은 돌아가지 않은 바늘.

"……왔다."

그 마음이 너무 기꺼워서 나는 모처럼 녀석의 이름을 불러주고 싶었다.

"응? 무슨 말이에요?"

나는 웃으며 말했다.

"진짜 유중혁이 왔다고."

보이지도 들리지도 않지만, 선연히 느낄 수 있었다.

이 세계에 놈이 있음을. 굳건히 '진천패도'를 쥔 채 악마종을 도륙하는 녀석이, 이 땅의 지평선 너머에 지금 막 도착했음을.

나는 그 순간의 감정에 격앙되어 일순 스마트폰을 놓치고 말았다.

「그러나 김독자는 그 스마트폰을 먼저 확인했어야 했다.」

[제4의 벽]의 말에 나는 반사적으로 떨어진 폰을 주웠다.

늘 그렇듯 화면에는 파일 제목이 떠올라 있었다.

그리고 잠시 후에야 뭔가를 깨닫고 가슴 한구석이 섬뜩해졌다.

뭔가가 달라져 있었다.

정확히는, 파일명 끝에 이상한 말이 더 붙어 있었다.

—멸망한 세계에서 살아남는 세 가지 방법(1차 수정본).txt

[PART 2 - 02에서 계속]

Omniscient
Reader's
Viewpoint

전지적 독자 시점 PART 2-01

1판 1쇄 인쇄 2022년 11월 25일 **1판 1쇄 발행** 2022년 12월 26일
지은이 싱숑
펴낸이 고세규
편집 박정선, 박규민, 백경현 **디자인** 홍세연, 윤석진

발행처 김영사
주소 경기도 파주시 문발로 197(문발동) 우편번호 10881
등록 1979년 5월 17일(제406-2003-036호)
주문 및 문의 전화 031)955-3200 **팩스** 031)955-3111
편집부 전화 02)3668-3291 **팩스** 02)745-4827 **전자우편** literature@gimmyoung.com
비채 카페 cafe.naver.com/vichebooks **인스타그램** @drviche **카카오톡** @비채책
트위터 @vichebook **페이스북** www.facebook.com/vichebook
ISBN 978-89-349-6739-2 04810 책값은 뒤표지에 있습니다.

비채는 김영사의 문학 브랜드입니다.